浪漫与世俗
间的游走

Traveling the World
Wandering between Romantic and Mundanity

方筱丽 / 著

上海社会科学院出版社
SHANGHAI ACADEMY OF SOCIAL SCIENCES PRESS

图书在版编目（CIP）数据

浪漫与世俗间的游走 / 方筱丽著. -- 上海：上海社会科学院出版社，2025. -- ISBN 978-7-5520-4620-5

Ⅰ. I267.4

中国国家版本馆 CIP 数据核字第 2024ZB4169 号

浪漫与世俗间的游走

著　　者：	方筱丽
责任编辑：	霍　覃　张钦瑜
封面设计：	裘幼华
装帧设计：	昆山贝凡托图文设计工作室
出版发行：	上海社会科学院出版社
	地　　址：上海顺昌路 622 号　　邮　编：200025
	电话总机：021-63315947　　销售热线：021-53063735
	https://cbs.sass.org.cn　　E-mail：sassp@sassp.cn
印　　刷：	上海盛通时代印刷有限公司
开　　本：	890 毫米 × 1240 毫米　1/32
印　　张：	14.5
字　　数：	288 千
版　　次：	2025 年 3 月第 1 版　2025 年 3 月第 1 次印刷

ISBN 978-7-5520-4620-5 / I·564　　　　　定价：88.00 元

版权所有　翻印必究

序言一
读方筱丽游记有感

旅游，在今天，差不多已成世界性时尚。无论是东方人还是西方人，借助现代航空之力，踏上异国他乡的土地，既非外交活动，也非商务出差，只是为了去感受天下非我族类、又同为人类的民族们 (peoples) 的家园、生活、历史、艺术、文学乃至哲学，这本身就成了当代人类生活的一大景观，竟也构成了当代人对生活价值的定义之一。

当然，口袋里先得有些余钱，以便去"克弗"（cover）至少是飞机票、旅店住宿之类的费用。不过，这还只是旅游前提的一个方面。还有一个方面，便是精神上的必要积蓄，拿它来做一个有意义的、有较深意趣的旅游的先导。

在这方面，坊间早有多种读物，如"孤独的星球"丛书，据说是"一国一册"的。但依我的个性，我是不读这类书的，我并不喜欢时下颇为流行的"旅游攻略"，原因是这些攻略虽然对于出行有很大的现实指导作用，但也暗含一种旅游异化的倾向，即异化为"完成按部就班的任务"。

所以，真正重要的不是"出行攻略"（当然也重要），而是因"精神积蓄"而产生的"心向往之"。比方说，为什么想去意大利走一走？若不去走一走，会有何种遗憾？此乃出行前之"第一自问"也。

方筱丽的游记，在我看来，恰好对应此"第一自问"。

方筱丽以她的《浪漫与世俗间的游走》一书的若干篇章见示于我，我欣然细读，不禁感慨。"游走"一词用得好，人生不也是向来就在梦想与现实之间游走的嘛！

去亲历一下别的民族的家园吧，在他们的家园里，凝结着他们的历史、灵魂和命运，他们曾经有过的向往和奋斗、失败和痛苦、胜利和辉煌。人类的社会和文明就是这样走过来的。一个民族的建筑、音乐、绘画、文学和哲学，记录了这一切。

方筱丽的这本旅行笔记，以图以文，实录了她在旅行中的心灵感受和精神领悟，佐之以前人的有价值的描述，益之以今天的新鲜闻见，在以点带面的叙述中贯穿了一条人文历史的主线，沿循此线，不能不使读者有"起而行之"的向往！

善哉，此记！

王德峰
2024 年 6 月 11 日于上海

（复旦大学哲学学院教授，博士生导师；复旦大学国外马克思主义研究中心研究员。）

序言二

诗与远方（代序）

之前有一句很流行的话："生活不只是眼前的苟且，还有诗与远方。"我没有考据过这句话出自哪一位哲人之口，但很喜欢这句充满憧憬、充满希望，也充满浪漫的话语。这里"远方"代表了人们对未知的好奇与向往，以及跃跃一试的冲动与体验；"诗"代表着理想和遐思，代表着对凡俗生活的暂时性隔离与放浪一把的躁动和渴求。诗在远方和远方有诗是同出一辙，即文化与旅游的融合既是身心的释放，又是灵魂的荡涤。

这是我对这句流行语的诠释，然而在手头这本即将出版的书稿中，我读到了更现实也更贴切的诠释："旅游是浪漫与世俗间的游走。往往始于浪漫终于世俗：日复一日，平淡无奇的日子过久了，就会腻，就想去别处看看，以为那儿是浪漫、新奇、神秘的远方。待走近看，其实是人家的世俗世界，人家住腻的地方，讲腻的故事。回家，常常最强烈的感觉是：家，真好！平淡的生活，多好！但人们并不因此而放弃旅游。本来，好奇、喜新厌旧是人的本性，人总需要暂时从同一世俗环境中逃离一下，放松游玩，加上电影小说等文艺作品的撩拨，各种媒体的推波助澜，旅游也成时尚潮流。再说，即便是人家的世俗世界，体验他们的不同文化，也是一种新奇的视角，常会触动你感怀人生，也许回家更潇洒。"

这是《浪漫与世俗间的游走》的作者方筱丽的感言。讲得真好！

方筱丽是学哲学出身，也许在她的本能中蕴含着哲学的思维，虽然这种思维是用了世俗的语言来表达。哲学家伽达默尔认为，存在着时间有两种基本经验："属他的时间"和"属己的时间"，属他的时间是"平淡乏味"和"空虚无聊"的周期循环；属己的时间是克服了"平淡乏味"和"空虚无聊"，由自我意志支配，使生命意识与时间意识融为一体的特定阶段。很显然，旅游就是这种属己的时间，是被自己的兴趣、意志和节律填充的时间。法兰西伟大的诗人、都市漫游者波德莱尔在他的诗集《恶之花》里写到："真正的旅行家乃是为旅游而旅游的人。"这就是说，旅游不只是一种手段，而是目的。这就从文化意义上还原了旅游的本质。其实，生活中多数的旅游都蕴含着这层本质意义，旅游更大的意义在于调剂生活、调剂情绪、调剂精神，或者概言之，调剂生活的节律，将空虚和无聊暂时从生活中剔除。从这一点来说，旅游与节日的功能异曲同工。平日的生活太规整了，太刻板了，太平淡了，需要通过旅游或节日这种无序、无拘、无制来打破一下，让身心、情绪、精神得以放飞一时，以至休养生息。所以，旅游与节日也成为休闲经济的两大支柱。疫情前，旅游已成为我国的支柱产业，在全国 GDP 的比重已达到 11.05%。

于是，周而复始，浪起浪涌，在这世俗与浪漫之间，在这平静与萌动之间，方筱丽完成了她一次次诗和远方的追逐：美国、秘鲁、英国、意大利、冰岛、埃及……

大凡旅游者都不同程度具备这三个自由：时间自由、财务自由和身体自由。当然，也有不具备这三者自由而勉力为之的。方筱丽称自己是打起行装"说走就走"的旅游者，她应该具备这三个自由。具备这种自由者在中国旅游者中占比越来越高，某种程度上那就是都市高品质生活的标识，是富足起来的人民对美好生活的向往和追求。于是，单反照相机成为国内许多驴友的标配，美篇成为这些驴友的回家作业。但是，真正将这些美篇付梓的却凤毛麟角。我翻阅方筱丽的书稿，不仅照片照得好，而且她的游记明显木秀于林，显示出她的文学涵养和文字功底。她将她的所见所闻用细腻的笔调娓娓道来，并且将她平日做的攻略糅合进去，而且还常常信手将相关的历史、地理、人文、风俗等知识，以及电影、绘画、小说等作品中的情景相勾连，并把自我的经历、感受、联想、乡愁等融汇进旅途叙事中，使她的游记更立体、更厚实，也更丰腴。王国维把中国的古诗词分为"无我之境"与"有我之境"，方筱丽的游记肯定属于"有我之境"，因此，她的游记更接地气。

这恐怕与方筱丽的经历有关，她毕业于复旦大学哲学系，以后又去美国进一步深造，获得两个硕士学位，学成后一直在美国高校工作，直至退休。因此，她的出游既是一种游览，亦是一种考察，也是一种追寻。作为旅游者，她的视点很有独特性，她能在大众景点中读出独到的东西。

比如，她游览那不勒斯，不仅如数家珍般地介绍她参观的那两座博物馆，而且像解说员一样向你讲解博物馆的馆藏展品。然而，我更赏识她作为一位普通游客随意地漫步在那不勒斯嘈杂斑驳的老城巷子内，写那窄巷墙上的涂鸦，写那穿粉色短裤男子与她蹭镜头的趣事，写排队等候品尝玛格丽特披萨的那种馋嘴，写寻觅仁慈山小教堂卡拉瓦乔的名画《七善事》的执着。这样的描写虽然细碎，却充满烟火气，并在不经意间展示了她的知识积累和女性视角。

她去冰岛，心心念念地奔那出名的北极光而去，整整两个晚上，在天寒地冻的旷野，翘首期盼，等待奇异的北极光的出现，然而最终只见一抹若有若无的北极光隐隐约约地出现，简直无法聊以自慰。遗憾之余，她把笔触和目光投射到这个岛国的文学视角，她意外发现"冰岛的圣诞节就是书的洪流"，书是圣诞节最佳的馈赠礼品，只等圣诞夜钟声敲响，书流滚动，书香袭人。走近这个孤悬海外的国家，才知道这里全民爱看书，爱写作，他们有一句谚语："每个人肚子里都有一本书。"冰岛是世界上人均读书、出书率最高的国家，平均每十个人中就有一人出版过书。冰岛有 32 万人口，约 3/4 住在雷克雅未克，这个城市无疑是全球作家密度最高的地方。他们以能成为作家为荣，人们也十分尊敬作家。对于产生这种人文现象的原因，她认为重视教育应该是其中重要的一个因素。冰岛有近乎 100% 的识字率。特别让人称奇的是，如有熊孩子不想上学，警车就会到他家，如再不自觉，警察会像影子那样跟着他一起读书。作者虽然没有邂逅北极光，但笔锋一转，这样意外的故事不是比北极光更生动、更独特吗！

因此，她的游记在美篇平台上晒出，点击率几乎都在五位数以上。正是应着网络读者的这种盛情，方筱丽想着把这些文字和图片留存下来，于己，是份美好的记忆；于人，是份诗与远方的召唤。我也算去过百来个国度的行者，但读她的游记仍饶有趣味，愿此书的出版，也能给更多的读者带来对远方的追寻和对诗意生活的憧憬。

是为序。

陈圣来

（原上海东方广播电台台长，现为国家对外文化交流研究基地主任、上海国际文化学会会长、上海社会科学院国家高端智库资深研究员。）

前言

为什么写游记？

  我从小就喜欢憧憬远方。还记得，小学写作文"长大要当……"，当时写的是要当个铁路列车员，可以跟着火车到遥远的地方。中学时正赶上"文化大革命"，乘"步行串联"机会，和 8 个同学一起，徒步到韶山。这一"文化大革命"的副产品是我一生唯一的长途旅行"壮举"。后来下乡，上大学，工作，成家，中年留学移居美国……一路身不由己，匆匆忙忙，几乎无暇旅游。直到空巢，才开始重拾旧梦。

  从 2016 起，我在美篇平台，用文字和照片记录自己的足迹。至今已有游记百余篇，涉及欧洲、中南美、北非和北美。几年里，渐渐有了一群读者。这两年，单篇点击常常上万。2022 年底开始，我把游记贴到海外网络媒体上，也受到关注和赞扬，有的读者留下精彩的评论，深受鼓励。在朋友们的建议下，我从上述游记中，选出了 30 余篇，编辑成集。（其中多瑙河游、游埃及记、英伦散漫游、南意大利自由行、伊比利亚半岛游等游记，因篇幅有限，只选了部分出版。）

  如今，旅游已是人们生活的一部分。关于旅游的说法林林总总。依我说，旅游是浪漫与世俗间的游走。往往始于浪漫终于世俗：日复一日，平淡无奇的日子过久了，就会腻，就想去别处看看，以为那儿是浪漫新奇神秘的远方。待走近看，其实是人家的世俗世界，人家住腻的地方，讲腻的故事。旅游回家，最强烈的感觉常常是：家，真好！平淡的生活，多好！

但人们并不因此而放弃旅游。好奇、喜新厌旧本是人的天性，人们总渴望暂时从刻板的生活环境中逃离一下，放松游玩。加上现代社会中电影小说等文艺作品的撩拨，各种媒体的推波助澜，旅游已成时尚潮流。再说，即便是人家的市井烟火世界，体验他们的不同文化，也是一种新奇的视角，常会触动你感怀人生，也许回家更潇洒。

那为什么写游记？其实不为什么。也许如同喜欢旅游一样，也是一种自我满足。心理学家、诺贝尔经济学奖得主丹尼尔·卡尼曼在他的《思考，快与慢》中提出，人至少有两种自我："体验自我"（experiencing self）和"记忆自我"（remembering self）。旅游，无疑是"体验自我"的满足。写游记，应该是"记忆自我"的一种实现，即对旅游当下的体验进行回忆整理成文。我喜欢同伴之以搜寻与旅游地相关的人文历史和电影、小说等文艺作品，并把人生经历、感受、联想、思考融进旅途叙事中。这一过程就像是旅途体验的延伸和深化，超越"到此一游"，有宜于开阔文明和文化视野，增进人类共情和包容的情怀，使旅游更有文化内涵。

几年来，写游记使我去了一个地方后，回来常能引自己去阅读，去享受相关的艺术作品，并与读者分享这种经验和愉悦。就如一位同游的朋友说的，一次旅游，两次享受，一次实体的，一次精神的。十分开心。

这就是这本游记集的由来。感谢亲友们、美篇和文学城读者的鼓励和支持。特别鸣谢忻剑飞、方松华、薛彦莉、殷晓蓉、胡枚、张毅、陈小云夫妇、张宏忠夫妇、"苏格兰小分队"的朋友们和编辑霍覃、张钦瑜。

目　录

序言一　读方筱丽游记有感 I
序言二　诗与远方（代序）.. III
前言　　为什么写游记？.. VII

第一章　摩洛哥掠影 1
浪漫与世俗间的游走..3
阿拉伯古城"历惊"记...8

第二章　秘鲁行 17
马丘比丘：失落的天空之城...19
库斯科："混血"的印加古城..28
的的喀喀：有人居住的高原湖..39
利马—亚马逊：各自精彩的故事......................................49

第三章　冬游冰岛 63
不只是那一抹若有若无的北极光......................................65

第四章　多瑙河游（选篇）..79
城堡宫殿，华美而惆怅...81

第五章　游埃及记（选篇）...91
金字塔：天外来物？近代赝品？...93

第六章　访游孟菲斯...103
一个蓝月亮...105

第七章　新奥尔良...117
"大快活"诺拉...119
"鬼"景……卡津和克里奥尔美食...130

第八章　英伦散漫游（选篇）...143
大英博物馆：美丽的邂逅...145
了不起的西敏寺...157
伦敦街景：跟着同学荡马路...166
剑桥：脱尽尘埃，清澈秀逸...174
牛津：贵族精神，多元文化...182
莎士比亚故居、科茨沃兹乡村风光...196
夏洛蒂·勃朗特的故乡，撞见"哈沃斯 1940 年代周末"...206
爱丁堡：古堡黑塔，人文荟萃...212
都柏林：走进文学之都...231

第九章　南意大利自由行（选篇） **249**

那不勒斯（上）：嘈杂斑驳，却迷人 251
那不勒斯（下）：只为这博物馆，去那，也值！ 271
卡普里岛：柠檬香味的梦幻之乡 285
巴勒莫：黑手党的故乡，屡有惊艳 292
阿格里真托：大太阳下，"穿越"希腊神殿谷 306
锡拉库萨：曾经的希腊城邦，"西西里远征"的战场 314
陶尔米纳：西西里最美小镇 327
重游罗马，感触前世今生（上）：喷泉文化 334
重游罗马，感触前世今生（中）：辉煌的废墟 343
重游罗马，感触前世今生（下）：无穷的艺术魅力 354

第十章　伊比利亚半岛游（选篇） **375**

波尔图印象，从海鲜泡饭开始 377
龙达：随海明威"私奔" 391
格拉纳达：阿罕布拉宫和浪漫旅行者的故事 403
托莱多：英雄迟暮的"老骑士" 423
巴塞罗那：高迪的"女人" 435

第一章
摩洛哥掠影

第一次实地接触阿拉伯世界,真有点历险的感觉。但亲身感受到了,那里有那里的美景,他们有他们认为的美好生活方式。

浪漫与世俗间的游走

  文艺作品常常是撩拨人们游兴的好手。经典电影《卡萨布兰卡》(又译《北非谍影》)迷倒众人一片,也使卡萨布兰卡名闻世界。2014 年夏,我去法国里昂开会,有航线在卡萨布兰卡转机,大喜过望,于是邀先生同行,在归途中去了这向往已久的北非城市,还意犹未尽地去了摩洛哥四大古都之一的马拉喀什。

图 1—1,飞机飞越直布罗陀海峡,是去时拍的。从纽约到卡萨布兰卡,转机从非洲飞往欧洲。飞机在卡萨布兰卡升空不久,就见这著名的海峡。图中右边大陆是非洲,左边是欧洲,上部是地中海,下部是大西洋。

图 1—1

  隐约可见,伊比利亚半岛最南端的英属直布罗陀,像一把匕首插向海峡的地中海一端。8 年后,我们去了那里。

  当影迷幻想中的卡萨布兰卡与真实的卡萨布兰卡碰撞,难免感觉"见光死"。本来嘛,迷离浪漫啦,旧梦情怀啦,都只是

图 1—2

3

图1—3
图1—4　图1—6
图1—5

你的一厢情愿。人家就是个地处交通要道的阿拉伯城市，相当世俗化，有着浓浓的欧洲味。卡萨布兰卡之于摩洛哥，有点像上海之于中国。

　　这里有大西洋东岸的海景……（图1—3），有阿拉伯风味的街景……（图1—4），有夹杂着法国风味的建筑……（图1—5），更有哈桑二世清真寺（图1—6）——这座城市的真正骄傲。据说，这是世界上第三大清真寺。它濒临大西洋，拥有全世界最高的宣礼塔，高度现代化，也是唯一对外开放的清真寺。可惜，从里昂飞卡萨布兰卡时，误点五小时，计划被打乱，那天不是开放日，没能进去一睹里面的恢宏。

　　也许是北非最大的码头之故吧，相比马拉喀什，这里人对游客比较"淡定"，宰客不在话下。

　　还好它没有让因电影而来的游客太失望，这里真有一家里克咖啡宣礼塔相当精致漂亮。有同样漂亮的侧翼建筑相呼应。也有诸多很一般，譬如图中这个巨大的雕塑很是吸引眼球，却不堪近看，下面都是垃圾。

图 1—7

馆（Rick's Cafe），当然不是电影里咖啡馆的原型，据说电影从头到尾都是在好莱坞的摄影棚里完成的。应该说，它是电影的衍生物，是一美国人按电影的场景建造的。真是聪明的投资，也许这是世界上最有名的 Rick's Cafe.

这是一座白色的两层楼。感觉门面跟电影里的不太一样。（图 1—9）里面的装饰跟电影里的十分相像。真希望刚好游客中有位音乐牛人在钢琴前坐下，自弹自唱那首《时光流逝》（As time goes by）或者那首流行的《卡萨布兰卡》。也许有人会误把后者当成电影的插曲，其实它也是电影的衍生品，是美国著名音乐人贝蒂·希金斯（Bertie Higgins）在 20 世纪 80 年代的作品。据说，他与女友都是电影《卡萨布兰卡》的粉丝，如痴如醉，看着电影，坠入爱河，后来女友离去，他因伤心而作此歌。

图 1—8   图 1—9

5

作者巧妙地引用切合《时光流逝》的经典歌词，深情款款，伤感怀旧，加上他那富有磁性的嗓音，使得这首歌格外优美醉人：

I fell in love with you
我坠入了爱河
Wantching Casablanca
与你一起看《卡萨布兰卡》
Back row of the drive—in show
在露天汽车剧院后排
In the flickering light
摇曳的亮光中
Pop—corn and cokes
可乐与爆米花
Beneath the stars
在星空下
Became champagne and caviar
仿佛香槟和鱼子酱……
Oh! A kiss is still a kiss in Casablanca
啊！《卡萨布兰卡》里的吻依旧鲜活，
But a kiss is not a kiss without your sigh
可是没了你的叹息，吻还有什么意义？
Please come back to me in Casablanca
回来吧，让我们重温《卡萨布兰卡》。
I love you more and more each day as time goes by
任时光流逝，我的爱与日俱增。①

图 1—10

---

① 歌词和中文翻译均摘自网络。

咖啡桌前有台电视机一直在播放电影《卡萨布兰卡》。旅游，有时是在各种虚构和非虚构的故事间游走。

这是家环境幽雅的西餐厅，傍晚时分才开张。奇怪的是没有下午茶。服务生的头发油光铮亮，

图 1—11

听说我们喝咖啡不吃晚餐（更愿意入乡随俗尝当地菜，再说刚从法国来），有点爱答不理。赶快点了鸡尾酒、起司蛋糕之类，服务生的脸色才好点，呵呵，旅游又是在浪漫与世俗间游走。你追寻的浪漫电影故事发生地，是人家挣钱讨生活的地方。

想起网上流传的俏皮的旅游定义："旅游就是从自己活腻了的地方，跑到别人活腻了的地方，去花掉自己的钱，让别人富起来，然后满身疲惫、口袋空空的，再回到自己活腻了的地方，继续顽强地活下去……"

我想，这个"腻"并不是厌烦自己的生活和家乡，只是一时想要脱离日常 (day—by—day) 的格式生活，去感受新鲜，"猎奇猎艳"。就如美国诺贝尔文学奖获得者约翰·斯坦贝克（John Steinbeck）在他的《斯坦贝克携犬横越美国》（*Travels with Charley: In Search of America*）中写的，在他一人一犬一车周游美国途中，常有人问他去哪里，他答："'哪儿都去'。接着，我看到在途中见到过许多次的表情——一种期盼的表情。

'老天，我希望我也能去。'

'你不喜欢这儿吗？'

'当然喜欢。这儿不错，不过我还是希望自己能去。'

'你连我要去哪儿都不晓得。'

'那不重要。哪里我都想去。'"

在现代社会，"哪里都想去"的旅游常常被时尚潮流裹挟，在文艺和社交媒体的推波助澜下，难免商业化，成为一种产业，在浪漫与市井烟火间游走。

阿拉伯古城"历惊"记

　　从卡萨布兰卡坐火车，三小时多到马拉喀什（Marrakech）。加不多钱，可坐一等车厢，一个车厢六个位子。同车厢有个摩洛哥大叔，很热情地介绍马拉喀什，难为他的英语力不从心，交谈一阵后，大家都累倒了。不过，还是得感谢他，至少从他那里得知，有一种果仁"argan"，只有摩洛哥才有。用它提炼的油，有"液体黄金"之称，是护肤护发的精品。后来买了几瓶带回家，果然不错，那是后话。

　　路上基本是一望无际的褐色沙土，稀稀拉拉的植物，沉闷乏味。偶尔也有沙漠绿洲，让人眼前一亮。

图 1—12

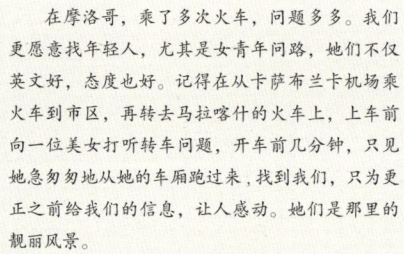

　　在摩洛哥，乘了多次火车，问题多多。我们更愿意找年轻人，尤其是女青年问路，她们不仅英文好，态度也好。记得在从卡萨布兰卡机场乘火车到市区，再转去马拉喀什的火车上，上车前向一位美女打听转车问题，开车前几分钟，只见她急匆匆地从她的车厢跑过来，找到我们，只为更正之前给我们的信息，让人感动。她们是那里的靓丽风景。

图 1—13

　　马拉喀什是个典型的阿拉伯城市。新建的穆罕默德五世火车站相当漂亮，既现代又有阿拉伯风味，是马拉喀什新城区的代表，它的周围不是大片新建筑，就是正在建造的工地。

先惊恐，后惊喜：迷宫街道中的民居旅馆

我们住的旅馆是在网上订的，在老城区。出了火车站，找了辆出租车，讲好价（从网上的旅游攻略得知，先讲价再上车，以免被宰）就直奔老城区。出租车很快就把整齐的新建筑甩在了后面，夹杂在摩托车、驴车、行人中，行驶在弯曲狭窄、灰尘飞扬的街道上，时不时会闻到菜场的气味，那就是老城区了。

图1—14　　　　　　　图1—15

车在一条商铺和居民混杂的街上停下，说是到了，但茫顾四周，不见有旅馆的影子。多亏那位出租车司机肯下车带着我们，东找西找，问了好几个人，有人摇头，有人指不同的方向，去了又都不是。司机也发急了，在我们的坚持下，他又问了一个人，总算这次敲了半天门后，有个壮实的摩洛哥汉子来开了门，说正是个地址，但这里还在装修，说会带我们去旅馆。司机如负重释地走了。

跟着那汉子又走了几条这样赭红石料筑的高墙深巷，只见一扇扇镶嵌在墙上的铁门紧闭，少见人影，虽然是在北非的大太阳下，心里却有点发毛：这种巷子，碰到歹人无处可逃……会不会碰上不靠谱网站？看见两个漂亮的阿拉伯女人在深港里时，提着的心稍稍放松了些。

终于，那人在一扇黑漆铁门前停下，说就是这里。然而，不见旅店招牌，没有门面，我满腹疑虑。待走进门，只见四方宽大的天井里，绿树白墙，凉爽干净，阿拉伯器皿和装饰都亮光闪闪的。一位年轻的摩洛哥人（经理）热情地迎上来，他颇为流利的英语和专业的接待，让我们放下心来。

图 1—16

宽阔的内庭是这旅馆的大堂。中央设有一喷泉水池，像是对宝贵的水的供奉，也起到了空调的作用。

客房简而不陋，朴素干净。看来是家不错的民居旅馆，加上之前的一番折腾，感觉像是在沙漠里找到了绿洲。旅游中有点不确定性，甚至有点冒险，常常会加深感受，只要运气不太差。

图 1—17

旅店提供的早餐十分素简：一杯橙汁，一点牛奶和咖啡，四小碟蜜饯，几个面饼和馕。

馕是这里人的主食，就像我们的饭和欧洲人的面包。它的外皮比较硬，肚子饿时吃蛮香的。

值得一提的是这里的橙汁，新鲜甘纯，因为这里盛产橙子，旅馆天井种的就是橙树。在缺乏绿叶菜的北非，还好有它提供维生素 C。

图 1—18

摩洛哥菜肴以塔吉 (Tajine) 为主角。这是一种陶土做的炖锅，但凡无叶蔬菜和牛羊鸡海鲜，都可以用塔吉来烹煮。塔吉兼具焖和蒸的功能，又非常保温。

图 1—19

在摩洛哥吃过好几种塔吉，还数第一天在这家旅馆吃的这道乌梅牛肉塔吉给我留下的印象最深。（写到这里，突然想起，下次烧牛肉，可以加进话梅试试。）

后来回到卡萨布兰卡买了个塔吉背回家，兴冲冲想如法炮制，不料，一烧就裂了。怎么忘记了，旅游景区的东西不能买。

马拉喀什老城区有着迷宫一样的街道集市。有人说，对于异乡客，每个陌生的城市都是迷宫，而这老城区是真正的迷宫。方向感再好的人，手拿地图，还是会迷路。

起先，你会觉得马拉喀什人十分热情，时时会有人来搭讪，为你指路，愿意带路。很快就知道一般这些都是期待小费的"带路党"，其中不乏给商家拉客的，把你带到他要你去的地方。因分不清谁是"带路党"，谁是"拉客党"，我们就一律拒绝搭讪。于是就自己寻人问路，被问者一般都比较友好，但因为语言障碍，常常不得要领，云里雾里。真是苦了两条腿。

有意思的是，那时搭讪亚洲人的第一句话总是"Japan(ese)？［日本（人）吗？］"估计现在他们见到亚洲人，已经改口问"Chinese?（中国人吗？）"

惊奇：千年集市德吉玛广场（Djemaa el—Fna）

傍晚时分，我们来到著名的德吉玛广场。这个被联合国教科文组织评为世界人类遗产的集市广场由柏柏人建于 11—12 世纪，曾是惩罚叛逆者的地方。据 18 世纪初的记载，这里已是娱乐集市场所；20 世纪 20 年代起，周围的旅馆、饭店、银行渐多，但古朴不变。一千多年的时间，在这里似乎没有留下多少印记。太阳还没下山，集市高潮还未来临，广场显得有点空旷。

图 1—20

这样的果汁摊（图 1—21）到处可见。果汁便宜好喝，我最喜欢的是 4 个迪拉姆一杯的橙汁。

图 1—21

11

集市中最多见的是各种香料，粉状的、颗粒的、膏状的，五颜六色的煞是好看，但不知那是什么。还有干果也很诱人。（图1—22）

库图比亚（Koutoubia）清真寺与广场紧挨着，是广场的重要标志。德吉玛广场最初的名字已不可考，现名直到17世纪早期才在历史文献中出现，有多种解释，但都跟这清真寺有关，我想，其中"有一个大片空地、大广场在前面的清真寺"最靠谱些。

图1—22

我们在广场边找了家饭店，边吃边看。

夕阳渐渐下去，乌泱乌泱的人群不知从哪里冒出来，涌向广场。暮色中，吹笛舞蛇的，打罗耍猴的，杂耍叠罗汉的，穿着古代柏柏人衣服收费拍照的，算命说书的，各色商品地摊、车摊，买卖营生……各就各位，各自精彩。

灯火渐渐亮起，烟雾弥漫处，已魔术般地支起了夜市大排档，大多是卖蜗牛和羊头肉。蜗牛是大锅煮的，加了气味特别的调料，几个迪拉姆就能买一碗，可惜我们没敢尝。人群中观光旅游的不少，欧洲人居多，唯一碰到的亚洲人是几个去那儿发展旅游的中国人。感觉摩洛哥人更多，这是他们的生活场所。我想起电影《角斗士》中的北非集市场景，疑是在这里拍的。

图1—23

图1—24

惊艳：马若雷勒花园（Jardin Majorelle）

在基本是红色的马拉喀什城中，镶嵌着一块"翡翠"，那就是马若雷勒花园。此花园由法国画家杰奎琳·马若雷勒（Jacques Majorelle）于 20 世纪 20 年代设计建造，被认为是他最杰出的艺术作品。1947 年，花园开始对外开放，但随着马若雷勒遭遇车祸去世，花园也渐渐破败。直到 1980 年，著名的法国时装设计大师伊夫·圣罗兰（Yves Saint Laurent）与他的同伴皮埃尔·伯格在马拉喀什旅行时发现了马若雷勒花园，旋即共同买下花园。2008 年，这位大师去世后，花园又对公众开放了。

花园现在是马拉喀什伊斯兰艺术博物馆所在地，也是摩洛哥艺术家们集聚的圣地。

走进马若雷勒花园，有种"螺丝壳里做道场"的感觉。从沙漠仙人掌到水乡竹子，五大洲最具代表性的植物济济一园。

然而，到底是出自画家之手的花园，色彩的魅力发挥到了极致。他以一种特殊的蓝色为建筑基色，配以明艳的柠檬黄和典雅的赭红，使花园变得妙曼奇特。加上时装大师引进摩洛哥经典民居的特色，将那些植物更完美地组合呈现出来。刚进园时的拥挤堆砌感在赞叹中释然。

图 1—25

图 1—26　　　　　　　　　　图 1—27

现在才知道，这种蓝色后来被冠以画家的名字，叫作"马若雷勒蓝"（"Majorelle Blue"），也叫作"北非蓝"。摩洛哥小镇舍夫沙万（Chefchaouen）因这种蓝色而出名。

原来花园里的色彩可以产生这样梦幻奇妙的效果，令人印象深刻。

惊叹：古老的阿里·本·优素福伊斯兰教学院（Ben Youssef Medersa）

我们费了点劲才找到阿里·本·优素福伊斯兰教学院。这是座两层的建筑，精致宏大，让人惊叹，马拉喀什老城区不只是集市，竟还藏着这样的古董宝贝。

这座神学院建于15世纪中叶，名字来自马拉喀什城当时的统治者。相当讲究细节。

图 1—28

14

图 1—29 　　　　　　图 1—30 　　　　　　图 1—31

图 1—32 　　　　　　图 1—33

　　第二层建有 130 个单人学习间。（图 1—32）六七百年前，这么大规模的学习《古兰经》，会是怎样的情形呢？

　　北非之行让我对那里宗教之深入日常生活，好不惊诧，他们一天竟然朝拜五次！不是初一十五去烧香，也不是礼拜天上教堂。在马拉喀什，清晨就会被宣礼声惊醒；傍晚，德吉玛广场的熙熙攘攘，也伴随着那种充满呼唤的宣礼声；机场也有供祈祷的地方。（图 1—33）

　　美国旅行作家里克·史蒂文斯（Rick Steves）说，经常旅游有利于"国土安全"。乍一听觉得有点牵强，再一想还挺有道理。至少，多到世界各处走走，了解不同的文明，见多识广，有益于多元文化相容相处，此乃世界和平的基础。

　　原想追随三毛的故事去看看撒哈拉沙漠，终因时间紧，又届 8 月，只能作罢，留着那个梦想。

第二章
秘鲁行

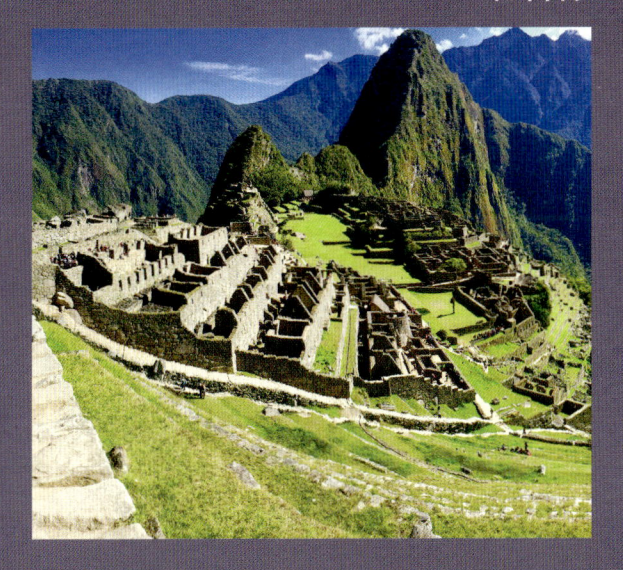

　　遗址总是满目沧桑。也许,沧桑使人思考,感悟,就像那个智利诗人在此"寻到能续写诗篇所必需的原则信念"。也许,对大多数普通人来说,感受沧桑会对生活更加坦然、淡然。本来嘛,文明的盛衰兴亡,个人的生老病死,都是个过程,既美好,也残酷,唯有正视。

马丘比丘：失落的天空之城

我看见，
石砌的古老建筑，
镶嵌在青翠的安第斯高峰之间。
……在这崎岖的高地，
在这辉煌的废墟，
我寻到能续写诗篇所必需的原则信念。
——《马丘比丘之巅》　巴勃罗·聂鲁达

图 2—1

　　马丘比丘这座南美安第斯高山之巅的印加文明遗址，因以上智利诗人、诺贝尔文学奖得主的著名诗篇而更有魅力。2018 年 5 月去秘鲁，它是主要的召唤。

　　1911 年对中国很重要，对远在南美的秘鲁也很重要。那年，美国耶鲁大学考古学教授海勒姆·宾汉姆（Hiram Bingham）在探寻印加人抗击西班牙人最后根据地的遗址时，意外发现马丘比丘。此后，这座"失落的印加城市"被联合国教科文组织定为世界文化与自然双重遗产，又被列为世界新七大奇迹之一，也成了秘鲁旅游业的一张名片。

对于不年轻的人来说，去马丘比丘是需要些勇气的。它深藏在安第斯高山峻岭中，你得先到达原印加帝国的首都库斯科（Cuzco），那里海拔高达 3400 千米，几近西藏拉萨，会有高原反应等着你。难得 3 个同龄同行朋友，都有劲头上安第斯高山，去看那失落的古城，满足一下对另一种陌生文明的好奇心。于是 3 家 6 人结伴而行，与另外 6 位游客组成一个秘鲁行小团队，通过一个叫印杜斯（Indus）的北美旅行社成行。

凌晨出发到"温泉镇"，联想起"步行串联"

从库斯科出发去马丘比丘，得起个大早，3:30 起床，4:00 有车子来接。在睡意朦胧中颠簸着前往火车站，一段时间后，突然有队友说，忘了带护照，于是车掉头回旅馆。所幸队友没发现得太晚，我们按时登上 7 点 05 分的全景火车。

图 2—2

乘全景火车，看着这头顶飞驰的云，窗外的山，有种腾云驾雾感觉。不过，火车常常摇晃得厉害，"咣当"，立马从云端跌回车厢。大概 2 个小时后，火车到达终点站：接近马丘比丘的"温泉镇"，一个美丽的安第斯山镇。

从这里，我们坐盘山巴士上山。我心里瞎想着，如果年轻时来这里，也许会选择沿着印加古道徒步，那样肯定更刺激、更有意思。当然，人生没有如果。年轻时，唯一颇为壮举的徒步旅行去的是韶山，那时叫"步行串联"。时值1966年至1967年初，我们9个初中同学从上海出发，在地图上划出大致直线，"去瞻仰红太阳升起的地方"，其实是想借机看看外面的世界。我们结结实实走了约3个月才到达韶山。不难想象，那里是何等的人满为患，吃饭睡觉都成问题，于是连夜在火车站排队挤火车回家。"壮举"草草结束，但那段徒步经历却让我终身难忘。后来，本人一直颇能走，也许是因为有这三千里徒步打底。

汽车盘山而上，山景绚丽。马丘比丘坐落在安第斯山脉最难通行的陡峭而狭窄的山脊上，在印加语中，马丘比丘就是"古老的山峰"的意思，没有听起来那么玄乎。约30分钟，我们到达遗址入口处，需凭票和护照进门。

曾经的印加帝国的标志

印加帝国曾是南美洲最大的印第安人帝国，始于12世纪时印加人建立的库斯科王国。15世纪30年代，那里出现伟人国王帕查库提（意

终于亲手拍得这张马丘比丘全景照。此图常见于秘鲁旅游的资料和广告中，成了最为世人熟悉的印加帝国标志。

图2—3

为"改变世界者",是印加人后来追称的),大规模扩张,发展为印加帝国。在以后的百来年间,印加人武力和恩惠并用,使得帝国的版图几乎涵盖了整个南美洲西部。印加人善修桥铺路,建起四通八达的印加路网,且拥有当时世界上最发达的黄金冶炼技术。

然而,福兮祸兮,路网和黄金造就帝国的繁荣,也加速了它的灭亡。大航海带来欧洲人,以及南美洲没有的物种和疾病,黄金是他们第一惦记的东西。16世纪20年代,帝国内瘟疫蔓延,王室兄弟阋墙,争战连年,国力削弱。1532年,西班牙草根军官弗朗西斯科·皮萨罗带领168个西班牙士兵,用狡诈欺骗手段俘虏了当时的国王,索得一屋子黄金,两屋子白银后,毁诺杀之。四通八达的路网使西班牙骑兵大展优势,可怜印加人的近十万军队被西班牙"小分队"与其土著盟邦士兵打败。第二年,西班牙人占领印加帝国的大部分地区,开始在那里殖民统治和疯狂掠夺。此后印加人反抗多年,都遭残酷镇压,1572年最后一位国王被杀,印加帝国彻底灭亡。

人类学家兼纪录片制作人金姆·麦格理(Kim Macquarie)写的《印加帝国的末日》(The last days of the Incas)以讲故事的风格写印加帝国的考古研究及其灭亡史,是此类书中的畅销书,可读性很强。

据考古推断,马丘比丘是印加帝国鼎盛时期的建筑,建于传奇国王帕查库时期,约1440年。也许因为这里地势太险要,才没被西班牙军队发现,得以保全。几百年后才重新被文明世界所瞩目。

神秘的天空之城

5月,这里雨季刚结束,艳阳高照,整个印加城堡(其实是介于城堡和村落之间,英语有时用"Citadel",有时用"Pueblo")尽收眼底:环抱在黛青的群山中,背依巍峨的华纳比丘山,俯瞰乌鲁班巴河谷,依山势而建,纵横井然,恢弘神秘。好一个天空之城!

城堡大致分为三部分:在西侧的上城区,以神庙、祭坛、王宫和贵族宅邸为主;在东侧的下城区,磨房仓库与普通居民并存;在城东南的农田区，有用巨石圈起的一级级梯田，约有一百块，占总面积的一半多一点。此外，还有排水渠和其他农耕设施。整个城堡的格局以功能划分。

有研究认为，马丘比丘是一个印加"llacta"，即用来控制新征服地区经济的"据点"。也有另说的，认为马丘比丘是祭祀场所，理由是它被发现时，村里散落着100多具骷髅，男少女多，比例悬殊，故作此推断，因为印加人崇拜太阳，女人被视为太阳的贞女，是用来祭祀用的。马丘比丘的用途以及是否因天花蔓延而被遗弃……至今仍是谜，引得众多专家学者探讨研究。

历史常常扑朔迷离，更别说是一种没有文字记载的、已经消亡的文明。

导游是个当地年轻人，带着我们周游城堡，约3小时。据他介绍，那引人注目的半圆形建筑是塔楼。它的左侧是印加王宫。要把这些石砌的断壁残垣与王宫联系起来，需要有点想象穿越能力。

图2—4

印加人深信太阳神是他们的祖先，印加即"太阳的子孙"的意思，他们也称国王为印加。图中是太阳神庙。此处的石墙十分精美。

图2—5

失落的文明遗珠

这块"圣石"(图 2—6)位于金字塔形的梯田顶端,据说,这是全世界仅存的拴日石(Intihuatana),此乃印加人设计的天文学时钟,即依据太阳变化精确计算时间。这是印加人具有极高智慧的象征。

这块"圣石"上有 4 个角,分别指向东、西、南、北 4 个方位,其中南、西、北各指向不同的山脉,唯独东面没有任何阻挡而迎向太阳。太阳崇拜是南美印第安人的文化特点,每年南半球"冬至"这天是南美洲的秘鲁、厄瓜多尔等国的克丘亚人(印第安人一族)最重大的节日,要举行太阳神祭奠。

图 2—6

图中的这两个圆坑位于平民区的尽头的石屋地上。有学者认为这是印加人用来研磨的研钵。但此说被后来的考古否定了。有学者转而认为,这两个圆坑是印加人用来储水,观测日月星辰的"天文仪器",那石屋也许是设在那里的"天文观测站"?

图 2—7

看来印加人是了解圆形的,他们用圆形来表现太阳神,但却不见将其运用在建筑中。关于印加人用不用轮子,仍无定论。他们究竟如何搬运庞大数量的石块也是个迷。

看，这石刻还真像鹰头！据介绍，这里是神鹰庙。

图 2—8

神庙后面的巨石就像是神鹰展开的两翼，仔细看，还真像，可惜没有拍全。

图 2—9

鹰是印加人的图腾之一，风靡全球的《山鹰之歌》（El Cóndor Pasa），原来是由反抗西班牙殖民者的印地安民歌《神鹰飞翔》演变而来的。

……I'd rather feel the earth beneath my feet.

我宁可感觉脚踏实地。

Yes, I would.

我宁愿如此。

If I only could,

如果能如此,

I surely would.

我肯定愿意。

Away, I'd rather sail away,

飞走,我宁可飞走,

Like a swan thats here and gone.

像天鹅一样来去自由。

A man gets tied up to the ground,

人被地面束缚,

He gives the world its saddest sound,

发出的声音最悲,

Its saddest sound.

声音最悲。……

（歌词和翻译摘自网络）

  空灵飘逸的旋律,伴着印第安人特有的明快节奏、深沉忧伤的歌词,让人过耳难忘。我喜欢各种版本的老鹰之歌,包括邓丽君翻唱的《旧梦何处寻》。

  马丘比丘的全部建筑都用大块花岗石砌成,运用典型的印加传统技术,石块之间不用任何黏合材料,全靠石匠们精确的切割垒砌而成,却几乎严丝合缝。各个建筑又由纵横其间的石阶连接起来。几个世纪以来,这里发生过多次地震和山洪,而整个城堡,墙仍是那墙,阶还是那阶!

图 2—10

  在赞叹印加人是如何把坚硬任性的石头垒接成墙之余，有时会有一种错觉，以为它与中国的长城，或埃及的金字塔同时代。其实，与它同时代的是明朝的宫殿、意大利米兰大教堂、巴黎圣母院……没错，这帝国没听起来那么强盛先进，它受阻于安第斯山脉，孤立于美洲大陆，没有接触先进文明的机会。难怪，西班牙骑兵打来时，以为人家是人马一体的怪物，逃得魂飞魄散；也难怪，容易上当受骗，两军一相遇，国王就被捉……没办法，各个文明都与地理环境密切相关，各有长板短板，都有其存在发展的理由，碰撞冲突在所难免。

  遗址总是满目沧桑。也许，沧桑使人思考、感悟，就像那个智利诗人在此"寻到能续写诗篇所必需的原则信念"。也许，对大多数普通人来说，感受沧桑会对生活更加坦然、淡然。本来嘛，文明的盛衰兴亡，个人的生老病死，都是个过程，既美好，也残酷，唯有正视。

库斯科："混血"的印加古城

在大航海之前，美洲大陆是印第安人的天下。那里曾产生三大印第安文明：印加、玛雅（Mayan）和阿兹特克（Aztec）。现今秘鲁的第二大城市库斯科在西班牙人入侵之前，一直是印加帝国的都城，也是印加文明的核心区域。西班牙殖民之后，这里自然成为两种文明交汇之地，形成独特的文化"混血"风貌。1983年，库斯科被联合国教科文组织列为世界文化遗产。

当年，美国耶鲁大学教授宾汉姆以库斯科为远征的基地，发现了马丘比丘的印加遗址。现今，游客们也是从库斯科乘火车去马丘比丘，这里堪称印加文化之旅的中心。

高原古城：美洲豹形状，古柯茶

飞机从亚马逊流域的马尔多纳多（Puerto Maldonado）机场起飞，向西南，飞往库斯科——"安第斯山脉皇冠上的明珠"。

库斯科现是秘鲁大库斯科地区和库斯科省的首府。我没去过西藏，

起飞不久后，透过舷窗，满目都是热带雨林的蓝绿。亚马逊支流的支流像一条彩带，随风飘落在雨林间。

图 2—11

图 2—12

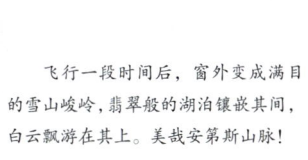

飞行一段时间后,窗外变成满目的雪山峻岭,翡翠般的湖泊镶嵌其间,白云飘游在其上。美哉安第斯山脉!

图 2—13

约两小时后,到达库斯科。这里海拔 3400 米,稍逊于拉萨(3650 米)。崇山峻岭围绕在城市四周,山高云低,仿佛一伸手,就能触到天。

图 2—14

但老会不自觉把这个城市与拉萨联系起来,也许就因为它们都是高原城市。

这里原住民的服饰颜色也和西藏人的很相像。关于印第安的人种起源,林林总总,好像跟全世界人种都有关系。其中有一种,说基因测序与考古发现，印第安人是从白令海峡穿越到达美洲的北亚人。我觉得比较靠谱，不管怎样，二者都属于黄种人。

　　来库斯科的前一天，我们都吃了预防高原反应药。刚到时没什么反应，直到傍晚时分，我开始发冷不适，牙齿打架，赶紧回头去酒店休息，途中被一家小饭店的热汤广告吸引进去。服务员听说我因高原反应不适，就先送来了一杯古柯茶，说有抗高反不适的功效。古柯茶

这幅反映古印加人生活、反抗西班牙人的大型壁画，浓彩重墨，无疑是一道风景。

图 2—15

印加人在12世纪（也有说13世纪）时迁移到此，建立库斯科王国。库斯科在第9个国王帕查库提时期得到系统的扩建，成为印加帝国的都城和神圣之地。按照这个国王的规划，整个城市呈美洲豹形状。美洲豹逐成这个城市的标志。入乡随俗，我们也穿起红黄蓝衣裳。

图 2—16

图 2—17　　　　　　　　图 2—18

的味道和茶叶茶差不多，也有一点清香。喝了这茶和蔬菜鸡汤，真的觉得好多了。我回酒店休息，一宿安然。

那里的机场、酒店都有免费的古柯叶。后来的几天竟没有明显的高原反应，不知道是因为带去的高反药，还是因为每天都喝这古柯茶。

在亚马逊地区时，导游就介绍过这种古柯叶，说高原地区的印加人有嚼古柯叶的习惯。咀嚼古柯叶有提神来劲、镇痛止渴，抗饥饿等效果，听起来，像是绿色大麻。

古柯是一种灌木，白花红果，生长于南美洲的西北部一带。关于它的由来，有个不美丽的传说：很久以前，有个万人迷女人，没有一个男人能抵抗她的魅力。不知道为什么，这让国王很生气，下令杀了她祭神。她的坟上长出的植物就是古柯。

古柯在印加文化中有重要作用。古代印加人有向着太阳烧古柯叶的习惯，既祭神又治病，太阳是他们最崇拜的神；他们还相信，古柯叶能传递神的旨意，只有巫师才能解读。考古发现，祭神的木乃伊，死前服过几个月的古柯叶。古柯叶中含有古柯碱，可用于提取可卡因，古代印加人不知其因，把它神化了。难怪，南美的毒品业根深蒂固。

原来可口可乐（Coca Cola）的名字来自这种神奇植物。看来美国人喜欢用来自南美、带有神秘色彩的名字来命名品牌，亚马逊（Amazon.com）是又一例。

殖民古城：印加基石，欧式建筑

库斯科的名字在印加的克丘亚（quechua）语中，意为"肚脐"，古代文明都以为自己是世界中心。阅兵广场（Plaza de Armas，也有译为"阿玛斯广场"）应该是库斯科的"肚脐"，是该市的市政广场、宗教文化中心，也是旅游者必去之地。乍一站在这里，我正以为自己是在欧洲某地。

这里原是印加帝国的"勇士广场"，是印加人举行宗教礼仪和庆典的场地。据当初西班牙入侵者的描述，广场四周的皇宫鳞次栉比，因为每个国王都要为自己建新皇宫。"精致的岩石大厦，长而规整的街道……镶金盘子……"让西班牙草根士兵惊掉下巴，继而毫不犹豫地大肆抢掠。

这个广场像其他城市的主要广场一样，经历了本地或惊心动魄，或腥风血雨的重要历史事件。恶名昭彰的西班牙殖民首领弗朗西斯科·皮萨罗就是在这里宣布征服了库斯科——印加帝国最后的都城。

这里也是印加抵抗军领袖图帕克·阿马鲁二世（Túpac Amaru Ⅱ）被处决的现场。阿马鲁二世是新印加王国的最后一位国王，他不愿做傀儡，率领他的臣民与西班牙人对抗，最后兵败遭逮捕。据当时的西

图 2—19

班牙神父回忆，有上万人前来刑场围观。阿马鲁二世被逼目睹妻儿和其他亲人被绞死，被拉折手臂和腿，最后被斩首。现场极其残忍悲壮，哭声震天。他的最后一句话是："大地母亲见证我的敌人们如何使我流血。"他被尊为南美反抗殖民统治的精神领袖，著名的《神鹰之歌》就是为他而作。

西班牙入侵后摧毁了原有的印加宫殿和寺庙，却留下许多地基、石墙、道路，以此为基础，建起新的欧洲风格的教堂、修道院、学校和市区，形成印欧文化融合的城市建筑，就如秘鲁混血的人种。

也许是秉承拉丁人的"文化融合"的习惯，西班牙人的殖民政策与英美殖民者有所不同，"他们把印第安人纳入了社会系统，印第安人比白人低等，比黑人高等。印欧混血比印第安人高等，比白人略低。这种等级制度鼓励了印第安人找白人混血。"[1]如今的秘鲁，印第安人仍占45%，印欧混血人种占37%。

在西班牙殖民时期，库斯科是南美洲的文化艺术中心。一批原住民学习了欧洲绘画技巧，自然地揉进印第安艺术风格，形成了独特的"库斯科派"。这一画派喜用鲜艳的色彩，多以宗教为主题，不讲究透视构图。大教堂是这一流派艺术家的主要作品收藏地。其中有一幅

广场左侧的库斯科大教堂是该城最大的教堂，是晚期哥特式建筑，巴洛克和西班风格的内装饰，于16—17世纪由西班牙人在印加帝国某个国王宫殿的地基上建成。使用的石材，有些据说来自库斯科城外的巨石堡垒（Saksaywaman）。

图2—20

---

[1] 引自《知乎》网。

巨大的油画《最后的晚餐》，画中的耶稣和十二门徒吃的是安第斯传美食烤荷兰猪（中文名"豚鼠"）。这画应该是这一流派最知名的代表作品，可惜没有亲眼看到，因为我们没能进教堂参观。

图 2—21

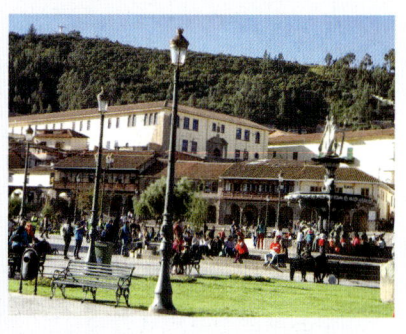

图 2—22

广场右侧是耶稣会教堂（La Compania de Jesus），1576年，由耶稣会始建于印加第8位国王的宫殿地基上，被认为是美洲殖民地时代最美的巴洛克式建筑。两座塔楼都十分漂亮，像一对巴洛克姐妹。

广场中央有图帕克·阿马鲁二世的雕像。

图 2—23

图 2—24

路过广场时，见幼儿园老师带领的天主教活动。看来，这里离美国近，离上帝也不远。不像墨西哥，被说"离美国太近，离上帝太远"。

从广场可见山坡上的教堂和山顶巨大的十字架。库斯科是西班牙殖民化和基督教在安第斯山区传播的中心。

34

图 2—25

广场周边的建筑都有西班牙式的拱门和阳台。

图 2—26

很多现代建筑建造在印加人的旧石墙上。

这种混合建筑模式最典型的要数库斯科的圣多明哥（Domingo Coricancha）教堂，它建立在原来印加人的"太阳庙"旧址上。

西班牙殖民之前，太阳神是印加人的上帝。这个太阳庙是印加人最重要的祭拜神灵的圣址，也是库斯科城中最高端的建筑。当年西班牙人在拆毁印加人的太阳庙的时候，也许觉得它太精美了，不忍下手，"明智"地保留了部分建筑。现在这些被保留部分就成了这座太阳庙的博物馆馆藏，成了宝贵的旅游资源。看来，西班牙人的宗教侵略很决绝，建筑风格倒是有点实用主义的温情。

前部的塔楼是典型的西班牙式建筑，但仔细看，下面的墙是人家印加人的。

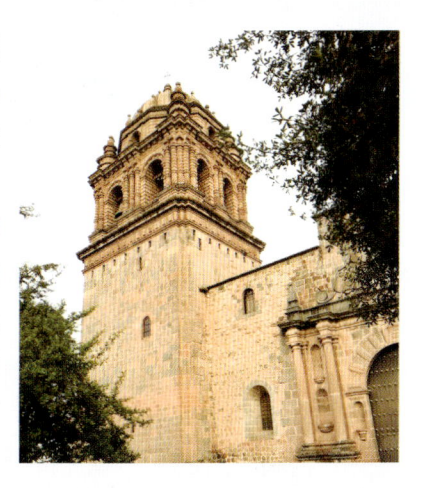

图 2—27

图 2—28

35

石头古城：印加墙，巨石堡垒

从阅兵广场拐进老城区，那里更多的是印加文化的氛围，是更吸引我们的地方，毕竟哥特式、巴洛克、西班牙风格不是这里的特色。

如今，印加老房屋里常常是时髦的旅游商品店。

印第安风格的陶瓷很受青睐。

图 2—29

图 2—30

库斯科城在本地语言中叫作"qusqu"，据考证，最早的含义是"Rock of the owl"（"猫头鹰之石"），后来西班牙人沿用为"Cuzco"，英文为"Cusco"。是名副其实的石头城！

图 2—31

图 2—32

这就是有名的"印加墙"。由暗红色石头垒砌而成，下层石头大，向上渐次变小，不用任何粘合材料而整齐牢固，严不透风，有三人多高，二三百米长。堪称印加人石头工程的杰作。

据说，这就是有名的 12 角（或 12 边）巨石，与周边石块巧妙地相接。我猜想印加人有精湛的打磨技术，依石头自然形状加工，然后像拼图一样拼接起来。真是摆弄石头的高手！

图 2—33

  这些石墙都经受了数次大地震的考验，比它们年轻的建筑倒下了，它们却巍然不动。不难理解，为什么西班牙人要把他们的教堂建在印加宫殿的石基地上了。

  西班牙教堂建在印加的宫殿、寺庙的基地上，而库斯科古城也是建在土著基勒人（Killke）的石头工程之上。

  据说，在印加人之前，约 900—1200 年间，基勒人占据此地。库斯科城外的石堡遗址 Saksaywaman（发音同"sexy women"，即"性感女郎"，好记）就是基勒人在 1100 年前后修建的。被印加人占领石堡后，加固扩建，成库斯科城美洲豹形状的头部。凡到库斯科的游客，都不会错过这个"性感女郎"。

  巨石堡垒在库斯科北面山上，海拔更高，为 3701 米。只见 500 多米长的石阵，依山势而建，上下三层，均由灰黑色巨石垒砌而成。忖

石阵对面的石坡会让人明白石头是从哪里来的。

图 2—34

37

着蓝天白云，有种厚重、神秘的力量。这样的防御工事抵挡得了其他土著人，却无法抵挡渡海而来的西班牙人。

　　石堡最高处，据说是三层塔楼围起的主建筑，现已不复存在，只剩残垣断壁。

　　南美印第安人仍保留着对太阳崇拜的传统，每年南半球的"冬至"就是他们的太阳节，世界闻名的"太阳祭"庆典表演就在这里举行。

　　离开巨石堡垒，我们跟着导游，去了下一个神秘的遗址。

　　穿过只能单人通过的石缝，来到了昏暗的石洞。原来这些平台是人体祭祀台。

　　印加宗教相信人死后会进入另一个美好的世界，盛行杀人祭神，陪葬或宗教仪式祭祀，尤其是杀女人祭太阳神。可怕的陋习！

　　库斯科周围有许多印加帝国的各种遗址，都是山和残存的石头建筑。印加文明其实就是山地文明。

　　我想，库斯科这个失去帝国光环的印加古城，有着印欧"混血"建筑的高原城市，形象地诠释了高山文明与海洋文明的碰撞，及其特殊模式的融合。自然，其间有过无数征服与抗争，有无数人的血泪与故事……旅行使我们认识不同的文明。

图2—35

图2—36

图2—37

的的喀喀：有人居住的高原湖

人住湖上？没错，准确说，是人住在人造芦苇岛上，岛漂浮在湖上。听起来有点世外桃源式的浪漫。那就是秘鲁与玻利维亚边境的的喀喀湖 (Lake Titicaca) ——南美最大、世界最高的通航湖泊。

库斯科 — 普诺（Puno），一路安第斯风情

我们离开库斯科，乘坐库斯科—普诺一日游巴士，前往的喀喀湖。这个安排不错，既可到达目的地，又不闲着，继续印加文明之旅，还是车拍南美山水的好机会。

图 2—38
图 2—39 图 2—40

图 2—38，图 2—39，图 2—40，农舍不堪近看，山也是远看的美。距离产生美，呵呵。墙上的字是人名或姓。我们的猜想是竞选广告

39

世界各地叫圣彼得和圣保罗（St Peter & St Paull）的教堂不少，这里也有一个，是我们途中的第一个景点。

该教堂外观小巧美观，但不怎么起眼，进去了才见识到那里教堂的富裕：镀金塑银的神像，细镂精雕的神坛圣物，金光闪闪，满满堂堂。想来，当年西班牙人抢来的黄金白银还真不少！顺着导游的手指，在雕塑绘画中，可看见太阳神因蒂（Inti）、羊驼等印加形象。这不难理解：用人家的真金白银，建你的教堂，传你的教，要人家信你的，总得跟人家拉点文化关系吧。

图 2—41

图 2—42

教堂前是鹅卵石铺地的小广场，两棵参天大树，一溜旅游商品摊位，傍着远山，自成一景。

车再次停下是在离库斯科约 110 公里的维拉科查（Wiracocha）遗址。这个遗址很大，是印加帝国时期的路网中转站，其中最主要的建

图 2—43    图 2—44

40

筑是维拉科查神庙，故以此名之。关于印加帝国的历史传说，大多来自西班牙人的文史资料。根据一个与印加公主结婚，曾是库斯科总督翻译的西班牙人的记录，在前印加和印加神话中，"Wiracocha"（也写作"Viracocha"）是伟大的造物主神、万物的创造者。维拉科查创造了宇宙、太阳、月亮和星星。印加人尊崇的太阳神因蒂和大地之母基拉（Killa），都是这个主神的后代。听起来，跟上帝创造万物有点相像，只是基督教只信上帝一神，印加人拜多神。在参观这个遗址之前，只知道，太阳神是印加人最高的神，现在才知道上面还有创造主神。

据介绍，维拉科查寺庙是个巨大的长方形双层屋顶建筑，其墙壁和柱子是经典的印加石雕，煞是气派。怪不得秘鲁人无比怀念印加帝国时代！

此时此刻，站在高原山麓下，尤感人很渺小，也许孤独，但颇感自豪。

图 2—45

图 2—46

这些石垒圆圈是当年印加帝国储存粮食的仓库。印加人善农作，有多余的粮食。除了用武力征服其他土著人，他们还施以粮食，使其他部落皈依印加宗教。任何帝国的扩张不外乎武力征服、经济利诱、信仰宣传。

图 2—47

安第斯山脉中的拉雅山脊（La Raya）是途中海拔最高（4335米），也是库斯科地区与普诺地区的交界处。背靠雪山，原住民在这里摆摊，主要是卖羊驼毛织品，自然也是一景。

吃过午饭，来到普拉卡（Pucara）博物馆。博物馆不大，展览的是前印加时期的陶瓷和石器。据说，印加人原本是从这里走出去的。

猜想图 2—49 是普拉卡的市政部门。楼上的母牛雕像是的的喀喀地区传统的屋顶装饰品，象征着福运多产。

图 2—48 　　　　图 2—49

这是途中所见的城镇景象。几乎每家屋顶上都杵着裸露的钢筋，像是造了一半。城镇就像是无边的"工地"。其实，即使在利马、库斯科这样的大城市，只要离开旅游区，这也是常见的，与山水自然美和"辉煌的废墟"反差甚大。我问导游，为何如此？答，未完成的房屋不征税。原来是国人所熟悉的"上有政策，下有对策"。不由想起《圣经》名言："日光之下，并无新事。"

图 2—50

船游的的喀喀，访湖上人家

第二天，我们乘小游艇出湖，去一个芦苇岛，访问岛上的"湖人"（"people of the lake"）。

图 2—51

图 2—52

"湖人"在美洲是指最早生活在湖区的印第安人，尤其是指北美大湖地区的原住民。有一套关于北美原住民的历史小说丛书，其中一本就叫《湖人》《People of the Lakes》。NBA 的洛杉矶湖人队（the Los Angeles Lakers）使"湖人"为大众所知，但这个名字是否与印第安湖人有关，不得而知。

的的喀喀的海拔比库斯科更高，可惜两位朋友因高原反应太厉害，无法去游湖。在预定的游船上，只有我们四人。起先，水较浅，清澈见底。到处是浓密的芦苇（其实是蒲草），那是造岛的原料。

图 2—53

图 2—54

这是看见的第一个芦苇岛，好像是个收费站，因见导游把一张纸片交给上面的人。

主行道上交通繁忙。

渐见诸多的芦苇岛和金黄色的芦苇船。红黄色的芦苇船像是湖上人家的门面。

生活在的的喀喀湖上的湖人是乌鲁斯人(Uros)——印第安某族的一支。据说，乌鲁斯人起源于亚马逊河区，后移居的的喀喀地区，受到当地居民的压迫，无法获得自己的土地，只得建造芦苇岛，漂流在湖上，以逃避陆上土著人的追逐。他们以狩猎和捕鱼谋生。自从的的喀喀湖成了秘鲁的旅游胜地，他们的生活方式也成了吸引游客的卖点，被允许收费参观，并出售手工艺品，以补贴渔业。

图 2—55

我们去的这个岛住着五家人。岛上铺着芦草，踏在上面软软的，但感觉平稳。

环岛建有五六个芦苇屋子，岛中间有几个芦苇亭子、芦苇拱门……

图 2—56

老远就看见乌鲁斯妇女，她们穿着鲜艳色彩的衣裙，在芦苇岛上摆姿势，欢迎游客。

这位准母亲可能自信孕妇是最美的。也可能是生活不易，身怀六甲也要出场。

图 2—57

我猜想那个妹子不怎么愿意出来，那位年长的像是在催她。

屋边的太阳能发电板在芦苇世界中很另类，一眼就能看到。据说，那是 20 世纪 90 年代前秘鲁日裔总统的政绩，他曾在乌鲁斯人的岛上住了一夜，故而体恤湖人的生活艰辛，安排政府给每个岛安装了太阳能发电系统。这位史上南美第二位亚裔总统最后成了阶下囚，一个颇有争议的人物，但这件事应该是为他加正面分的。

图 2—58

两个乌鲁斯男人向我们演示了他们是怎么建岛的。年轻人主讲，年老的做助手，导游翻译。其实就是用锯子锯下一大块芦根，上面按经纬铺上几层芦苇，让其漂浮水中……我猜想，那年轻人每天重复造岛的故事，早就腻了。

图 2—59　　　　　　　图 2—60

听着听着，我就走了神，想起青春岁月，下乡崇明岛，那里也是一望无际的芦苇，不过芦苇的品种有些不同。我们也割芦苇，也用芦苇盖过草房，知道盖草房、住草房一点也不好玩。

那个年轻人拿出一块芦苇根，说可以吃，还可以包伤口。记得我们也尝过崇明岛上的芦根，有一丝甜味，也是一味中药。

后来，老祖母也出场帮忙。她向我们展示了他们的艺术品。她也带我们看了他们住的地方和食物。不过，总觉得是在表演。

图 2—61　　　　　　　　　　　图 2—62

后来，那个年轻的妹子终于被叫来了，但她始终没什么兴致。也许是嫌观众太少；我更愿意猜想，她有更远的视野，不愿意像前辈那样谋生……

回程路上，我们看到乌鲁斯人的学校。（图 2—63）虽然校舍很简陋，但有学校就有希望。猜想刚才那家的妹子一定上过这学校，希望她以后能过上自己喜欢的生活。也见识了名副其实的水天一色，和芦苇做的雕塑。

图 2—63

图 2—64

普诺，湖边旅游城

普诺是个港口城，因的的喀喀湖而发展成旅游城。没有几条街道，但干净热闹，还有夜市面。

图 2—65

有一晚，我们走进一家饭店，其装饰风格原始，颇有高原湖城的特色。包括芦苇的墙、芦草编的艺术品。

图 2—66

这是住了两个晚上的酒店，这家店很注重用印加文化元素来包装自己。

第三天一早，我们离开普诺去机场。普诺城与的的喀喀湖渐行渐远，忍不住一路车拍。感觉，越远越抽象，越有朦胧美……

图 2—67

图 2—68

旅游，常常是浪漫与世俗之间的游走，往往始于浪漫终于世俗：平常日子过久了，就想去别处看看，以为那儿是浪漫、新奇、神秘的远方。待走近看，其实是人家的世俗世界，人家住腻的地方，讲腻的故事。但人们并不因此而放弃旅游，因为人总需要暂时从世俗现实中逃离一下，旅游是方法之一。

图 2—69

利马—亚马逊：各自精彩的故事

秘鲁作家、诺贝尔文学奖得主巴尔加斯·略萨（Vargas·Llosa）的小说《绿房子》（*La casa verde*）以妓院绿房子为切入点，通过虚构的皮乌拉市和亚马逊流域的聂瓦镇，"把秘鲁两个相距遥远、差别很大的地区——沙漠地区和森林地区，连接起来"，展现了 20 世纪中叶以来秘鲁的社会生活画卷。当然，他说的这两个地区的差异不只是地理上的，更是文化上的。利马应该是前者的现实原型，它是秘鲁的拉丁文化重镇；而亚马逊流域自然是后者，是原住民文化的所在地。

这次秘鲁行的重点是印加文明，但在去库斯科之前，先游利马，再飞往亚马逊的马尔多纳多港，在热带雨林住两夜，正好领略一下略萨笔下秘鲁的两大浑然不同地区的现实风貌。

图 2—70

图 2—71　　　　　　　一边是海天霞辉，一边是悬崖高楼。中间有两棵树的平台，我猜想是诸多海景餐厅之一。

图 2—72　　　　　　图 2—73

图 2—72、73，这两张利马海边人物照是这次秘鲁行最得意的车拍。路人甲乙，裸背一群，为太平洋海边打上了当时、当地的印记。

这是利马城著名的雕塑《吻》，看着很南美：体格壮硕，热情奔放。顾名思义，这里是爱情公园。观赏太平洋日出日落，也许更易期许天长地久。

图 2—74

利马："兴国兴城"的美食故事

利马是秘鲁首都，建在太平洋东岸的沙漠高坡上。

到南美旅游，圣马丁是常听到和看到的名字，就像在北美常见华盛顿一样。这是利马的圣马丁广场，为庆祝秘鲁独立100周年而建。广场中心是圣马丁的青铜像。只拍到了英雄骑马的背影，权当是独特的角度吧。（图2—75）

何塞·德·圣马丁（1778—1850）出身于阿根廷的白人殖民官吏家庭，8岁时随父亲去西班牙学军事，后成为拉丁美洲独立战争中的杰出领袖，被称为秘鲁、智利、阿根廷三个共和国的"国父"。殖民者的后代在殖民地揭竿而起，挣脱殖民母国的统治，建立独立国家，这是典型美洲版的民族国家兴起的故事。

利马大教堂是一座罗马天主教堂，由西班牙人建成于17世纪。三四百年了，还那么挺括，保存完好，秘鲁人对宗教的信仰可见一斑。大教堂的左翼现为博物馆部分。

教堂内部像欧洲的大教堂一样，千篇一律地华美……，精雕细刻的繁复……，似乎更金光灿灿一些。这也属当然，被征服的印加帝国是黄金帝国嘛。

图2—75

图2—76

图2—77

西班牙殖民首领弗朗西斯科·皮萨罗的棺材被保存在教堂的小礼拜堂内。利马就是这个皮萨罗于1535年建立的，并称之为"国王之城"。在这个城市旅游，少不了听这个欧洲"屌丝逆袭"，成者为王的故事。可悲的是，他辉煌一时，最终却横死在"亲密战友"的刀下。冒险征服盗匪之类的人生故事常常有戏剧性的句号。

图 2—80

瓷砖中间刻有1604，据说是当年向西班牙订制的记录，可以想见当时已讲究工艺流程，也可见当时圣多明哥教会拥有相当的财力。据记载，教会还在16世纪中叶创立了美洲最早的圣马可大学（Universidad Nacional Mayor de San Marcos）。

图 2—78

图 2—81

圣女圣罗莎（St. Rose of Lima）长眠于此，这是到此修道院必听的故事。圣罗莎生于利马，终年37年，传教苦行、收容无家可归的人，深受民众爱戴。身后仍不断带给虔诚信众神迹：洒落的玫瑰花瓣，因而被冠上玫瑰之名。

图 2—79

此修道院还因它的图书馆而闻名。馆中四壁的实木书架上，珍藏着数千古书珍本。

图 2—82

圣多明哥教堂和修道院也是座保存良好的殖民地建筑，现在是圣多明哥博物馆（Museo del Santo Domingo）。其內部虽受到过地震摧毁，但由西班牙蓝磁砖装饰的内廊还是很耐看。

现代化的利马城中竟保存着一处古老的金字塔，叫"Huaca Pucllana"，是"祭祀之地"的意思。（图 2—83）它与玛雅金字塔不同，是用有空隙的土坯建成的，面积大，比较平缓，塔状不怎么典型、雄伟，只能算类金字塔。它属于 2—7 世纪的利马文化（Lima Culture），据说是周边文明的过渡时期，比印加帝国的马丘比丘遗址早得多。我猜是因为利马的沙漠气候，常年无雨，有利于土建筑保存。原以为我们会进去参观，却只是绕场一周。

古老金字塔的四周围着水泥栏杆。（图 2—84）

图 2—83

图 2—84

图 2—85

在利马故事中，最令人感兴趣的是"美食革命"改变城市的故事。在利马，其实应该说在秘鲁，吸引世界各地的游客的，不只是印加遗址、殖民建筑，更有美食。在过去的二三十年中，利马从一座贩卖豆子和豚鼠的沙漠小城发展为世界美食时尚之地，秘鲁菜已与法国菜齐名。根据一家权威机构排名，世界前50最佳餐馆中，利马就有3家。南美最大的美食节——米斯图拉（Mistura）美食节每年都在利马举办。

看来，对于中国人的"民以食为天"文化，秘鲁人不仅会认同，还进一步推己及人，用美食吸来引天下人，发展经济，兴城兴国。甚至有民调说，很多人认为，相比马丘比丘的印加遗址，美食更能代表秘鲁。

秘鲁烹饪基本属于西餐，但融进了中国、日本移民和原住民的饮食文化，推出自己的特色菜谱。最典型的是用"ceviche"（"酸橙汁腌鱼"）代替了法国的勃艮第牛肉。利马几乎所有的餐厅都有这道用酸橙汁腌制，加上辣椒等调料的新鲜生鱼片。可以说是日本生鱼片的姐妹版。图 2—86，图 2—87 就是两款不同的 ceviche。

图 2—89 是当地特产的泡沫葡萄酒 (Pisco)，很好喝。

秘鲁菜肴讲究形式和制作程式，点菜时，会像讲故事一样解释菜的特点。图 2—92，那道肉，就是因为听介绍说煮了八小时，我们感到好奇才点的。果然，其味道不一般，也许就是心理作用，呵呵。

我们去的饭店都是导游介绍，或酒店附近的饭店，或信步走进的餐馆，比欧洲城市的饭店价廉味美。可见，秘鲁的餐饮业普遍水平较高。

图 2—86

图 2—87

图 2—88

图 2—89

图 2—90

图 2—91

图 2—92

图 2—93

55

图 2—94

图 2—95

图 2—96

不过，到利马旅游，不去个榜上有名的高档餐厅，未免有点遗憾，喜欢美食的人，可以提早一年半载预定，去利马只为尝尝人家"兴国兴城"的菜。

图 2—94，这家快餐店的汉堡包比美国的好吃多了。

然而，秘鲁人最喜欢的传统特色菜肴，我们却未必能消受。那就是"cuy"，英文叫"Guinea pig"（"几内亚猪"或"荷兰猪"），而中文翻译则直白为"豚鼠"。听说，常有店家喜欢开玩笑，上菜时，把一只油炸的全爪、全须、全齿的豚鼠端上桌，先吓你外国人一跟斗，然后，切块装盘再端上。

图 2—95，这张照片是在库斯科街上某家饭店的橱窗照片的反拍，虽没那么"全"，也可见大概。

在利马，随处可见挂着"Chifa"招牌的餐厅。"Chifa"就是吃饭的广东话发音，也就是中餐馆的意思。（图 2—96）

秘鲁的亚裔不少，据说，1/10 的秘鲁人有中国血统。见网上有一说，认为秘鲁华裔多为太平天国败军的后代，不知真假。当地人分不清亚洲人面孔，干脆把所有东方移民，通称为"Chino"（"中国人"）。秘鲁人民力量党主席、前日裔总统女儿藤森惠子，生生被她的支持者改了血统，叫作"中国姑娘"。

亚马逊：一个印第安人导游的雨林故事

从利马到亚马逊热带雨林去，一般先到马尔多纳多港——一个离亚马逊支流码头约一小时的小城，我猜想它多少有《绿房子》的聂瓦镇的影子。

热浪袭来，车拍也已换了景色。

我们乘船去热带雨林旅游中心。约两个小时，终于到了。

在热带雨林中的木屋里住两晚。屋里屋外，满满的印第安文化氛围。

这是我第二次去亚马逊热带雨林，上次是在厄瓜多尔地界上。因为都属于亚马逊上游地区，这次的新鲜感消减了不少。

还好，这次的导游（可惜没记住他的名字）是个能说英语的原住民，相当有趣，时不时开个玩笑，像个大孩子，带着我们一群城里人玩。

他导游的第一个节目就十分新鲜前卫。晚饭后，他让我们穿上救生衣上箭头木船，说是去听"亚马逊交响乐"。船停泊在河上，船上的人不拍照、不看手机、不说话，看着太阳渐渐下沉，漆黑夜幕低垂。我静静地仰望星空，搜寻着南十字星，倾听四周的鸟啼、虫鸣、水流、树摇……略萨的《绿房子》把亚马逊比作"热情的女人，一刻也安静不下来。一切都在动，河流、动物、树木都在动"。好像真听到这个"热情女人"的交响乐了，又好像什么也没听见，脑子空白，心中平静……

第二天早上，导游带我们去一个湖区玩。

湖边是密密的树丛和沼泽，怀疑处处是陷阱。

图 2—97

图 2—98

图 2—99

图 2—100

　　我们坐在船上，正想着，景色固然野性神秘，但也不甚稀奇，在新泽西离家几十分钟的地方，也不难看到。"快看那边！"导游压低嗓门说，顺着他的手指果然看到潜在水下的鳄鱼。第一次这么近距离看到鳄鱼的眼睛，令人头皮发麻。（图 2—100）

图 2—101

　　上了岸，导游余兴未尽，让我们上岸边的茅草高台，自己又拿根竹竿，去引来鳄鱼。这次出现的好像是条长吻凯门鳄。（图 2—102）

　　下午，导游拿起一包水果，带我们去猴子岛看孙悟空的子孙。

图 2—102

　　刚上岛，树林里静悄悄的，我们都疑惑哪有猴子？导游拿出香蕉，切成小段，放在木板上。只听见周围树上一阵窸窸窣窣，猴子们纷纷露脸。母猴驮着小猴，最早跳到木板上。接着，更多的猴现身了。（图 2—103）

图 2—103

58

从利马到亚马逊,说是不同的故事,其实性质相同,都是秘鲁旅游业的发展佳话。

图 2—104

黑蜘蛛猴手臂长,能吃到更多的东西。

图 2—105

这种猴比较矜持,有点不屑嗟来之食的样子。

图 2—106

59

图 2—107

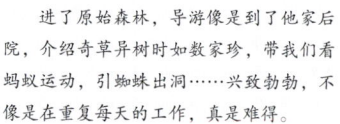

进了原始森林，导游像是到了他家后院，介绍奇草异树时如数家珍，带我们看蚂蚁运动，引蜘蛛出洞……兴致勃勃，不像是在重复每天的工作，真是难得。

图 2—108

这只黄蝴蝶落入我的镜头，像雨林中的小精灵。

图 2—109

　　远看很美，但放大看，令人起鸡皮疙瘩。仔细看森林，物竞天择、弱肉强食，隐约可见丛林法则。树杆上花样繁多，猜想每一棵都有它们的生命故事。

图2—110

这棵树一定很高。

图2—112

导游让我们看一种神奇的树，用木棒敲打，会发出"嘭、嘭"的鼓声。原住民用它传递信息，救命抢险，偶尔也用作乐器。

图2—111

恣意大自然，使人返还童稚。看，朋友笑得多灿烂。

第三章
冬游冰岛

满心期待的极光女神横竖躲着不见，倒是那些本没那么憧憬的、不期而遇的，让人时不时惊艳、惊奇、独特难忘。

不只是那一抹若有若无的北极光

2017 年感恩节，我们姐妹两家去了冰岛，有朋友笑道："嫌新泽西不够冷"。呵呵，去前，心热着呢，因为想到能看到那神奇的北极光。我查了资料，都说 9 月—次年 3 月应该是看极光的时候，动身前的气象预报也显示，天公作美，很是乐观。结果，满心期待的极光女神横竖躲着不见，倒是那些本没那么憧憬的、不期而遇的，让人时不时惊艳、惊奇、独特难忘。哈哈，也算是老天的又一敲打：人算不如天算，珍惜有缘遇见！

文学"冰美人"——雷克亚未克（Reykjavík）

早上 8 点半，飞机到达冰岛首都雷克亚未克。感觉像是晚上，一片黑漆漆，冬季时，那里的日照短。从机场到市区，已 10 点，太阳却才开始露脸，下午 4 点就又会隐去。

图 3—1

雷克亚未克是世界上纬度最高的首都。巧了，去年去了纬度最低的首都——厄瓜多尔的基多。晨曦中的雷克城朴实无华，像个避世的冰美人。市中心的托宁湖 (Tjörnin) 的湖面都冻住了，白雪覆盖在其上。

图 3—2

65

哈尔格林姆斯大教堂（Hallgrimskirkja）是雷克亚未克的地标性建筑。塔楼和正厅相连，形状使人联想到喷发的熔岩，宏大雄伟，标新立异，不容游客错过。

更有意味的是，大教堂以哈尔格林姆斯牧师的名字命名，他是冰岛著名的诗人。文学在这个城市的地位可见一斑。

图 3—3

原来，雷克亚未克不仅自然纯美，还拥有"文学之都"的桂冠，那是联合国教科文组织为表彰其在保护和传播古代文学方面所做出的杰出贡献而授予的。这里的文学指的是萨迦（saga），那是冰岛和北欧地区特有的一种文学，源起于13世纪，原意为"传说"，后泛指文学作品，例如圣徒传记、史著和各类的世俗小说等一样在世界文学中占有重要地位。像《普罗米修斯》《权力的游戏》等著名影视作品，都包含冰岛萨迦提供的宝贵素材和故事背景。原以为，冰岛罕见的自然风光让人向往，没想到，它还有神秘独特的文化瑰宝！

在雷克雅未克旧港，有诸多小船只停靠。鲜艳颜色的运用颇普遍，也许是冬季黑夜漫长，人们需要鲜亮的色彩来对抗寒冷和黑暗。

旧港边的哈伯音乐厅（Harpa）是雷克城必打卡之地。（图 3—4）据说设计灵感来自嶙峋的火山石，从外部看，不规则的几何玻璃砖随着天气、阳光的变化反射出万千颜色。在内部，则是灯光作用下的光谱世界。

又一次没想到，冰岛还

图 3—4

是一个高产前卫小众音乐人的国度,哈伯音乐厅每年都会举办多次大型音乐节,包括最著名的冰岛电波音乐节(Iceland Airwaves)。导游在车上见缝插针,播放冰岛音乐,可惜一听就犯困,看来本人与小众音乐无缘,也或许是车上容易犯困。

街边的雕塑是典型的冰岛风格,憨萌可爱,简洁出彩。(图3—5)

从珍珠楼(Perlan)的360度观景平台眺望这北极圈边缘的都城。海那边的白色埃夏山(Mount Esja)衬着彩色的北欧风格房顶,煞是好看。(图3—6)

图3—5　　　　　　　　　图3—6

周六下午是自由活动,我们有机会更深地感受一下这个城市。又见城中的托宁湖,周末的湖面如童话般温馨祥和。湖中央,家长带着孩子在滑冰……湖边缘的冰水相接地带,大人小孩在给野生禽鸟喂食……尽头处,湖水荡漾,天鹅、野鸭在水中嬉戏游弋,人们在岸边观赏。(图3—7、图3—8)

图3—7　　　　　　　　　图3—8

我无意中拍到了冰岛最老的学校——雷克雅未克初级学院（Reykjavík Junior College），其建于 1786 年。（图 3—9）

看到有博文介绍说，在冰岛，圣诞节的礼物就是书，这是他们的传统。从 9 月起，每家邮箱都会有各种书目。我猜想，在街上闲逛购物拍照的都是我们这些游客，当地人正在为亲戚朋友选书呢。可以想见，"冰岛的圣诞节就是书的洪流"。只等圣诞夜钟声敲响，书流滚动，书香袭人。

图 3—9

那年圣诞节，我也得到一本作者签名的英文书，那是朋友精心准备的圣诞礼物。谢谢，朋友，让我也体验了一把冰岛人的圣诞传统有多美好！

雷克雅未克不大，常常拐弯便是海，还可遥见海对岸的雪山。

沿海岸行走，美则美矣，架不住海风若刀，掉头撤退……最好的去处自然是咖啡馆。

图 3—10

雷克亚未克的"南京路"，已是浓浓的圣诞节气氛。

图 3—11

海边的赫夫迪楼（Hofdi, Höfði）是个具有历史意义的小楼，1986 年 10 月 11 日，里根和戈尔巴乔夫在这里举行首次核裁军会谈，从此冷战走向终结。

68

周日，除了部分咖啡馆外，商店都关门了。我们走进一家酒店附近的咖啡馆，品尝一杯研磨咖啡，味道果然不俗。3个女生在那里静静地学习，一派北欧小清新格调。

走近这个孤悬海外的国家才知道这里的人文化素质

图 3—12

很高，全民爱看书，爱写作，他们有一句谚语："每个人肚子里都有一本书。"根据BBC的一篇文章，冰岛是世界上人均读书、出书率最高的国家，平均每10个人中就有1人出版过书。冰岛32万人口，约3/4住在雷克雅未克，这个城市无疑就是全球作家密度最高的地方。我们在城里逛了大半天，去了饭店和咖啡馆，估计已见过不少作家，或许就是那个咖啡馆的收银员，或许是被问路的姑娘，也或许是对面推着童车的母亲……可惜没有找人攀谈，那样就有机会听到据说常有的自我介绍"Hello, I am a writer."（"你好，我是名作家。"）他们以能成为作家为荣，人们也十分尊敬作家。

有人说，那里作家济济，是因为月黑风高，长夜漫漫，只能躲在家里，没别的事可做。我想，应该不只是地理环境的原因，毕竟月黑风高夜可做的事多着呢，看电视、喝酒、搓麻将……冰岛政府曾用法律限制看电视，禁止喝啤酒，但在20世纪80年代就已取消了。我觉得，教育质量高应该是另一因素。听导游介绍，他们的基础教育尤其好，在教育水平普遍高的北欧国家中名列前茅，近乎100%的识字率。特别让人称奇的是，如有熊孩子不想上学，警车就会到他家，如再不自觉，警察会像影子那样跟着他一起读书。警察这样参与教育的形象倒是挺萌的。我也推想，那里警察比较有空。另外，我想，大力保护和传播传统的萨迦文学也会有鼓励写作的作用。萨迦文学是当地人用文字记载的民间口传故事，有很强的民间性。

冰火之岛

冰岛地处北美洲板块和欧亚板块中间的大西洋中脊上，是世界上地壳活动最频繁的地方之一。冰天雪地之下藏着200多座火山和600多座温泉。名为冰岛，其实是冰火之岛。

2010年，冰岛南部的艾雅法拉火山(Eyjafjallajökull Volcano)两次爆发。我记得那时出现了欧洲航空受到大量火山灰影响的新闻。去年（2023年）底，在人口稠密的雷克雅未克又发生了一次喷发。

我们在火山旅游中心看了2010年火山喷发的纪录片。那部纪录片以一个家庭为轴线，展现了冰岛人在面临令人绝望的自然灾害时的坚强实干，让人肃然起敬。

大自然是任性的，有时也是公平的，火山喷发造成的灾害也为冰岛提供了丰富的地热资源，可以用以抵抗寒冷和黑暗。

我们参观了冰岛最大的地热发电站（Hellisheiði Geothermal Plant），该地离首都20公里，为雷克城一带的居民提供稳定的电力、暖气及热水。据介绍，大约85%的冰岛房屋由地热能供暖。冰岛的地热发电科技居世界一哥地位，正努力发展科研，以绿色能源取代传统发电方法。

白雪覆盖下，大部分是不毛之地，加上全年平均日照时间短，冰岛的农产品基本依靠进口，吃的东西很贵。而丰富的地热能源使温室栽培成为可能。

图 3—13

图 3—14

我很喜欢这张车拍。（图3—17）觉得它似乎象征在冰火交融环境下生活的冰岛人，犹存一颗炙热浪漫的文学心。

这座家庭经营的温泉蔬菜大棚（Friðheimar Greenhouse）位于离雷克雅未克约一个多小时的小镇上。据说，像这样的温泉大棚蔬菜种植商有100多家，夏季的主要蔬菜自给有余了。

图3—15

温泉蔬菜大棚里设有餐厅，那天，我们在那里吃了简单的当地午餐：番茄汤＋面包＋极细的萝卜丝酸菜。汤纯正浓郁，面包新鲜可口，就像上海地道的泡饭油条，什锦酱菜。

图3—16

图3—17

间歇喷泉

到达斯特罗柯间歇喷泉（Strokkur）时，它刚喷完一次，正处于喷发后的片刻静止。间歇喷泉就像是埋在地下的大水壶，地下水因为岩浆而烧热，随着水温上升，泉边会涌现阵阵的白烟。围观的人也多起来了，大家盯着泉眼，等待着下次的喷发。

眼看着地下水越来越热，烟雾越来越多……越来越密……终于水开啦，"轰"一声，高压的热水和热气从通道冲天而起……水柱冲到20多米高度。在阳光照射下，水珠和水蒸气混在一起，在空中弥漫起舞。

喷发后水温会下降、压力会减低，之后就会再来一个循环，约十多分钟。那些喷出的水珠和蒸汽，仿佛升上了蓝天，变成了白云。

10年前，在美国黄石公园看到的老忠实喷泉（Old Faithful Geyser）的喷发规模比这大多了，而且喷发时间精准。但据说老忠实喷泉不如冰岛的大间歇泉（The Great Geysir，1916年起完全停喷了）资格老，因为后者是欧洲第一个有历史文献记载的间歇喷泉，往后的间歇喷泉都沿用"geysir"一词。

图 3—18

冰冻瀑布

冰岛有很多瀑布，连他们自己也说不清有多少。塞里雅兰瀑布（Seljalandsfoss）是离雷克雅未克不远的一个。据说在夏天，可以穿行到水帘背后，看到罕见的美景。

冬天，瀑布罩着一层冰帘，继续水花飞溅。敢不敢上到最高台阶近距离看冰冻瀑布就是个挑战了。虽然上去了，下来时只多了满身冰碴子，还是有点沾沾自豪。

木梯的上几层都裹着厚厚的冰，溜滑得厉害，任你什么防滑靴都没用，必须套上特殊的带钉子的鞋套，才敢上去，也才能走下来，而不是爬着或滚下来。感谢导游为我们准备了这种鞋套。

图 3—19

图 3—20

来到斯科加瀑布（Skógafoss waterfalls）时，太阳出来了，把瀑布染成金色。

图 3—21

地理奇观，历史遗址

下午来到辛格韦德利国家公园（Þingvellir National Park）时，狂风大作，飞雪迷雾，能见度骤降。人站立不稳，真怕会被吹下山谷。

这公园有两大卖点。其一是地理学意义上的。根据地壳板块构造论，全球分为六大板块，这个公园位于北美板块和欧亚板块的交界处。一般板块之间的裂缝都是在海底，只有在冰岛，可见地面上的两大板块分裂形成的裂谷和断崖景观。当你踏足这条长长的裂谷时，就是站在亚欧板块和美洲板块中间。（图 3—23）据说这裂谷正以每年约 2mm 的速度加大分裂。

搞不清哪一边是欧亚板块，哪一边是美洲板块，只有满满的神奇感。喜欢地理的人应该夏天来此地，可以在这些裂谷间走走看看，在裂沟中游泳，过把穿越洲际的瘾。

其二，也是更不可思议的是，这两大板块的裂缝处也是人文历史景观：阿尔庭（Alþingi）即全体会议遗址。全体议会？在这荒野之地？没错。这里是冰岛民主政治的发源地，也是世界上最早出现的议会之一，比起英国的议会制度要早 300 年。

9 至 10 世纪期间，大批维京人移居冰岛，其中多为挪威统一战争中败落的一方。930 年，冰岛第一次阿尔庭在这里召开。此后每年 6 月，全岛的贵族和自由人，长途跋涉聚集在这里，举行为期两星期的露天会议，决定重大事件，解决争端，宣布犯罪的处决等。他们称这种会

图 3—22

图 3—23

议为"Alping"（"Thing"）。这种全体议会一直持续到1798年，因挪威、丹麦入侵统治而中断。1844年，议会恢复运行，但迁至雷克亚未克。1944年冰岛脱离丹麦统治，成立冰岛共和国。全体议会成为该国最高的立法机构。

这里是冰岛人的"圣地"。1930年，3万冰岛人曾在此集会以纪念古议会创立1000周年，并建立这个国家公园。矗立在哈尔格林姆斯大教堂前的是冰岛探险家莱夫埃里克逊（Leif Eriksson，发现北美洲第一人，比哥伦布早500年）的雕像，也是为了纪念冰岛议会创立1000周年，美国赠送给冰岛的礼物。2004年，这个公园入选联合国教科文组织的《世界遗产名录》。

世界上最早的民主议会不仅产生在雅典、罗马这些欧洲古代文明的中心，而且出现在野性蛮荒的欧洲边缘，有点令人费解。我偶然听到有语音节目在介绍《海盗经济学》一书，认为海盗船其实是个民主团体，他们通过投票来选举船长，也可以罢免、撵走船长，还很有分权、限权的意识，并进而分析这种现象后面的经济学内涵。这就好理解了，冰岛古议会的创建和运行与维京文化密切关联。

图3—24

遗址其实是一片空旷的平地，一些用草皮和石头建造的棚屋的碎片。平时那里有杆冰岛国旗。因天气恶劣，公园管理人员告诉我们，那天没有国旗。白茫茫一片。这样的天气，这样的景观，眼睛能看到的很有限，只好借助想象来补充。

图3—25

这次旅行让我们见识到了极端变换的气候。大巴士开着开着，突然被带冰子的浓雾包围了。约20分钟，我们悬着心，看着司机稳稳地开出包围圈。司机是个真正的老司机，当地人，他自我介绍说，退休前是律师。我私下猜想，要么冰岛的律师行业不像别的地方那么赚钱，要么他是个驾驶爱好者，也或许两者都是。

黑沙白浪

去黑沙滩的路上，景色不一样的美。

见过金色的沙滩、白色的沙滩，第一次看见黑沙滩（Reynisfjara Black Sand Beach）。这沙滩中的异类被列为"世界最美的十个海滩"之一。

站在黑沙上，只见海浪翻卷着扑面而来，接着无声无息地一下子退去，在黑沙滩上留下一片白色的泡沫，每次都是不同的曲线和不同的图形，黑白相忖，难以譬喻的美，但有点邪乎，就像黑天鹅、黑玫瑰的美。

图 3—26

　　一眼望去，稍带琥珀色的棕褐大地，白雪镶边，煞是好看。

图 3—27

　　著名的火山节理山洞（Húlsanefshellir Cave）赫然耸立在黑沙滩上。第一次见识这种柱状玄武岩，不可思议！只能说大自然的神工鬼斧让石头长成这样。

图 3—28

　　黑沙滩一侧是地吼雷海岬（Dyrhólaey），那是 8 万年前火山爆发所形成。

76

黑沙滩的景色，因海面上突兀的礁石而更奇特。这三块礁石被称为"海中小精灵"（Reynisdrangar）。传说，有两个小精灵趁着黑夜想将一艘三桅船拖上陆，但还没来得及拖上岸，天就亮了！被曙光照射到的小精灵和三桅船就自此变成了石头，永远的立在黑沙滩的海岸边了。从这个角度看，好像只有两块礁石。

图 3—29

黑沙滩也是很危险的沙滩。黑色沙子其实是邻近卡特拉火山（Katla）的喷发物，透水性极高，故难以预测海浪冲上沙滩的最上缘是何处，所以得时刻注意面对海浪。

蓝湖温泉

远处，白烟缥缈的地方便是著名的蓝湖温泉（Blue Lagoon）。（图3—30）蓝湖是由火山熔岩形成的地热温泉，水温约37—39摄氏度，四周环绕着黑色壮观的火山岩石。

一连几天，视觉受到白与黑的冲击，这次轮到蓝色了。湖水呈幽幽的蓝玉色，热气弥漫，如烟似雾，宛如仙境！据说湖水富含硅、硫等矿物质，有益于舒缓肌肤，美颜健体。大冷天泡温泉，让你体验冰火两重天。

图 3—30   图 3—31

从温泉里出来，大家见面不忘相互调侃："哇，你看起来年轻了十岁。"有人提议来张蓝湖合影，于是就有了这张全团 17 人的蓝湖出浴图。

追极光

图 3—32

来冰岛当天，我们就入住了偏远安静的赫拉（Hella）村，因为看极光最好是在寂静漆黑的旷野。

全体驴友为了看极光从美国各州走到一起来了。在这郊野酒店里渡过了一个没有火鸡的感恩节。导游是位冰岛大姐，尽职友善，会根据当天的天气调整旅游项目。

追极光是种难忘的经历，不管是等没等到极光女神。

两个晚上，我们在天寒地冻的旷野翘首期待，最终却只见这一抹若有若无的北极光。遗憾，也不遗憾，因为正是那神奇的极光吸引我们走近这个冰火交融的国度，见识罕见的自然奇观与民主故事的重叠。在荒野孤岛，恶劣天气的环境下，冰岛人对自由平等的执着追求就像他们对文学的热爱和参与一样，着实让人震惊好奇，引人深思。至少，我会有兴趣去读读他们写的书。这次旅行始于极光，终于人文之光，有意思。

再说，不是有这么一句话嘛，"得不到的永远在骚动"。看来，去阿拉斯加内陆或加拿大黄刀镇，有了足够的动力。

图 3—33    图 3—34

第四章
多瑙河游（选篇）

游船的路线，正是13世纪时，哈布斯堡王族沿多瑙河向东迁徙拓展的城市。一路上游览的尤其是城堡宫殿，多为这一王族的文化遗产，尽显其昔日风采。

城堡宫殿，华美而惆怅

旅游常常是在现实和历史间游走。2018年6月，我们去乘多瑙河游轮。游船的路线正是13世纪时，哈布斯堡王族沿多瑙河向东迁徙拓展的城市。这一王族在维也纳形成王朝的政治文化中心，与欧洲其他王族广泛联姻，一直统治着中欧，直至20世纪初。一路上游览的，尤其是城堡宫殿，多为哈布斯堡王朝的文化遗产，尽显其昔日风采。我们也听了一路城堡宫殿主人们的故事，华美而惆怅。

新天鹅城堡（Neuschwanstein Castle）

上多瑙河游船前，我们从慕尼黑乘车去巴伐利亚西南，只为一睹新天鹅城堡的真颜。

约两个多小时，车开进阿尔卑斯山。郁郁葱葱的山谷中，乳白色的城堡肖然在望，那就是早有耳闻，被迪士尼选为睡美人童话城堡原型的新天鹅堡。

车到菲森（Fussen）郊外小镇，从停车场到新天鹅堡可以乘坐交通车或者马车到达半山腰，再步行最后一段路。我们不耐烦等车，也不想忍受马粪臭，就全靠"11路"了。

图 4—1

从半山腰可以看见城堡圆塔顶，有点神龙见首不见尾的意思，就像城堡和它的第一个主人一样充满了传奇色彩。

欧洲的城堡，一般多为防御外敌而建，而新天鹅堡是个漂亮的行宫城

图 4—2

堡，只为巴伐利亚国王路德维西二世一人建造。可惜，他只在这个新天鹅堡中住了 11 天就死了。

1871 年德国统一前，巴伐利亚州是个独立王国，路德维西二世是倒数第三任国王，在民间有"童话国王"的噱称。他戏剧性的一生曾被搬上银幕（1972 年的电影《路德维希二世》）。

巍峨的城堡就象是从青山绿水间长出来的，与自然美景浑然天成。

图 4—3

这个意境很童话，很动人。世界各地的游客来到这里，就是为了领略一下这种意境的魅力吧？

对这种童话意境的追求，也许可以追溯到路德维希二世的维特尔斯巴赫王族。这个家族是巴伐利亚真正的古老贵族，他们热爱大自然，喜欢诗歌童话，曾经旅居巴伐利亚的安徒生，是他们的挚友。在山林中造城堡是他们的传统。这个家族多产才子、美人和疯子。路德维希二世与其表姑，即哈布斯堡王朝的奥地利皇后伊莉莎白，也即民间熟

图 4—4 　　　　　　　　图 4—5

知的茜茜公主（路德维希二世的祖父与茜茜公主的妈妈乃同父异母的兄妹）可以说是这个家族的典型人物。他们都有高贵忧郁的气质，热爱艺术，自比苍鹰和海鸥，惺惺相惜，终身亦亲亦友。关于茜茜公主的故事，且听后面分解。

今天，这个被视为荒唐行为产物的新天鹅堡成了巴伐利亚州旅游业的重要收入来源，据说每年大约有130万人前来参观。世事沧桑，历史功过，素无定论。

我猜，不只是我会联想起中国的文艺君主——南唐后主李煜，偏安一隅，不问朝政，却为后人留下了伤感唯美的"虞美人""浪淘沙"。

新天鹅堡后山涧上建有一座玛丽亚桥，只有从这座桥上，才能欣赏城堡的全景及其童话意境。图4—3就是从这桥上照的。而这张桥照自然是从城堡的窗口拍的。（图4—6）

城堡的外观，兼有哥特式和拜占庭风格。城堡名字来自瓦格纳歌剧中的一个人物——天鹅骑士。城堡内的许多房间来自瓦格纳歌剧的情景。

城堡内部的设备颇现代化，有抽水马桶和供暖供水设备。内部装潢极其奢华，精雕细琢，尽显经典，不乏凡尔赛宫的影子。整个城堡的家具和房间配饰都是形态优雅的天鹅造型，有点凡尔赛宫天鹅版的意思。不过，现代人会觉得，堡内陈设精致有余，洒脱不足，华贵太多，自然光线太少，估计无助于国王的抑郁心情。

好在，从新天鹅堡窗子可以眺望山峦、湖泊、村庄，一年四季风景如画，极目舒心，可以忘忧。（图4—7）

图4—6

图4—7

图 4—8

从堡内随手一拍，就是一幅画：高山平湖，叠峰行云，还有那小山坡上——路德维西二世他爹的"高天鹅堡"（也被叫作"旧天鹅堡"）的倩影。

图 4—9

这是在山下小镇拍的高天鹅堡，虽然没新天鹅堡那么梦幻，但也高贵典雅。路德维希二世在这里度过了他生命中的大部分时光，堡内的浪漫主义风格无疑熏陶了他的艺术气质。

图 4—10

巴洛克风格的立面后面是一个深受法国路易十五时代影响的洛可可世界。然而，路德维希又融进了南德的洛可可风格，这是他从小熟悉的祖辈遗产。

图 4—11

这个"王室别墅"是路德维希二世生前看到的唯一完成的宫殿（1878 年）。也是 19 世纪巴伐利亚最艺术的建筑。宫前御花园不算很大，但精致漂亮。

　　林德霍夫宫和新天鹅堡是联票旅游项目。此宫虽小，里面却非常精致，富丽堂皇。（图 4—7）
　　林德霍夫宫被绿草青峰环绕。据宫内导游说，国王不在这里时，村民可以到这个城堡的山里来。如果他住在这里时，就在阳台上放只孔雀，注意别让他看见就行。

84

萨尔茨堡要塞（Festung Hohensalzburg）

在奥地利的萨尔茨堡城，我们登上这座耸立在僧侣山上的中世纪要塞。显然，这是一座真正御敌意义的城堡，与上面的城堡风格迥异。

该城堡始建于 1077 年。当时教皇与国王之间发生了主教任命权的争夺。忠于教皇的萨尔茨堡主教在其领地上，建造防御建筑，后由历任总主教逐步扩建而成。据介绍，这是欧洲保护最好的中世纪大城堡之一。

图 4—12

坚实的围墙立于悬崖之巅，尖塔、炮楼和高墙让人望而生畏。据说，这座城堡自建成以来还从来没有被攻克过，不知是因为坚固，还是没有遇上强敌，反正唯一被围困是在 1525 年，一批矿工、农民和市民试图驱逐总主教，但未能夺取城堡。拿破仑战争期间，这座城堡不战而降。

图 4—13

20世纪初，此处用作监狱，刑具等也是参观的内容。

图 4—14

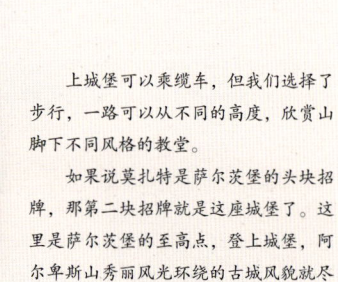

上城堡可以乘缆车，但我们选择了步行，一路可以从不同的高度，欣赏山脚下不同风格的教堂。

如果说莫扎特是萨尔茨堡的头块招牌，那第二块招牌就是这座城堡了。这里是萨尔茨堡的至高点，登上城堡，阿尔卑斯山秀丽风光环绕的古城风貌就尽收眼底了。

图 4—15

城堡内设有博物馆，室内音乐会场。看来，不管哪种城堡，到头来，都是吸引游客的旅游资源。

霍夫堡宫（Hofburg，"宫廷城堡"的意思）

维也纳不仅是世界音乐之都，还是建筑之都。哈布斯堡王朝的霍夫堡宫和美泉宫是这座城市的象征。

霍夫堡宫坐落在维也纳的市中心，有"城中之城"的美名，它集欧洲各种时期建筑风格之大成，是欧洲最为壮观的宫殿之一。跟导游进行外部参观时，从英雄广场（Helden—Platz）开始。其建筑正面的弧形曲线气势恢宏。可惜匆匆拍照，难有看到的壮观效果。

13世纪时，霍夫堡只是一座城堡，后来随着哈布斯堡家族权力的扩张和统治地域的扩大，经多次修建、重建，最终演化成了现在的庞大宫殿群，由18个翼、19个庭院和2500个房间组成。1918年以前一直由皇室居住，曾是哈布斯堡王朝奥匈帝国皇帝冬宫。今日的霍夫堡宫殿是奥地利的总统官邸所在地。

英雄广场上的两边各有一座宏伟的铜像，分别是战胜土耳其的欧根亲王和成功抵御拿破仑的卡尔大公。该广场因此而得名。

我们还去了弗朗茨二世广场，（图4—17）弗朗茨二世是神圣罗马帝国的末代皇帝（1792—1806年在位），奥地利帝国的第一位皇帝（1804—1835年在位）。

显然，哈布斯堡王朝的女人比男人更有故事。一路上一直听到女皇玛丽亚·特蕾西亚

图4—16

图4—17

（Maria Theresia，1717—1780）的名字，看到以她命名的广场和建筑。霍夫堡宫是她的出身地。图4—18是她在玛丽亚广场的雕像。

玛丽亚·德蕾莎是哈布斯堡王朝唯一的女皇，统治范围覆盖奥地利、匈牙利王国、克罗地亚、波希米亚等。在哈布斯堡王朝长达七百年的历史中，这位女皇统治时期正是帝国盛世。她的主要政治手段就是联姻，故得"欧洲丈母娘"的称号。她与其夫神圣罗马皇帝弗朗茨一世在20年里生了16个子女。妈呀，这是什么节奏！

她的11个女儿中有10位都为了实现她的谋国方略而嫁到其他国家，成为王后。其中最有名的是她的小女儿、法国路易十六的王后玛丽·安托瓦内特，在法国大革命时被送上了断头台（就是这位玛丽，面临死刑，不小心踩到刽子手的脚后跟，还不忘道歉："实在对不起，我不是故意的。"尽显其尊严和贵族风范）。其他女儿的命运也随政治婚姻沉浮起落，不由自主。可以想像，母女至亲，情何以堪！做母亲和女皇，就像忠孝难两全。

这位女皇，不仅生孩子本事了得，也是爱美、懂音乐的政治家。维也纳成为文化中心、音乐之都，与这位女皇有很大的关系。交响乐之父弗朗茨·约瑟夫·海顿（Franz Joseph Haydn）、音乐神童莫扎特都得到她的赏识。

另一位更有名的皇后，就是"欧洲宫廷第一美人"伊丽莎白，即茜茜公主。

知道茜茜公主，是在20世纪80年代，当时国门初开，奥地利电影《茜茜公主》（*Sissi*），以其美人、美景、美故事给人留下深刻印象。这位深受奥地利及匈牙利百姓爱戴的美丽皇后，也成了我们当时的青春偶像，并想当然认为美公主和帅皇帝一见钟情后走进婚姻殿堂，从此过上幸

图4—18

福的生活。

直到多年后，才知道她是个极有传奇色彩的悲剧人物，电影里的茜茜公主只是她童话的一面。婚后，虽然她的人格魅力赢得民间拥戴，却一直在自由个性和宫廷束缚间挣扎，郁郁寡欢了大半生；更让人唏嘘的是，她的一个女儿幼年夭折，唯一的儿子青年自杀。晚年的她不堪丧子悲痛，无法在皇宫中生活，常年只穿黑衣裙，四处旅行。1898年9月10日，茜茜在瑞士日内瓦街上被意大利籍的无政府主义者刺杀，那年她61岁。

图4—19

她与哈布斯堡王朝第一任皇帝佛兰茨·约瑟夫一世曾居住在霍夫堡宫，后移居美泉宫。霍夫堡内有茜茜公主博物馆。我们时间有限，只在礼品店拍了这张据说她的丈夫最爱的画像（图4—19）。

美泉宫（Schloss Schönbrunn）

美泉宫起初是哈布斯堡家族的行宫，后来是玛丽亚大婚时的嫁妆。她接掌美泉宫后，便对其进行大规模的翻修，竣工时共有1771间房间。每一个房间和厅堂都有着不同的风格，有经典欧洲的，也有波西米亚的，还有不少古典东方的，如中国的镶嵌紫檀、黑檀、象牙，日本式泥金、涂漆等。

美泉宫被认为是欧洲最美的巴洛克式的宫殿之一，面积稍小于法国的凡尔赛宫。拿破仑曾两次占领过维也纳，都居住在这里。

宫内有哈布斯堡王朝历代帝王设宴的餐厅和华丽的舞厅，现在奥地利政府仍在那里举行舞会或款待各国外交使节。

图 4—20

从看茜茜公主的电影到参观她居住过的淡黄色的巴洛克宫殿，40 多年过去了。对华丽背后的真实惨淡一面，不免感慨，但已淡然。本来嘛，追求自由和自我在任何年代都要付出代价，即使贵为皇后。但那是人性永远的向往，所以茜茜公主的故事格外让人难以忘怀。

从宫殿到凯旋门之间是一个巨大的花园。每隔一段距离，就有一个大理石雕像。（图 4—21）凯旋门坐落在美泉宫的最高点。大气壮观，像是在印证哈布斯堡王朝曾经的辉煌。

图 4—21

图 4—22 　　　　　图 4—23

山河依旧，宫堡尚存，风流人物今安在？旅游回家后，最强烈的感觉是：家，真好！平淡的生活，多好！

第五章
游埃及记（选篇）

第一眼看到金字塔本尊，竟很平静，神不惊目不眩，也许是没有像媒体中看到的那么光灿。但越走近，感觉越真实，越震撼，越敬仰……

金字塔：天外来物？近代赝品？

2019年3月，我们去了向往已久的埃及。看吉萨金字塔是埃及游的压轴节目，也是给我印象最深的地方。

第一眼看到金字塔本尊，竟很平静，神不惊目不眩，也许是没有像媒体中看到的那么光灿。但越走近，感觉越真实，越震撼，越敬仰……

图5—1

这座用200多万块巨石堆砌起来的巨大四方型椎体，是古埃及第四王朝法老胡夫的陵墓，故得名胡夫（Khufu）金字塔 [英语也称"大金字塔"（Great Pyramid）]。

不怕时间的奇迹

阿拉伯谚语说："人怕时间，时间怕金字塔。"是啊，世人最无奈的是岁月无情，白云苍狗，任谁也留不住青春，绕不开死亡。我们这些常感叹"时间都去哪儿了……"的现代人，络绎不绝地从世界各地来看金字塔，是来朝拜这不怕时间的"英雄"？眼前这座胡夫金字塔，按照主流说法，建造于公元前2580—前2560年，至今，约4600多年了！就是说，如果它有千里眼，就能目睹遥远的东方华夏文明的形成和发展，从史前神话炎帝、黄帝到中国传统历史上第一国夏朝（不过，迄今未发现公认的夏朝存在的直接证据）；从秦始皇到末代皇帝溥仪，422位皇帝你方唱罢我登场；从辛亥革命到改革开放的巨变。多少朝代兴了亡了，多少代人来了去了，这金字塔自岿然不动。

时间真拿金字塔无可奈何吗？当然不是。世间万物哪个能游离于时间之外？虽然，根据相对论，"时间已经不再是整齐划一统驭万物生老病死的唯一节律"，但只有接近光速运动，高到喜马拉雅山上，时间变慢才会显现出来。经过这么多世纪的自然消蚀，现在的金字塔已比最初建造时矮了近8米（也有说近10米）。原本最外层是白色磨光的石灰石，由于外侵掠夺和风化，已荡然无存。如今看到的是里层的褐色大石块层面，失去了昔日的光辉，沧桑而坚实。金字塔西北侧的棱面破损也明显可见。

图 5—2

胡夫金字塔的寿命巨长得益于沙漠干燥，石块风化的速度缓慢，当然，还得其本身经得住时间考验。在世界古代七大建筑奇迹中，胡夫金字塔是最古老的，其他晚诞生的六大古建筑奇迹，都已成废墟或被重建，只有它，仍稳稳屹立在大沙漠，称得上不怕时间的奇迹。

图 5—3

时光匆匆，人生苦短，也难怪人们尊崇长寿，从百岁老人、千年乌龟，到几千年的金字塔。

（图 5—2）我身后就是损毁明显的胡夫金字塔西北侧棱线。

94

来世文化的标志

有历史研究认为，相对来说，古代埃及人长期处于安逸的生活环境中，因而比其他文明发源地的人更加留恋生命，更着迷于追求生命的永恒。只是他们不像东方古人那样，炼丹求仙，寻找长生不老药，而是造金字塔，做木乃伊。这与他们根深蒂固的"来世观念"相关。

古埃及人笃信神学宗教。他们相信，人的肉体死亡，灵魂却会飞升天国，冥世是尘世生活的延续。相比短暂的现世，死后才有永久的享受。这跟佛教相像，但是，佛教主张吃素、念经、行善、积德，超度今生，转世投胎。古埃及人则不仅享受今生快乐，而且积极行动准备来世，以求死后获得永生：法老们倾注大量的财富和人力于修建宏伟的陵墓，装饰坟墓；民间盛行制做木乃伊，相信保存尸体，飞出的灵魂就能复活永生。

金字塔就是古王国时期法老们为自己准备的陵墓。看来建筑师很有艺术想象力，将陵墓修建成金字塔状，就像一座巨大的天梯，以便法老们的魂灵跟随太阳神的指引，升入天空成为一颗星星。当时法老们都信奉太阳神"拉"，如《金字塔铭文》中所说："天空把自己的光芒伸向你，以便你可以去到天上，犹如拉的眼睛一样。"法老胡夫过世时，他的金字塔并没有完工，是他的儿子哈夫拉（Khufu）最终完成这座世上最大的金字塔，并用太阳船把胡夫的木乃伊运到金字塔安葬，然后将船拆开

图 5—4

图 5—5

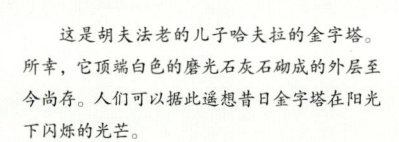

这是胡夫法老的儿子哈夫拉的金字塔。所幸，它顶端白色的磨光石灰石砌成的外层至今尚存。人们可以据此遥想昔日金字塔在阳光下闪烁的光芒。

图 5—6

从左到右，埃及的第一、第二和第四大金字塔在茫茫沙漠中耸立，组成绝世奇观。

埋于地下，据说是供胡夫法老追随太阳神飞天时乘坐。

古埃及人为来世做的准备是那么成功辉煌，但他们的冥世如何，不得而知。倒是金字塔、木乃伊、神庙这些"来世文化"遗产吸引了全球游客，为世人所知，得世人敬仰，也成了埃及人现世生活的重要资源。对那些法老来说，这也许是一定意义上的永生。现实中的埃及人大多生活仍然贫穷，对他们来说，迫切的是眼下的生存，看来无暇顾及来世。

其实，对现代人来说，敬仰归敬仰，却都只注重当下的生活，虽时兴保健养生，希望长寿，但人们也都明白，人总有一天会离开这个世界。要紧的是活得自在，走得有尊严。

图 5—7

图 5—8

胡夫儿子的金字塔比他父亲的矮 3 米,但由于它所处地面稍高,也由于角度,看起来比胡夫的金字塔高得多。

骑骆驼看金字塔群,是我生平第一回,需要点勇气。不知怎么,我想起电影《阿拉伯的劳伦斯》,是不是这部电影煽起那么多人骑骆驼的热情?

金字塔前著名的狮身人面像(the sphinx)远看没有想象中那么雄伟。走近,只见损毁的人头像,衬着后面的金字塔,沧桑神秘,难以描述,莫名震撼。(图 5—8)难怪,索福克勒斯的斯芬克斯之谜寓意无穷,永远会吸引无数思想者,探索人类、人的自我意识和认知。埃及文明对西方乃至世界文明产生深远的影响。

孟菲斯的拉美西斯二世雕像

去吉萨看金字塔,不能错过不远处的孟菲斯(menphis)。孟菲斯是埃及古王国最早的首都(公元前 3200 年)。直到新王国开始的时候(公元前 1550 年),它仍是个重要城市。罗马人入侵后,面朝罗马帝国的亚历山大港地位上升,孟菲斯遂衰落并遭遗弃。

孟菲斯现如今被定为世界文化遗产,是个露天博物馆,有无数神庙宫殿的遗迹。

人们主要是奔着这巨大的拉美西斯二世雕像来的。19 世纪初,意大利考古学家在孟菲斯遗址中发现了这座高达 10 米,由石灰石雕刻而成的雕像。由于它的底座和腿部都已经损毁,只能躺着陈列于孟菲斯博物馆中。从这个角度看感觉有点可怕。

拉美西斯二世也许是古埃及最出名的法老,其执政

图 5—9

时期是埃及衰落的前夜。他热衷于大兴土木，故埃及各地都留下了他老人家的遗迹。有人把拉美西斯比作中国皇帝乾隆，承天继业，盛世人皇。孟菲斯是他的出生地。

雕像的头部保存完好，面部轮廓分明，鼻子高挺，嘴角微翘，生动俊朗，是绝对的帅哥。笔直的胡子说明这座石像是在拉美西斯二世健在时建造的，凡是胡子翘起的就是死后的雕像。这是这次旅游学到的知识。

图 5—10

肩部和胸部刻有国王印章(cartouche)，上面是拉美西斯的名字，涵义"拉（太阳神）之子"。

图 5—12

沙漠里藏着个漂亮的俱乐部，我们在那里吃了顿地道的埃及午饭。

图 5—11

手腕上也刻有国王印章。印章呈椭圆形，喻义太阳的运行和领土的扩张。

98

早期的金字塔

午饭后,继续金字塔主题,我们去参观了乔瑟(Djoser)阶梯金字塔,这座金字塔建造于第三王朝时期,约公元前 2667—前 2648 年,是埃及第三王朝法老乔瑟的陵墓,从此开启了用石头建筑死者安葬地的先河,它也是埃及的第一座金字塔,位于孟菲斯附近的塞加拉(Saqqara)。

图 5—13

图 5—14

严格来说,这座阶梯金字塔还不是真正的金字塔,而是金字塔发展过程中最初级的形式。即由 6 层马斯塔巴(Mastaba)垒叠而成的建筑,下一层马斯塔巴都比上一层马斯塔巴更大。马斯塔巴是古埃及墓葬建筑的一种,平顶、长方形,外部呈斜坡面。

图 5—15

图 5—16

通向阶梯金字塔的一段柱廊让人惊叹。真没有想到在其他文明的人尚在游牧部落时,埃及人已能造这么大的建筑了。恢宏大气的罗马柱原来源于这里。

阶梯金字塔不是孤立的建筑,而是复合建筑群(complex)的一部分。周围有围墙、宫殿。入口处复原了一段与原来宫殿相似的外墙。

图 5—17

金字塔的内部部分开放。这是入口。墓室通道四壁刻满了象形文字和图画，描绘了打猎、舞蹈场景，以及尼罗河谷的野生动物。可惜不能拍照。

图 5—18

从阶梯金字塔可见远处的弯曲金字塔（Bent Pyramid）和红金字塔。

这些早期金字塔都是在埃及第四王朝法老斯尼夫鲁时期（约前 2613—前 2589 年）所建。考古学家认为，左边的弯曲金字塔，是法老斯尼夫鲁建造的人类历史上的第一座真正金字塔——红金字塔的前一步，在人类建筑史和埃及金字塔研究中有着极为重要的意义。右边的红金字塔为埃及第四王朝法老斯尼夫鲁的陵墓，也是埃及第三大金字塔。

图 5—19

周围可看到已倒塌的金字塔。

金字塔是外星人造的？是近代的赝品？

从希罗多德和他的不朽著作《历史》以来，全世界对于金字塔的探索（包括盗墓），从来没有停止过。考古文献和学术研究都汗牛充栋；传说、假说、猜测有一大堆，甚至还有"金字塔神秘学"（Pyramidology）。但至今，仍没有在金字塔中找到过法老的木乃伊，关于它的建造和内部结构仍是迷团重重。

对这样古老恢宏的奇迹有各种大胆猜测，这一点并不奇怪。其中听说最多的，一是说古埃及人没有能力建造这么大的金字塔，它们是外星人建的。二是说金字塔是一百多年前用"原始混凝土"浇筑而成，是吸引游客的"千古骗局"。

对此，旅游前只能将信将疑。旅游结束，本人已完全相信，金字塔不是外星人的作品，更不可能是为吸引游客的近代赝品。首先，旅游中亲眼看到了金字塔的建造，这是有其发展过程的，从最初的阶梯型到弯曲型，再到真正的锥体型，而同时期的建筑也显现出当时的建筑能力，金字塔不像是天外飞来之物。其次，参观诸多神庙、博物馆、巨型石雕等，了解到金字塔有其合乎逻辑的宗教和来世文化背景。再次，谁有这么大的智慧和财力、物力，能设计和操作这么大规模的造假，让120多座金字塔和类金字塔建筑沿着尼罗河西岸矗立？近代的埃及政府或任何组织哪个像是会做这事的？……旅游常能引起兴味、思考，有时还会有排除疑惑的快乐。我喜欢旅游的这种境界。

图5—20是去时在飞机上拍的，当时只道是不知名的金字塔，现在能辨认了，它们应该是弯曲金字塔和红金字塔。

图5—20

第六章
访游孟菲斯

东道主夫妇驾车带我们周游蓝调音乐之乡和有 3 小时车程的乡村音乐之都。

一个蓝月亮

初夏时节，应农场旧友老张的邀请，与定居英国，正在美东旅游的小云相约，前往田纳西州的孟菲斯（Memphis）。三个昔日长江边的知青，携家人相聚在密西西比河畔的美国南方城市。三家六人，一见如故。东道主夫妇驾车带我们周游蓝调音乐之乡和有3小时车程的乡村音乐之都。我们一路叙旧谈笑，回顾人生的甜酸苦辣，感慨五十年弹指一挥间……难得难忘的访游！

此孟菲斯（Memphis）与彼古埃及最早古都孟菲斯没什么关系，只是喜欢人家的名字才用的。白色蓝顶的现代金字塔是这个城市的标志。可见，这里人对古埃及文明的敬仰。金字塔里是低音体育用品店（bass pro shops）的户外活动商品中心。东道主老张一家已在孟菲斯住了25年。到底是老居民了，他们熟门熟路，带我们首先

图6—1

图6—2

领略了孟菲斯的密西西比河景和桥景。

孟菲斯坐落在位于田纳西西南州界的密西西比河陡岸上，地理位置得天独厚，是密西西比三角洲的历史文化重镇。

19世纪上半叶，孟菲斯是美国中南部最大的木材和棉花的集散地，是繁忙的水运交通枢纽，也是重要的奴隶交易市场。1878—1879年暴发的黄热病（Yellow fever），曾使这个迅速发展的城市遭受了灭顶之灾。现今的孟菲斯是联邦快递总部所在地，国际货运机场载货量居世界第二，仅次于香港。这里没什么制造业，但医学和医疗卫生事业，可圈可点。其中圣裘德儿童研究医院（St.Jude Children's Research Hospital）是全球有名的儿童癌症研究和治疗中心。

密西西比河三角洲呈鸟足状，桥是连接邻州的交通要道，也是孟菲斯的标志性景色。这座不对称的双拱形桥梁，飞架起密西西比河两岸，连接孟菲斯和阿肯萨州的西孟菲斯。它叫费尔南多德索托桥 Hernando de Soto Bridge，源于一位西班牙探险者的名字。

图6—3

孟菲斯的"神秘列车"

20世纪80年代末，有一部美国电影 The Mystery Train，中国内地直译为《神秘列车》，台湾地区译为《三个蓝月亮》。（看完电影，你会觉得后者也很贴切到位，且更有文学意味。）这是一部以孟菲斯为背景的多段式电影。电影中，三组不同关系的人物，在某个夜晚同住在孟菲斯的一家破旧旅馆，都听到收音机里猫王唱的《蓝月亮》。一辆列车，一首蓝调，加上一声枪响，串起三个平淡荒诞而又十分现实的故事。电影其实什么也没说,却又好像说了很多。人们常把人生比作被带到人世间走一遭的旅行,就像电影中的神秘列车,不知会带谁去往何方,也不知会带着谁来到此地。可以确定的是,途中总会与一些人交集,而这些人迟早总会离散。

每个人都有自己人生的"神秘列车"。半个多世纪前,在崇明岛上种地时,谁会想到这一段跃进农场知青经历会将我们带到这个音乐之乡?毕竟,孟菲斯一般不是人们的旅游目的地,除非你是蓝调摇滚或猫王的粉丝。我们这样年龄的人,年轻时根本不知世上有蓝调摇滚,当年在农场,咱们偷偷粉的是苏联的《三套车》《山楂树》《一条小路》,还有《外国民歌两首》。若不是老张看重曾在同一农场,又同在美国的缘份,可能就错过了这个充满传奇色彩的美国腹地城市。这有点像是那电影寓意的一个蓝月亮。"蓝月亮"并不是因颜色而得名,而是当一个季度中出现 4 次满月时,第 3 个满月就被称为"蓝月亮"。这个充满神秘浪漫色彩的名字,意为难得、稀有的机缘,故英语中有"Once in a blue moon"之说。

电影《神秘列车》给我的孟菲斯印象是灰色的:萧条、虚空、荒诞。走近这座城市,想象中的灰色褪去了大半,印象色变亮丽了。不仅因为欣喜发现这里有不少有意思的景点,还因为走进了住在这里的人家。

图 6—4

密西西比河畔公园

泥巴岛（Mud Island）（图6—4）是密西西比河与狼河交汇处的半岛。岛上的密西西比河畔公园，是孟菲斯的特色景点之一。图中远处的长桥是孟菲斯—阿肯萨大桥（Memphis—Arkansas Bridge）。老张说，他们很喜欢来这里走走。

公园最吸引我们的是密西西比河水利地上模型，它展示了密西西比河的下游段，从伊利诺斯州（Illinois）的开罗（Cairo）到新奥尔良（New Orleans）入海。

密西西比河与亚马逊河、尼罗河、长江合称为世界四大长河。我

图6—5

图6—6

图6—7

108

看到过其中三大河,早就期待看看这孕育马克·吐温文学作品的母亲河,终于如愿以偿,还能细品它的宏大模型,领略它的曲折蜿蜒,支流如辫,无数大弯套小弯……。

我们沿着模型,从头走到尾,花了近一小时。模型相当精致,标示详细。不禁令我赞叹,这里竟有这等旅游教育的好资源!

这天,公园的博物馆和饭店都不开门,不知何故。周末人也不多。以人口计,孟菲斯在密西西比流域中,属最大的城市。但看来还是不兴旺。

女主人带我们参观孟菲斯大学校园

孟菲斯大学是田纳西州的州立大学,是东道女主人工作的地方。孟菲斯大学的吉祥物是一只活老虎,叫汤姆三世(Tom III)。当然,校园里随处可见的只是它的形象。

孟菲斯大学的奈德·麦克沃德图书馆,建得蛮漂亮的。

图 6—8

图 6—9

猫王故居，蓝调之乡

孟菲斯虽顶着五千年古都的名字，其实只有两百年历史，但在美国近现代文化史上，却占有举足轻重的地位。首先，在音乐方面，这里不仅有猫王，还有经久不衰的蓝调音乐，也是摇滚、爵士的发源地。

"猫王"是埃尔维斯·普雷斯利（Elvis Presley）的粉丝给他起的中文昵称。他成名于20世纪50年代，被称为"摇滚乐之王"。

猫王的开创性在于白人唱黑人歌曲，把黑人音乐介绍给了白人。在种族隔离的南方，这种文化突破，压力之大，可想而知，但他成功了！人们都说这一半得归功于他的帅哥形象，堪称高颜值作用的一大佐证。他将乡村音乐与蓝调以及山地摇滚乐融合，独树一格，

图6—10

这是蓝调王国的传奇人物，B.B.金（B.B.King）的雕像。他曾被称为"比尔街上的蓝调男孩"（"The Beale Street Blues Boy"）。他的作品既有纯蓝调的，也有夹杂着蓝调成分的乡村音乐和摇滚乐。孟菲斯的蓝调体现了黑人文化与白人文化"你中有我，我中有你"的融合。

图6—11

风靡当时的世界流行乐坛，圈粉无数。可惜他英年早逝，说是心脏病突发。

孟菲斯是猫王的发迹之地，有他的故居"雅园"（Graceland），吸引了全世界的猫王粉丝，是孟菲斯旅游业的主要卖点。只是，门票疯涨到61美元，我们非铁粉游客就只在故居商场买了点纪念品。

图6—12

猫王的私人飞机。

蓝调，最初是美国黑人奴隶为排解愁苦而吟唱的伤感民谣、福音歌和劳动歌曲，是从灵魂深处发出的歌声。在孟菲斯流传开来后，形成一种音乐流派和音乐形式，对整个美国的音乐史有巨大影响。

在电影《神秘列车》里，三拨人都听到的猫王的那首《蓝月亮》，就是经典的蓝调，忧伤深情，很动人。

享誉世界的贝尔街（Beale Street）是一定要去逛一逛的。1977年，美国国会通过的法案认定这条街为"蓝调之乡"（Home of the Blues）。这里酒吧林立，是孟菲斯的精髓所在。正是B.B金的蓝调俱乐部（B.B.Kings Blues Club），Blues Hall Juke Joint、Blues City Café等蓝调餐厅酒吧、咖啡馆，吸引着人们前往孟菲斯。蓝调音乐成了根植于这个城市历史中的魔力。

吉他是这条街最具代表性的装饰。

蓝调音乐大腕和明星及对流行音乐事业发展有贡献的人，都

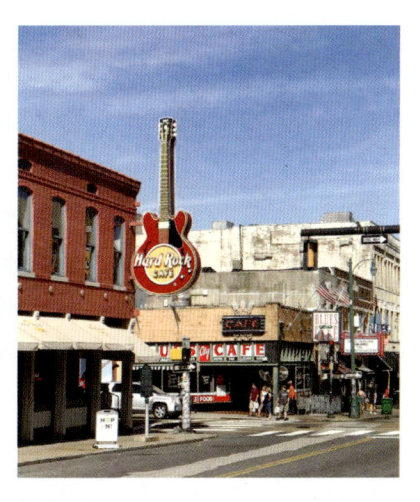

图6—13

在这条街上留下了星印、音符或脚印。

我们还乘游览车在孟菲斯城观光。坐在有轨电车上,感觉像回到了 20 世纪。

匹尔波地酒店(Peabody Memphis)离贝尔街仅几步之遥。这家酒店以鸭子走红地毯节目而著名。每天上午 11 点,5 只鸭子从电梯里出来,摇摇摆摆走过红地毯,直奔大厅外的水池。游客们,尤其是孩子们,会早早占位,等待鸭子出现。心想,这情景,让走红地毯的明星们情何以堪。

酒店 28 层天台上有个"鸭宫",走红地毯的鸭子就养在那里,每天面对各地游客的镜头和注目。我们这些下过乡的人不稀罕鸭子,更喜欢从这楼顶上俯瞰孟菲斯城和远处的密西西比河。

图 6—14

国家民权博物馆(National Civil Rights Museum)

孟菲斯在美国近代民权运动史上也留下了重要的一笔。1968 年 4 月 4 日,著名的黑人民权运动领袖马丁·路德·金在孟菲斯洛林汽车旅馆遭暗杀,其时,他正在该市领导环卫工人罢工。

国家民权博物馆建在马丁·路德·金遇刺的旅馆旧址上,是这座城市的特色景点和地标之一。

博物馆以一街之隔,

图 6—15

图 6—16

这是罗莎·帕克斯（Rosa Parks）在公交车上的铜像。1955 年，她拒绝给白人乘客让座，因此遭逮捕，引发蒙哥马利抵制巴士运动。她被称为"现代民权运动之母"。

图 6—17

当时马丁·路德·金就站在花圈的位置，子弹从街对面的旅馆射过来。

分成两部分。一部分回顾黑奴历史和美国的民权运动史，对街部分是马丁路德·金被谋杀的案件审理资料。

1963 年，马丁·路德·金和其他黑人领袖组织了"向华盛顿进军"的活动，争取黑人的民权和经济权利。在华盛顿林肯纪念堂前，马丁·路德·金向 20 多万支持者发表了《我有一个梦想》（I have a dream）的著名演讲。

这个实地博物馆很值得参观，虽然门票略嫌贵（16 美元）。它提醒人们，种族平等是要争取的，是要付出代价的。

图 6—18

图 6—19

113

老张的孟菲斯

老张不仅带我们打卡景点，还让我们感受到了他们生活环境的点点滴滴的好。他说，孟菲斯也是烤肉之乡。这里的肋排是用碳火炙烤，分干湿两种，一定得尝尝。那天，他带我们到当地最有名的烤肉店 Corky's BarBQ。我们选了湿的肋排，因来前就被告知，湿的更合我们的口味。味道很不错，浸透了酱料的肋排，外焦里嫩，唇齿留香。价格惊人公道，六人吃了一顿肉排才 70 美元。可惜，竟忘了拍照。

图 6—20

Corky's BarBQ 的店堂墙上贴满了名人们来此就餐留念的照片。好像美国前总统克林顿也在照片上。餐纸很特别，看似旧报纸，其实是油纸，很有历史感。

图 6—21

孟菲斯市政府还正在努力寻求发展。图 6—22 是废旧仓库改建的艺术创作工作室，供人租住。这幢楼里有宽敞的公共学习空间，还有艺术楼梯和创作品展览。可惜人少得让人着急。

图 6—22

老张夫妇喜欢的公园，自然也带我们去了。南方沼泽地的落羽杉，以前只在电影里看到。

虽然孟菲斯的住房价格之好，羡煞我们美东和英国牛津来的人。但在美国城市中，它不是人们居住的上选。老张对孟菲斯情有独钟，是因为他在这里有个幸福的家。他女儿在这里长大成才。高中毕业时，她是全孟菲斯市高中生 GPA 第一名，进了斯坦福大学，后毕业于凯斯西储大学（Case Western University）的医学院，现为西雅图医院的皮肤科医生。最近生了第二个孩子，老张升级成了两个外孙的外公。

图 6—23

老张夫妇因女儿而在当地颇有名气，受到孟菲斯市教育局的邀请，出席那年的颁奖典礼。听老张说，当地华人，不管来自中国大陆，还是中国香港、台湾地区，都十分注重子女教育，且有互相交流的风气。老张既得益于别人指点，也十分乐意与别人分享自己教育和培养孩子的心得和经验，遂有不少朋友。连带我们也沾光，被邀请去他朋友家做客，那家的闺女也进了哈佛，当了医生。

老张说，最近收到女儿寄来的生日卡，感谢父亲当年的严格要求帮助她养成好的生活习惯，至今令她受益匪浅。这是他最幸福的时刻。

不过，我们这群客人一致认为，老张人生中最幸运的是遇到他的妻子玉华。她从上海体育学院一路读到德州大学博士，专攻人体机能运动学，现是孟菲斯大学的教授和人体机能实验室主任。更让人敬佩的是她的高情商。在外真诚热情待人，还很会调侃说笑，调节气氛。与我们几乎素未谋面，却让我们一见如故，笑声不断。在家低调不争对错，和睦为上。对老张有时的固执己见只是一笑了之。在老张严格教育女儿时，她会默默配合，温柔补台，是女儿的知心朋友。用老张的话说，是一个"美国科学家"，上得厅堂，下得厨房的那种。

老张常说，人要有感恩之心，这个城市给了我们外来移民一个公平竞争的平台。每次我们买了旅游商品，他都会说，"谢谢为孟菲斯做贡献！"而老张一家和他的朋友们也给这个城市打上了积极亮丽的印记。

图 6—24

图 6—25

在接下来的几天里，老张带我们去了邻州肯塔基州地界上的猛犸洞穴国家公园（Mammoth Cave National Park）。那里的洞穴是世界上最大的，故得名"猛犸"，被联合国教科文组织认定为世界遗产。

我们还去了田纳西首府纳什维尔（Nashville），打卡了美国山寨帕特农神庙(the Parthenon)和村音乐名人博物馆（Country Music Hall of Fame and Museum）。那天，在夕阳中，在回孟菲斯的路上，我们还赶去密西西比的赌城，吃了一顿海鲜自助餐。那里的长蟹脚很不错。顺便也见识了排在拉斯维加斯和大西洋赌城之后的美国第三大赌城。

访游孟菲斯是老知青相聚之旅，更是文化学习之旅，也是探访大自然之旅。悠哉乐哉！谢谢老张和玉华！

第七章
新奥尔良

这个城市就像一个传奇浪漫的混血女子，300多岁了，风韵犹存。

"大快活"诺拉

"Nola"（"诺拉"）是"New Orleans, LA"（新奥尔良，路易斯安那）的缩写，正好是欧洲女子的名字，似乎成了新奥尔良人对自己城市的昵称。

2019年初冬，与大学同学相约来此一游，离开这个美国中南部城市时，看着机场商店满是印着"NOLA"的旅游纪念品，感觉这个城市就像一个传奇浪漫的混血女子，300多岁了，风韵犹存；她身世多舛，饱经殖民、民族战争沧桑，瘟疫天灾，却被称为"大快活"（Big easy）；她融合欧洲白人、非洲黑人、美洲原住民的文化血统，多彩的音乐，独特的美食和满腹故事，引来八方游客。

据美国《纽约时报》民调，新奥尔良高居2018美国人最喜欢的52个地方之榜首。我的一位同事去了五次，正计划第六次。但也有很不喜欢的，有个朋友听说我们要去新奥尔良，问旅馆能否退，能退就换个地方。对一个地方看法的反差，有时也是一种吸引力，令人想要去看个究竟。

杰克逊广场、飓风夜的"歌雨"幽灵

我们下榻的酒店在新奥尔良的老城法国区（French Quarter），离杰克逊广场（Jackson Square）仅五分钟。

杰克逊广场仿照法国巴黎的孚日广场（Place des Vosges）而建，是法国区最漂亮的地方。三重直指蓝天的尖塔，跃马青铜像，婀娜棕榈

图7—1

树……，一派祥和明媚！根据我的旅游经验，有年头的城市中心的广场，常常有或传奇或真实的历史故事。果然，这里旧时曾作阅兵场，也是西班牙殖民时期处决犯人的"菜市口"。坊间流传的飓风夜"歌雨"幽灵的故事，就发生在这大教堂边的海盗巷。

话说 1718 年，法国人在印第安原住民的帮助下，找到密西西比河入海口沼泽地中仅有的高地。当时路易十五世的摄政王奥尔良公爵，以自己的姓氏命名之，遂有了新奥尔良（La Nouvelle Orleans）。美洲大陆诸多的"新"（New）字当头的地名就是这样来的。法国早期移民在河的大拐弯处安家落户，形成法兰西城区（Frech Quarter），因形如一弯新月，也曾叫新月城，是最早的新奥尔良。

风水轮流转，约半个世纪后，英国在北美的殖民势力坐大，法国在"七年战争"中失利，作为《巴黎协议》的一部分，新奥尔良连同整个路易斯安娜划归西班牙。1764 年，科学家出身的西班牙总督姗姗来迟，只带了 90 名士兵，一上任就贸然限制贸易。仍活在路易十五世昔日荣光里的法兰西后裔不服，上书法国国王，要求"回到母国怀抱"，未果。新奥尔良的原殖民政府上层精英遂发动不流血的政变，要求西班牙总督哪儿来哪去，那总督乖乖带着怀孕的妻子走了。那年是 1768 年。

第二年，西班牙派来了新总督，此人后来被称"血腥奥雷利"（Bloody O'Reilly）。他带来两千多士兵，用类似鸿门宴的方法，捉拿并处决了六个中坚分子，血洒当年的阅兵场，也即今日的杰克逊广场。从此，新奥尔良成了西班牙的殖民地。

更残酷的是，那些法兰西政变者的尸体被吊在大教堂旁的海盗巷，任其腐烂，不许当时的牧师佩雷·达戈伯特（Pere Dagobert）收殓。直到一个飓

图 7—2

风的雨夜，西班牙卫兵受不了了才撤走，牧师佩雷·达戈伯特与死者的家属们，将尸体一一入殓，运往圣路易斯公墓一号埋葬。一路上，牧师佩雷·达戈伯特高唱《垂怜经》（Kyrie，天主教弥撒曲的第一乐章），以告慰勇敢者的灵魂。这情形很像是天降"歌雨"。传说，至今，在暴雨夜晚，仍能听到牧师的摄人心魄的《垂怜经》歌声，越靠近教堂和坟地处，歌声越清楚。

2005 年，新奥尔良惨遭飓风"卡特里娜"（Hurricane Katrina）蹂躏，以及天灾后的人祸，凄风苦雨之夜，是否有人听到达戈伯特牧师的《垂怜经》歌声呢？看到网上有文说，有人真的在法国区的暴风雨夜听到歌声，但她怀疑这歌声来自自己的心灵深处。我想她是对的，从心理学角度，幽灵鬼魂现象，其实是人经历了极度痛苦、惊恐或怨愤之后，产生的幻觉。

图 7—3

图 7—4

圣路易斯大教堂(St. Louis Cathedral)是美国最早的天主教大教堂。里面相当漂亮精致。（图 7—3）

广场中央耸立着安德鲁·杰克逊（Andrew Jackson）的青铜雕像。安德鲁·杰克逊系美国军人、政治人物，第 7 任美国总统。他的排印地安人政策，颇受争议。但他指挥的新奥尔良战役，是美军在第二次独立战争中，取得的最大胜利。

121

街上的"大快活"

"大快活"是新奥尔良的绰号,来自20世纪60年代,新奥尔良八卦专栏写手贝蒂·吉约(Betty Guillaud)。他把新奥尔良与纽约相比较,说纽约是永远四处奔忙的"大苹果",而新奥尔良则是闲散的"大快活"。这个广为流传的绰号倒是十分形象地概括了这个城市的文化特点,与美国东海岸乘"五月花号"来的清教徒移民文化大相径庭。

得再来点历史。新奥尔良既是殖民地,也是输入黑人奴隶的最主要港口城市。城里的法国、西班牙或者二者混血的殖民者后代被统称为"克里奥人"(Creole),其他的有色人种,尤其是西非黑奴后裔则被称为"黑克里奥人"。在西班牙统治时期,为对付不服的法国人,西班牙政府允许黑人奴隶付钱买自由。独立了的黑克里奥人与法裔、西裔逐步进行种族融合,形成了独特的"混血"文化:既执着于法国、西班牙的讲究享受、浪漫浮华的生活方式,又参杂非洲黑人、美洲土著人的古老神秘文化;他们的克里奥语,也是法语、西班牙语和非洲土语的混合。

话说西班牙在新奥尔良进行殖民统治约40年后,其在北美的势力式微。同时,法国大革命爆发,拿破仑上台。法国与西班牙日益交恶。1801年,新奥尔良重新归还法国,那里的法兰西后裔总算扬眉吐气。不过,好景不长,两年后,拿破仑一边受到以英国为首的"反法联盟"的威胁,一边面临加勒比地区征服计划失败,急需资金的境况。于是,1803年,拿破仑将整个路易斯安那殖民地,连同新奥尔良,以低价卖给了美国。新奥尔良又一次遭母国抛弃,从此划归刚从母国抗争独立出来的美国。

当时,法国区的克里奥人瞧不上蜂拥南下的美国农民,称他们为"没文化"的"北佬",嫌他们粗鄙,拒他们于法国区之外。法国区得以保存原来的法兰西和西班牙的风貌,逐渐成了旅游、赌博、色情、餐饮业的风水宝地,也成了新奥尔良的主要经济支柱。

法国区没什么特别的景点,去那里就是逛街看热闹。杰克逊广场和周边街上随处可见各种街头艺人。

图 7—5

这位帅哥拿一根绳子，几个红球，耍了半天，一时半会，看不出卖什么绝活。

图 7—6

这哥们又太直接了点。

美洲原住民印第安人的塔罗牌算命（Tarot readings）也是新奥尔良的一大特色。但算命者看来已不再是印第安人。这对年轻男女游客，神情有点凝重？

图 7—7

典型的法国区街景。不仅有马车载客游览，还有美女三轮车。这位红发女车主很有回头率，等待客人之际，坐姿是"思想者"式的。我暗自猜想，她也许是克里奥人。

图 7—8

123

我们正在波旁街上走着,身边开过一辆车,放着强节奏的音乐,车上的这位美女主动摆姿势,招呼我拍照。感觉新奥尔良人热衷于当免费模特,这些美女像是"大快活"的形象代表。

图 7—9

图 7—10　　　　　　　　　　图 7—11

广场周边也是绘画、手工艺术家销售作品的场所。待销售的作品正好装饰了广场。

我们被这妙曼的爵士木板画吸引，驻足，发现广告也写得好："带一片新奥尔良回家。"（"Take a peace of New Orleans with you."）仔细看，原来这些木板是来自飓风"卡特里娜"摧毁的房屋，变废物为旅游纪念品，以帮助灾后重建。因那天刚到，不想急着买。逛几天街后，大家一

图 7—12

图 7—13　　　　　图 7—14

致认为那是最好的纪念品，无奈再也没见这个摊主出现。只好买了陶瓷的爵士画，也算是"带一片新奥尔良回家"。

法国区的王室街（Royal Street）街上艺术气息颇浓，是逛画廊和纪念品商店的好去处。

橱窗里的画作反射出陈旧的街道、阳台、窗户、墙梯，虚淡了岁月的斑驳，添加了现代的意味，比直接看到的现实街道更有魅力。

在西班牙统治新奥尔良期间，法国区遭受过两场大火，当年的法兰西建筑已不复存在。如今保存完好的老房子多为西班牙风格。拱窗，

联排雕花铁栏杆阳台，巴洛克柱廊，手工抹灰墙，令人想起秘鲁库斯科、利马的西班牙式建筑。但那些街名——波旁街，法兰西人街，圣勃艮第街等——提醒着人们，法国人是这里的老居民。

马克·吐温在他的《密西西比生活札记》里说，法国区的建筑，"主要的魅力在于粉墙上的斑驳痕迹，有着被岁月加深、丰富了的颜色，它与周遭环境是那样和谐，比如日暮时分的霞光之于云层"。那是得生活在那里较长时间才能体会到的深层感受。游客拍照还是喜欢挑比较光鲜的建筑。

想起在网上看到，美国家喻户晓的动画情景喜剧《辛普森一家》（The Simpsons），其中一集有句歌词道："新奥尔良，海盗、醉汉、妓女之家！新奥尔良，高价宰客小商品集中地！"后来该剧为此道歉。这歌唱得夸张、绝对了点，但这里的醉汉显然比别地多；旅游

图 7—15

法国区的王室街上的古董店一家挨一家，门类繁多。走进一家，看来是卖脸谱的。老板的形象与他的收藏品有一拼。我问能不能给他照张相时，他欣然同意。

图 7—16

商品的价高也不假。我们在那里买了几听当地有名的咖啡（Cafe du Monde），自以为货比 N 家，买到最好价，得意回家后，却无意间发现，新州超市也有一模一样的咖啡，价格还便宜 1/3! 还不要税！其实，大多旅游地都是这样。

爵士乐、爵士葬礼

爵士乐，可谓新奥尔良混血文化的最典型产物。19 世纪末 20 世纪初，新奥尔良黑人中流行的蓝调音乐和雷格泰姆音乐（Ragtime）与欧洲白人音乐混合，产生这种即兴、摇摆、自由的音乐风格。后来逐渐向北发展，到芝加哥形成中心，30 年代又转移至纽约，直至今天，爵士乐风靡全世界，登堂入殿，上电影，进音乐会，逐渐经典起来。

而新奥尔良的爵士仍是大众的、自娱自乐的、自愿打赏式的，街头巷尾，酒馆餐厅，无处不在。波旁街上，击鼓声此起彼伏。大多是年轻人，拿着两根棒，身前是几个倒扣的塑料桶，模仿非洲黑人的丛林击鼓。隔着街就能听到这种鼓声。

听说法国人街的酒吧餐馆有很不错的爵士乐队，我们特地去了那里。街道很陈旧，灯光显暗，感觉不安全，光女生是不敢去的。其实，我们来前看到报道说，新奥尔良的环境安全正在改善，2018 年，被谋杀人数降到半个世纪来最低。不过，新奥尔良的犯罪率一直是个话题。

结果，我们选了这家 Maison，进去坐在吧台上喝一杯。有三男一女的年轻人乐队正在演奏流行爵士乐，很不错。几曲终了，其中一名演奏者，拿一个桶下场兜一圈，听众自愿往桶里放钱。

新奥尔良的爵士音乐带出了爵士舞、爵士画。每年

图 7—17

图 7—18

图 7—19

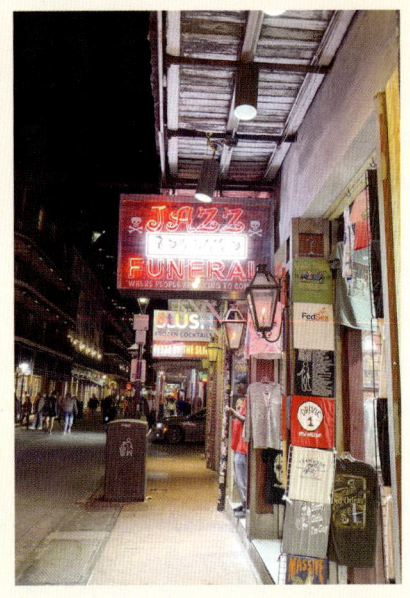

图 7—20

吸引众多游客的马蒂瓜（Mardi Gras）狂欢节更少不了爵士乐队。甚至死亡也离不开爵士乐，如新奥尔良知名爵士音乐家西德尼·贝彻（Sidney Bechet）所说："在新奥尔良，音乐是生活的一部分，更是死亡的一部分。"爵士葬礼游行（Jazz funeral）是当地的殡葬习俗，形成于 20 世纪初，保持至今。

从图 7—20 这个霓虹广告，猜想这是家爵士葬礼游行服务店。那天，我们正在波旁街闲逛。突然，迎面来了一队撑着花伞，载歌载舞的队伍，后面跟着警车保驾。很幸运，我们偶然见识了当地传统的爵士葬礼游行。（图 7—21）

据说，爵士葬礼游行分两部分：去墓地和从墓地回来。爵士葬礼队伍一般从教堂或殡仪馆出发，死者家属、"社会援助和快乐俱乐部"（新奥尔良特有的一种博爱组织）人员及铜管乐队走前面，后面跟着哀悼者（即跳舞者），一路庄严地游行去墓地。此时，乐队会演奏比较沉重缓慢哀伤的乐曲，譬如《你与上帝更近》（"Nearer My God to

图 7—21

Thee"）。待从墓地回来时，乐曲就变得喜庆了，譬如《当圣徒迈步行进时》（"When the Saints Go Marching in"），人们边走边舞，庆祝死者的人生，庆祝灵魂升上了天。[①]我们看到的应该是从墓地回来的游行。

我不禁由此联想到东晋诗人陶渊明的《拟挽歌词》。这是他为自己写的丧歌，约作于他去世前不久。在第三首关于亲朋送葬中，他写道："向来相送人，各自还其家。亲戚或余悲，他人亦已歌。"一千多年前的中国诗人对送葬情形的描写何其准确，与新奥尔良的爵士葬礼游行又何其相似！

看来，接触到的不同文化越多，对人的共同本性的认识会更清楚。这也正是旅游的意义。

---

① 此段译自维基百科。

"鬼"景……卡津和克里奥尔美食

"'鬼'也是一道风景"

这话是从一篇题为《布达佩斯遇"鬼"记》的游记中看来的,出自一名布达佩斯人之口。想必新奥尔良人也十分认同此话。万圣节已过,街上鬼怪装饰仍不容游人错过。

图7—22中的这家人在自己的屋前挂满骷髅,得有多稀罕鬼!正

图7—22　　　　　图7—23

好屋主站在门口,露出大面积的恐怖纹身,我心想,果然口味不同寻常。倒是老同学没有"标签"观念,提出跟屋主来个合影。看照片,却原来是个腼腆的老头。（图7—24）

新奥尔良的鬼屋凶宅曾是《美国恐怖故事》和其他吸血鬼电影的背景,也成了吸引游客的风景。这里的鬼屋故事比较单一,多为原豪宅

图 7—24　　　　　　　　　图 7—25

主人残酷虐待奴隶，痛苦的亡灵阴魂不散，后来的屋主屡屡中咒。

我们去了这座最有名的"鬼屋"：拉劳瑞豪宅(LaLaurie Mansion)，位于王室街 1140 号。（图 7—25）它曾被好莱坞明星尼古拉斯·凯奇（Nicolas Cage）用 355 万美元买下。据说自从他买了此宅，霉运连连，只好以 290 万美元卖出。

写到这里，我颇感好奇，去齐洛网（Zillow） 查了一下，此宅目前的估价降至 628416 美元，不知哪个不信鬼的人会接手这座不吉利的豪宅。

圣路易斯一号墓地（Saint Louis Cemetery No. 1）是新奥尔良最主要的"鬼风景"，现被砖墙围着。高个子踮脚翘首，可看见里边建在地面上的棺墓，这是当地的埋葬特色。那白色的金字塔墓据说是尼古拉斯·凯奇为自己买的墓地。也就是说，他死后将与当地的巫毒女王玛丽·拉沃为邻。

若要进公墓，听导游讲鬼故事，门票是 20 美元，我们对人间的风景更感兴趣，所以没花那钱。

图 7—26

密西西比蒸汽游轮

又一次看到密西西比河，上次是在孟菲斯。

新奥尔良地处密西西比河的下游入海口，是早期移民登陆美洲大陆的主要大港城，仅次于纽约。移民上岸后，沿密西西比河北上，寻找安家落户之地。河边有一移民纪念碑，向河的一面是女神飞向天空的姿势，背面是三口之家。侧看是贴切的移民形象，负重欲飞，注定艰辛。碑文上说："以此碑纪念勇敢的移民，他们离乡背井，来到新的国度，追求自由和更美好的生活。"

图 7—27

我们乘坐古老的"纳切兹号"（Natchez）蒸汽游轮，游览密西西比河，这是向往已久的事。早就听说，"纳切兹号"是目前美国仅存的两艘老式蒸汽轮船之一。百年老船目睹了 19 世纪初以来密西西比下游两岸的变迁，也见证了这条母亲河孕育出的美国著名作家马克·吐温（Mark Twain）的文学。

图 7—28

图 7—29

图 7—30

图 7—31

图 7—32

城市渐渐后退，密西西比河河岸的乡野风景映入眼帘。河面壮阔，两岸平坦，铁桥雄伟。相比尼罗河河岸的绿洲与蛮荒沙丘相间、亚马逊河河岸的盘旋曲折，密西西比河对视觉的冲击力相对小些，没那么夺人眼球。乘过这世界三大河流的游船后，对长江游的三峡游轮更向往了。

河中擦肩而过的、河边停靠的各色轮船为河景增色不少。

图 7—31，是运输轮 Cape Kennedy 号和 Cape Knox 号。

看河景之余，我开始盼顾寻觅马克·吐温的踪影。马克·吐温原名塞缪尔·朗赫恩·克列门斯（Samuel Langhorne Clemens），"马克·吐温"是他的笔名，英文"Mark Twain"（测标两浔）的中文音译。这是他在密西西比河蒸汽轮当领航员时，每天听到的行话。我心里暗自猜度，

133

他的领航员工作是在船上的哪个位置？那个穿制服的人站的地方吗？

怀想年少时，马克·吐温的《汤姆·索亚历险记》给我带来了很大的乐趣。至今记得书中一情节：正在给木栅栏刷油漆的小主人公，羡慕邻家孩子可以吃着苹果看自己干活，就灵机一动，故作津津有味非常好玩状，引得那孩子羡慕不已，结果用自己的苹果来换"玩"一把刷油漆……

图7—33

岸边的沃登伯格（Woldenberg）河景公园和奥杜邦（Audubon）水族馆，建筑蛮新颖气派。

羡慕—嫉妒—恨是本能，让羡慕翻转是本事。人生不常常是你羡慕羡慕人家，又有意无意地让人家羡慕羡慕的"游戏"？不同年龄段、不同时代有不同的羡慕对象。喜欢马克·吐温的作品，幽默风趣中透出深刻的人性洞察和社会剖析。也许这是他的丰富底层生活经验使然。

橡树庄园（Oak Alley Plantation)——电影《飘》的取景地？

在19世纪60年代的美国南北战争前，路易斯安那州曾是美国南部地区最富有的甘蔗种植园所在地，黑人奴隶是种植园的主要劳力。新奥尔良周边有好几个向公众开放的种植庄园，我们选择了橡树庄园（Oak Alley Plantation），它离法国区约一小时车程。

这座庄园建于19世纪30年代。白色的主宅前有一条遮天蔽日的林荫道，由28棵300多年树龄的巨大橡树构成，直通到密西西比河河边，壮观优雅。（下页，图7—34）由玛格丽特·米切尔著名的小说《飘》改编的同名电影（也译作《乱世佳人》）中主人公庄园的场景与此景如出一辙。

图 7—34

图 7—35

这是奴隶的住房。

图 7—36

图 7—37

来前，我看到旅行网站的景点介绍都说，此橡树庄园是电影《飘》的拍摄地。这对电影《飘》的铁粉极有吸引力。然而，直到参观结束，都没听见讲解员提这事，纳闷，问，答，没有的事，电影全部是在洛杉矶的电影制片厂（Culver Studios）中拍摄，甚至没有在亚特兰大拍摄。原来又是旅行网站一厢情愿的炒作。不过，也情有可原，至少可以说，这种有巨大橡树的美国南方富庶庄园，是电影的原型。

根深叶茂的老橡树，从远看，令人联想到魏晋书法，高古遒劲，雄浑狂傲；从近看，树干斑驳，藤蔓苔藓缠绕，令人头皮发麻。这老树林荫道，仿佛是一条时间隧道把人们带回到梦幻般的"古老南方"：一望无际的干蔗田、棉花地，成群劳作的奴隶；白色主楼里讲究的壁炉、吊灯、地毯和人力风扇；奴隶住的简陋小屋……就如电影《飘》的片头语："……在这里可以看到，最后的骑士和淑女，最后的奴隶主和奴隶。……一种随风飘逝的文明。"

国立第二次世界大战博物馆

本以为,到新奥尔良就是逛街游河吃吃玩玩,没想到,这里的第二次世界大战博物馆超级棒!我们花半天在那里,还觉得不够。后来才知道,此博物馆荣获世界最大的旅行网站猫途鹰(Tripadvisor)2017年的旅游者选择奖,全美第二,全球第二。门票当然不便宜——28.50美元。

博物馆坐落在新奥尔良的商业区中心,安德鲁·希金斯街(Andrew Higgins Street)上。博物馆一侧墙上的字点明了它的主题:"勇气的较量:欧洲战区和太平洋战区",由此展现了美国在第二次世界大战中的经历和贡献。

进口处是罗斯福总统的雕像,和他的话:"相信我们的后代将记住,20世纪中叶,在这里,善良的人们用他们的方法,团结一致,努力生产和战斗,摧毁那愚昧而不可容忍的奴役和战争。"这句话进一步为博物馆点题。

图 7—38

"二战"显现了美国人在大难临头时,产生的巨大的生产能力和惊人的战斗潜力。在冠状病毒继续肆虐美国,大多数美国人生活中最艰难、最悲伤的时刻,回看"二战"历史,有一种镇定作用,有助于驱散恐惧和焦虑感,人们坚信黑暗终会过去,世界终会清明。

据介绍,之所以把国立第二次世界大战博物馆建在了新奥尔良,

图 7—39

是因为当年安德鲁·希金斯创建的希金斯船业公司在新奥尔良建造了用于诺曼底登陆的两栖作战登陆艇。"D日"（D—Day）登陆艇是盟军赢得"二战"的五大发明之一。艾森豪威尔认为，安德鲁·希金斯"是为我们赢得战争的人"。去新奥尔良旅游的人也一起沾了光。

图 7—40

图 7—42

这是第二次世界大战最著名的登陆战"诺曼底登陆"的海陆空立体模型。

图 7—41

图 7—43

这个博物馆最大的特点是三维空间的极致运用。有图表和历史照片，更有逼真的战争场景模拟，有实物陈列和珍贵影像。还会通过与参观者互动的方式让每个参观者了解至少一个普通战士的故事。

看到有不少关于中国战场的展览。"通向中国的生命线"介绍包括"飞虎队"在内的中国—缅甸—印度的空中运输线。

卡津和克里奥尔海鲜美食（Cajun and Creole Seafood）

虽然来新奥尔良的人各有所好，但相信每个人同时都是奔着当地卡津和克里奥尔海鲜美食而来。

克里奥尔和卡津美食是新奥尔良多种文化在舌尖上的融合。基本上，两者都是法国菜变种。我好奇它们有什么不同，特地去查了一下。原来，克里奥尔人是新奥尔良城里人，克里奥尔美食属大码头都市烹饪。主要是法式烹饪吸纳西班牙、非洲、意大利、加勒比移民和美洲印第安人的厨艺，采用当地的食材，加香草、威士忌、秋葵、酸橙等烹饪的菜肴。

而卡津人是法国殖民者在加拿大阿卡迪亚的后裔，最初被称为"阿卡迪亚人"。18世纪初，英国殖民者征服了该地，阿卡迪亚人拒绝成为英国新教徒，遂遭驱逐，一部分人来到新奥尔良和路易斯安娜州的南部，受到克里奥尔人的接纳，后来这部分人被称为"卡津人"。他们的卡津菜属农村菜，烹饪手法简单，大量采用洋葱、芹菜与青椒碎丁，还有路易斯安那小龙虾，风格十分浓厚辛辣。米饭是卡津风味的主食。

说来奇怪，在谷歌上，只要一搜"新奥尔良"，就自动出来"烤鸡翅"，让人误以为烤鸡翅是这里的特色菜，其实，新奥尔良并无烤鸡翅，当地最有名的美食是烤生蚝。

图7—44   图7—45

右图的烤生蚝来自ACME Oyster House，味美，比左图中的好。网上说，这家要排队，等很久，我们去的时候已过了正餐时间，故没等太久。里面很挤，桌子小，上菜速度很快，价钱也公道，是那种实惠型的饭店。

生蚝也是新奥尔良的特色菜。你可以坐在吧台上，一边看服务生撬开生蚝壳，一边吃。尝了两次生蚝，但更喜欢烤的。

图 7—46

长条三明治（Po'boy）是卡津和克里奥尔的传统面食。图中是两款经典的长条三明治，一种是炸小龙虾，另一款是炸软壳蟹。两款都没我想象的好，原以为这种三明治以酱汁饱满、面包松软为特质，但两者都不足。

图 7—47

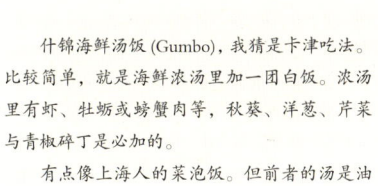

什锦海鲜汤饭（Gumbo），我猜是卡津吃法。比较简单，就是海鲜浓汤里加一团白饭。浓汤里有虾、牡蛎或螃蟹肉等，秋葵、洋葱、芹菜与青椒碎丁是必加的。

有点像上海人的菜泡饭。但前者的汤是油面糊似的，加了香料；后者的汤是清清爽爽、鲜掉眉毛的，各有千秋，我当然更喜欢上海海鲜菜泡饭，那是家乡的味道。

图 7—48

海鲜菜饭（Jambalaya）也是新奥尔良饭店菜单上的基本菜式，是用香肠、蔬菜和各种海鲜，加长粒米煮成的什锦米饭。其实，各地人都有这种菜饭。记得20世纪80年代初，在上海外滩，靠近江西路上，有一家小饭店，红烧肉、猪油菜饭都有点名气。

　　对于新奥尔良的麻辣小龙虾(crawfishi)，早有耳闻，很遗憾没吃到。因为"天时"不对，去时是11月，每年2到6月，才是新奥尔良人支起大锅热火朝天地开吃小龙虾的时节。

　　我们起先不明这茬，闹了个大笑话。众人在法国区里遍找这种大锅煮的麻辣味的小龙虾而不得，不死心。先生好不容易在网上找到法国区外的一家海鲜饭店，网评小龙虾很不错，那鲜红的小龙虾配鲜黄的玉米的广告照片，看得其余人想也不想，跟着打优步（Uber）直奔那店。到那里，只见那是家外卖店，冷冷清清，不见小龙虾踪影。难怪那优步司机听说我们去这个地址，表情微妙，似乎欲说还休。又一次教训，网上的信息要仔细辨别。

　　其实，在春天初夏时，这家店的麻辣小龙虾在方圆几十里都很出名。其余时间则乏善可陈，除了海鲜汤还可以。这是回家去机场时，与优步司机聊天时得知的。她说，她只有在那个季节才去那家店，只买小龙虾和海鲜汤。

图 7—49

图 7—50

这是一款油炸蟹钳，香鲜。忘了是谁说的，美食是要付出代价的。新奥尔良的特色美食油炸的多，只吃五天，回去就上火了。

新奥尔良的早饭比较健康。这家红宝石凉鞋餐厅（Ruby Slipper Cafe）的店名虽然古怪，却名不虚传，店门口每天都有人排队。

图 7—51

这家红宝石凉鞋餐厅里早餐的品种繁多，主要融合法式和西班牙的烹饪风格。每天在这里吃早饭，每次都很期待新的尝试，居然能 5 天不重复。

图 7—52

法式糖糕（Beignet）

法语区有家叫"蒙德咖啡"（Cafe du Monde）的咖啡馆，是不折不扣的百年老店，24小时营业，大棚式的就餐厅，价格很大众，主要供应著名的法式糖糕和老牌的法式牛奶咖啡。早就听说，到新奥尔良，这家咖啡馆的法式糖糕是一定不能错过的。

我们去时是晚上，人已不多。法式糖糕很快送上桌，还有泡沫细腻的拿铁。这种油炸的面食裹着厚厚的糖粉，很像以前上海人的炸油糕，不过后者是用糯米粉做的。吃的时候要屏气凝神，小口品味。否则被糖粉呛到，就狼狈了。这法国糖糕与咖啡很搭配，香甜可口。

远处传来忧郁的萨克斯乐声，我问同游的超级音乐粉丝，这是哪支曲？答：《孤独的流浪者》。好有意境的街头音乐！

新奥尔良是街头露宿者和流浪者的天堂，走在街上，常见有人乞讨"one dollar for bagel"。我很愿意相信，街头露宿也是一种生活方式，这样，心情会轻松些。虽然，那应该是个最无奈的选择。

说来也巧，我们正好赶上这个城市新旧机场的交替。去时，飞机在老机场着陆。5天后，从崭新的机场回家。新机场大而现代、气派，这幅巨大的立画使整个机场令人印象深刻。画中的沼泽柏（Swamp Cypress）正是路易斯安娜州的州树。

图 7—53

有人说："要看 200 年前的美国，要去纽约；看 100 年前的美国，要去旧金山；看 50 年前的美国，要去洛杉矶；如果看今天的美国，那一定是拉斯维加斯。"我想，可以在两头各加一句，要看 300 年前的前美国，要去新奥尔良；如果看今天的美国，也可去新奥尔良。

第八章
英伦散漫游（选篇）

这趟散漫游，历时 22 天。

一路上，英伦的自然风光，历史遗迹，文化风情，令人目不暇接，时有惊喜兴奋，引人深思，也不无遗憾；偶有幸运奇遇，也碰上大乌龙，而浓浓的友情始终陪伴。

大英博物馆：美丽的邂逅

2022年初，疫情仍没完没了。然人生苦短，退休了能出去走走、看看世界的日子有限。于是，该出发时，就出发！念叨了一年多的5月英伦散漫游计划，就这样成了美好的回忆。

庆幸我们早早看好英国。果然人家年初就宣布开放边境，入境不用检测。而美国要等我们回美约2周后（6月12日），才取消入境检测。我们回家登机时，还须出示24小时核酸检测阴性证明。所以一路小心防疫，出发前打了第4针疫苗；在室内公共场所，都戴上口罩，即使那里一片太平。生怕回不了家，也体验一次核酸检测焦虑。

此行第一天，从美东地区的纽瓦克飞到伦敦。十几年前，我曾来过伦敦和牛津。那时时间紧，只能"蜻蜓点水"，心想，等退休了一定要再来。这不，就来了。记得，那次也是先去大英博物馆，但看了什么，没啥印象。

这次，我们在伦敦的旅馆，离大英博物馆只有5分钟。入住旅馆小憩后，就前往这个世界顶级的免费博物馆。走过去，见边门也可入，就抄了近路。

这张博物馆正门大厅全景照，来自后半程自驾同游的朋友。照片自然光线甚好，大厅独特设计完整显示，还隐约可见外面的圆顶。

图8—1

图 8—2

图 8—3

大厅里的这座古希腊雕像《克尼多斯之狮》（*Lion of Knidos*）显得沧桑安祥，没有巨狮的雄威，倒像是一种来自远古的注视。看介绍，它确实很古老，有2200岁了，虽然对它的年龄存有争议。

英国国王爱德华七世的雕像。随手拍的。他长达60年的王储生涯纪录，直到玄孙查尔斯才被打破。

图 8—4

图 8—5

图8—4与图8—5，都是北美印第安人的图腾柱，来自北美的人觉得很是眼熟。

图 8—6

图 8—7

这雕像有点像是中国古戏装扮，故被吸引。其实是公元 730 年玛雅国王的纪念碑。他装扮成年轻的玉米神，非男非女。这种神灵掌控农业生产力、生命更新和创造。这是 19 世纪后期的一个复制品，来自洪都拉斯的科潘。

希腊神话雕塑总是那么吸引人的眼球。大理石雕像《萨蒂尔与婴儿巴克斯玩耍》（*Satyr Playing with Infant Bacchus*）。萨蒂尔戴着松树花环，装满水果的篮子挂在他的左肩上……细节很多。

看到这尊石像，一般都会驻足。它名字叫"Hoa Hakananai'a"，英语译为"失落或被盗的朋友"，是大英博物馆最受欢迎的展品之一。

它来自智利的复活节岛，是岛上的众多摩艾（Moai）石像中一佳品。1868 年，它被一艘英国船上的船员从岛上抢走，当作礼物献给维多利亚女王。岛民对此一直不满，呼吁归还。

智利的复活节岛，也是我很想去的地方。

图 8—8

147

图 8—9

爱马仕（*Hermes*）雕像。他穿着有翼凉鞋，拿着他的先驱杖。爱马仕也许是古希腊众神中最受欢迎的神，名字被用作奢侈品牌，也因此而被现代人熟知。

图 8—10

这座《掷铁饼者》是罗马时期（公元 2 世纪）的作品。运动员的全身肌肉，栩栩如生。

图 8—11

这座巨大的人头有翼公牛，是一对站在古代亚述人城堡门口的守护者之一。

图 8—12

启蒙馆中厅的花坛，由意大利著名考古学家、建筑师和艺术家乔瓦尼·巴蒂斯塔·皮拉内西（Giambattista Piranesi）修复，是典型的古代雕塑与新古典主义的结合。

中国馆，邂逅易县罗汉

考虑到时间有限，我加快脚去中国馆。这只乾隆年间的青铜香炉置放在中国展廊的中厅。

图 8—13

图 8—14

新石器时代的玉器展，整整一长廊。介绍了从红山到良渚的玉器文化，内容太多，没有耐心看。

在佛像展廊，被这座蹙眉沉思状的瓷像吸引，仔细看展品说明，这不正是有所耳闻的、美术史上评价极高的易县三彩罗汉！大喜，没想到能亲眼看到中国佛教造像的巅峰之作。油然想起那句"美丽的邂逅"。

记不得以前从哪里听说的易县罗汉的故事。现查了一下，相关的信息很多。故事来自德国人帕金斯基（Friedrich Perzyński，1877—1965）的《中国行记》（*Von Chinas Gottern*）。书中记录了他在易县寻找三彩罗汉像

图 8—15

149

的经历。1912年，在河北省易县八佛洼的某个山洞中，发现了一组辽代三彩等身罗汉像，一共16尊。一通明争暗夺的倒卖后，目前，可查的存世罗汉共10尊，均被收藏在世界各地博物馆中：美国大都会艺术博物馆有2尊；美国宾夕法尼亚大学考古学及人类学博物馆、美国波士顿美术馆、美国纳尔逊艾金斯艺术馆、加拿大皇家安大略博物馆、日本现代美术馆、大英博物馆、俄罗斯冬宫、法国吉美博物馆各1尊。据说其中8尊是经帕金斯基之手卖到国外的。

易县十六罗汉像是手工塑形、施釉的彩绘瓷像。它们的形体、容貌、皮肤、衣饰高度逼真，自然生动，惟妙惟肖，被认为是极为罕见的中国写实主义雕像，引起西方美术界高度关注。梁思成先生在其《中国雕塑史》中对易县罗汉有一番描述评论，结论是："其妙肖可与罗马造像……不亚于意大利文艺复兴时最精作品也。"

陈丹青先生的《局部》，有一集讲易县罗汉，蛮有趣。在他看来，10世纪时的佛像制作师傅，不自觉地偏离了佛教规范，以真人为模特，制作了这些罗汉，"不然，不可能这么准确、具体、活生生"。有意思的是，他把罗汉的面容表情，具体描述为宗教的自在感和深沉感，一种"自以为把握真理的确信""不可辩驳的信仰的傲慢"。还说，小时候从大人脸上也可看到这种表情。相比之下，现代人的"脸上不容易看出内心的立场，随时准备改口、迎合、掩饰"。哑然失笑，想想又深以为然。也许是科学发达，信息爆炸，信仰变得不容易。扯远了，这是个大话题。

都说在美国大都会艺术博物馆收藏的两尊三彩瓷像，是易县罗汉中的最上品。大英博物馆中的这尊瓷像，面容生动，耳朵大得出奇，还可以看出，他的双手特别出色。现在才知道，这双手叠加的姿势，叫禅定印。每次旅游，都会学到些东西。

前不久，与朋友一起去了大都会博物馆，看"马奈/德加"联展，特地找到那两尊易县罗汉，一饱眼福。果然脸部特别生动逼真！（图8—16，图8—17）

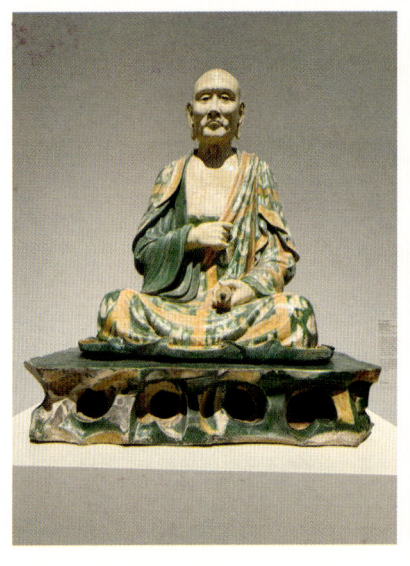

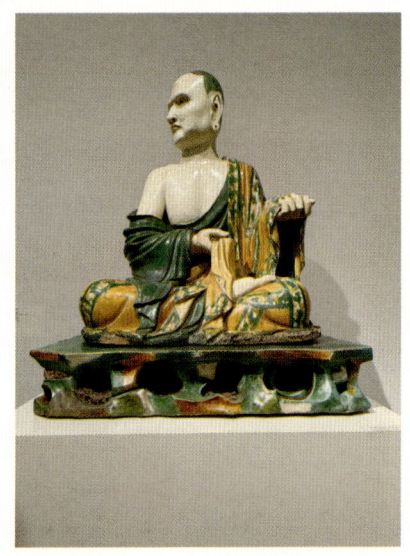

图 8—16

图 8—17

图 8—18

图 8—19

  观音像很常见，但这尊彩绘木制观音像显得格外雍容华美，服饰和发型都很讲究。它是金朝（公元 1115—1234 年）的作品（图 8—19）。这样的观世音的形象，这样放松的坐姿，是不是艺术家又一次"偏离了佛教的规范"？

图 8—20

布袋和尚（Budai），即我们比较熟知的弥勒佛、大肚弥勒、笑佛。介绍说是五代后梁时期的僧人，明州奉化（今浙江宁波奉化）人。难怪杭州灵隐附近多大肚弥勒。也许这是最世俗化受欢迎的佛，其"量大福大"的形象，像是提醒世人包容别人，也包容自己。

图 8—21

根据展品解说，这两尊明朝的釉面瓷像，是站在阎王两侧的"判官助理"。女助理专记行善者，她的卷宗很薄。绿脸男性助理拿着沉重的卷轴，上面记着犯下坏事人的名字。这到底是说明坏人比好人死得多，还是世上的坏人比好人多？因为人终有一死。呵呵。

从来只听说阎王殿两侧站的是黑白无常、四大判官、牛头马面一众，还是第一次看到阎王的这两个助理。

图 8—22

这几个彩绘陶罐，被看作新石器时代马家窑文化（公元前 3300—前 2000 年）的代表。它们应该是马家窑陶器中的上品。罐的造型优雅，上面的几何图形比较复杂，红、黑色至今鲜艳。

马家窑文化是黄河上游地区的农业社区文化，以其彩绘陶器而闻名，被认为是当时陶器制造业的顶峰。

埃及馆，奔罗塞塔石碑 (Rosetta Stone) 而去

埃及馆是大英博物馆最大的陈列区，有 10 万多件古埃及文物。虽然去过埃及，但有些古埃及宝贝只有这里有，譬如罗塞塔石碑。它是大英博物馆镇馆之宝之一。忘了我上次来是否看过，反正买了一只印有罗塞塔石碑文的茶杯。这次，先去找到它。

仔细看介绍，才了解这块石碑为什么这么宝贵。在这块残缺的巨石板上，分别用三种不同的文字刻录了同一段国王诏书，日期是公元前 196 年 3 月 27 日。

石碑上部，是用古埃及象形文字写的诏书，这是古埃及的传统文字；中间，是用有文化的埃及人的日常草书写的；底部是用政府语言，即希腊语写的。当时，埃及由希腊王朝统治，这份诏书是以男孩国王，托勒密五世·埃皮法尼名义发的。它记录了当时埃及牧师同意建立皇家异教，以换取托勒密对埃及寺庙让步的决定。石碑被放置在一座寺庙里，可能是在罗塞塔附近的塞斯市。

石碑上刻文的内容并不重要，重要的是，它让考古专家有机会对照不同文字版本，解读出已经失传千余年的古埃及象形文字，从而成为研究古埃及的钥匙。

图 8—23

石碑是在 1799 年时，一位拿破仑的法军上尉发现的。1801 年，拿破仑的大军被英军打败投降。双方就石碑的归属问题多次协议。最后协定，法方可以保留之前石碑的拓印与研究成果，而英方则获得石碑的实际拥有权。自 1802 年起，它被保存在大英博物馆中，并向全世界免费公开展出。我觉得英国在这事上，不失气度。25 年后，法国语言学家

商博良（Jean François Champollion）最终破译了罗塞塔碑文，出版了《古埃及象形文字体系概论》，从此敲开了古埃及文明的大门。再说，若石碑放在卢浮宫，去看还得买门票。

图 8—24

前部，巨大的闪石圣甲虫，是古埃及人崇拜的众神之一。在埃及卡纳克神庙看过这种巨大的圣甲虫，那是红色花岗岩石材。好像这次的形象更好更完整。

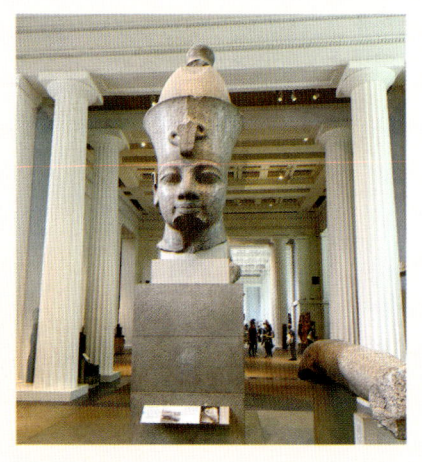

图 8—25

古埃及第 18 王朝，法老阿蒙霍特普三世的巨大红色花岗岩雕像。时间约在公元前 1370 年。

图 8—26

花岗麻岩雕像，表现公羊保护塔哈尔卡国王的主题。公羊是代表阿蒙（Amun）神的动物之一。

图 8—27

狮头与苗条女身结合，这是女神塞赫梅（Goddess Sekhmet）的雕像。据说她给人类带来了疾病和灾难。然而，由于她也可以将它们带走，故信徒仍忠于她的保护能力。

图 8—28

法老拉美西斯二世的胸像也是大英博物馆最著名的文物之一。右臂的圆孔据说是拿破仑时期的法国人凿的，与此相连的是这尊雕像如何最后来到此馆的各种故事。

拉美西斯二世被普遍视为古埃及帝国最强大的法老。他热衷于大兴土木，故埃及各地都有他的寺庙宫殿、雕像、纪念碑遗迹。在埃及孟菲斯，我曾参观过一座高达 10 米，石灰石的拉美西斯二世雕像。由于它的底座和腿部都已经损毁，只能躺着陈列于孟菲斯博物馆中。

眼前这座花岗岩的胸像，高高耸立，且面部完整，英武逼人，可以想见拉美西斯二世当年的不可一世。1817 年，当这尊著名雕像残部缓慢地从中东运到英国时，英国浪漫主义诗人雪莱，写下了流传千古的《奥斯曼迪亚斯》（Ozymandias 是拉美西斯二世的希腊名字）：

155

我遇见一位来自古国的旅人
他说：有两条巨大的石腿
半掩于沙漠之间
近旁的沙土中，有一张破碎的石脸
抿着嘴，蹙着眉，面孔依旧威严
想那雕刻者，必定深谙其人情感
那神态还留在石头上
而斯人已逝，化作尘烟
看那石座上刻着字句：
"我是万王之王，奥兹曼斯迪亚斯
功业盖物，强者折服"
此外，荡然无物
废墟四周，唯余黄沙莽莽
寂寞荒凉，伸展四方。①

就如大英博物馆地上刻的名言："让你的双脚，从此处走过千年，沉浸在知识中。"（"and let thy feet, millenniums hence, be set in midst of knowledge."）博物馆就是有这种功能，让你感受到历史。当年留下无数巨像的君王已逝，写下千古杰作的诗人也已逝，每个人都会逝去，"是非成败转头空"，唯有天地悠悠，崇高的文明精神和美丽的灵魂永存。

---

① 译文／杨绛，摘自网络。

了不起的西敏寺

除大英博物馆外，西敏寺（Westminster Abbey，也叫作威斯敏斯特大教堂）是这次去伦敦，最确定要去的地方。不仅因为它是英国的建筑杰作，在联合国教科文组织的世界遗产之列，是英国王室的加冕、婚葬之地，也因为那里有闻名于世的诗人角，有英国最重要历史人物和文化名人的纪念碑。

除以上这些，还另有一好奇。传说，西敏寺有一块中世纪时的无名修士的墓碑，刻有世界闻名的碑文："当我年轻的时候，我的想象力从没有受过限制，我梦想要改变这个世界。当我成熟以后，我发现我不能够改变这个世界。我将目光缩短了一些，决定只改变我的国家。当我进入暮年以后，我发现我不能够改变我的国家。我的最后愿望仅仅是改变一下我的家庭。但是，这也不可能了。当我现在躺在床上，行将就木时，我突然意识到：如果一开始时我仅仅去改变我自己，然后作为一个榜样，我可能改变我的家庭；在家人的帮助及鼓励下，我可能为国家做一些事情。然后，谁知道呢？我甚至可能改变这个世界。" 据说，此碑文曾令已故南非总统曼德拉顿感醍醐灌顶。真有这块墓碑吗？正好去看看。

1042 至 1066 年，英格兰的国王，忏悔者爱德华，建造了西敏寺。这是这个国王最伟大的成就之一。

西敏寺的北大门很有特色，常被当作它的标志。

图 8—29

图 8—30

图 8—31

进门后,第一印象便是这交叉肋拱天花板,高而华丽,气势恢弘,莫名震撼。宗教常常通过建筑艺术震慑人心,这里堪称典范。

牛顿的祭龛中,这位科学伟人斜倚在他的著书上。两个天使在脚边,手拿数学图表卷轴。后上方是个圆球,球上斜坐着一个人。是啊,我们都站在这个巨人的肩膀上。不禁为塑像立碑者叫好。

中殿的东端,豪华的唱诗班屏幕门左右两侧,各有一座细镂精雕的祭龛,左边就是艾萨克·牛顿(Sir Isaac Newton's Grave)的,另一边是詹姆斯·斯坦霍普(James Stanhope)的,他是一位英国保守党政治家。

图 8—32

158

图 8—33

穿过屏幕门,就是唱诗班歌唱的诵经台。举行合唱仪式的这种传统,已延续了一千多年。环视周围,可以想象唱诗班的合唱将是多么震撼。

图 8—34

"高祭坛"是教堂的主祭坛,金光闪闪。祭坛前是著名的"科斯马蒂(Cosmati)"嵌镶装饰地砖,由专业的罗马工匠在 13 世纪时铺设。图案和工艺无比繁复抽象。与教堂当时其他英国传统的瓷砖地,形成了明显的对比。

图 8—35

从内殿,走进亨利七世的圣母堂。这是教堂最金碧辉煌的地方,堪称英国 16 世纪哥特式建筑的绝佳典范,明显的文艺复兴风格。炫目的扇形拱肋天花板、五颜六色的徽章旗帜、圣徒的雕像和木制龛座交错叠加,令人眼花缭乱。拱顶的精雕细镂,登峰造极,无以复加。

图 8—36

神秘的彩色玻璃窗与高拱顶相接,也是哥特式教堂美之所在,显示出宗教与艺术的巧妙结合。

159

图 8—37

图 8—38

回廊里满是雕塑精品，述说各种历史故事。这座雕像是纪念率军远征魁北克的詹姆斯·沃尔普（James Wolpe）少将兼英国陆军总司令，及在远征中死伤者。

这是弗洛伦丝·南丁格尔的纪念碑。她与38名女志愿护士在克里米亚战争期间救死扶伤，被伤兵们称为"上帝派来的天使"；南丁格尔对护士教育的贡献巨大，她的生日5月12日被定为国际护士节。

西敏寺里更多的是皇亲国戚的棺木和雕像。

苏格兰的玛丽女王的陵墓很是华贵，四周的黑漆栏杆上，装饰着金灿灿的玫瑰和蓟花。玫瑰是英格兰皇室的徽帜，蓟花是苏格兰的。

图 8—39

160

图 8—40　　　　　　　　　图 8—41

除了王室成员，也有英国皇家空军教堂和不列颠战役纪念窗。地上是皇家空军的徽章。

终于来到著名的诗人角。南耳堂的一角，100多名诗人和作家葬在这里，或有纪念碑，为文学爱好者开辟了朝圣之地。我觉得这里是大教堂最独特的地方。王室成员、达官贵族和皇家军人进教堂，这很平常，能让诗人、作家、音乐家仅凭作品在大教堂有一席之地，才显出英伦文化了不起的魅力。

图 8—42

莎士比亚的纪念碑最大，居中。他葬在他的家乡雅芳河畔的斯特拉特福。这位英国最顶尖的诗人剧作家斜站着，肘部靠在一堆书上。女王伊丽莎白一世、亨利五世和理查三世的头像雕刻在基座上。雕像头部上方的金字拉丁铭文非常简单，估计只是他的名字和立碑日期。

图 8—43

图8—44是诗人威廉·华兹华斯（William Wordsworth）的雕像，被置放在莎士比亚纪念碑左下方。他坐着，右腿叠左腿，膝盖上好像有一本书。碑上除了他的名字和出生日期，还有铭文："祝福他们，永远赞美他们，诗人给了我们更崇高的爱和关怀，他们用天堂般的诗句，使我们拥有真理和纯粹的快乐。"

华兹华斯的名诗《我孤独地徘徊，像一朵云》（Wandered Lonely as a Cloud），唤醒了多少人的"孤独的幸福感"。

塞缪尔·约翰逊（Samuel Johnson）的雕像，在华兹华斯座像的右边，小得多。他雕像的下面，是简·奥斯汀的纪念碑，更小，只有她的名字和生死之年。

图8—44

纪念碑从墙上，扩展到地上。本人喜欢的作家查尔斯·狄更斯和托马斯·哈代的名字也在地上。（图8—45）

图8—45

纪念文化名人的传统一直延续到今天。西敏寺院长决定谁可获得一个位置，当然需要经过广泛协商。随着时间的推移，"诗人角"已名不符实，不只是诗人被纪念，也不只是一角，而是整整一堂的文化名人纪念碑。

四方长廊是大教堂延伸属地。这是南长廊，古朴幽静，建于13世纪。墙上有一些军人纪念碑。（图8—46）

东回廊的分会厅（The Chapter House）是一个会议场所，僧侣们与修道院院长聚集在这里祈祷、阅读、讨论等。它始建于13

图8—46

世纪，八角形的扇拱形天花板，中央支柱上有精美的基督雕像。玫瑰玻璃窗下的拱门下，仍可看见当年的壁画，但已大面积褪色。地板是英格兰中世纪最好的瓷砖。据介绍，地面上有有一句拉丁文，大意是"玫瑰是花中之花，此房是房中之房"。（图 8—47）

从长廊可见大教堂的双塔楼和飞扶壁。（图 8—48）学院花园可见毗邻的议会大厦。（图 8—49）

图 8—47

图 8—48

图 8—49

回到大教堂主体，离西大门出口不远处，可见玻璃门后的加冕椅，也许这是世界上最著名的"龙椅"。700 多年来，每当加冕典礼时，它就被放置在高祭坛前，举世瞩目。（图 8—50）

在出西大门之前，每个人都会看到这块无名烈士墓碑，四周环绕

163

着鲜红的罂粟花。

碑上写着:"这块墓碑下,是一具身份不明的英国战士的尸体,从法国带回,于 1920 年 11 月 11 号停战日,埋葬在这片土地上最显赫的人中。

乔治五世国王陛下和他的国务部长们、他的军队首领和全国民众,以此纪念 1914—1918 年战争期间,无数为上帝、国王和国家,为他们所爱的家人和帝国,为世界正义和自由的神圣事业,献出生命的人。他与列王同葬,因为他对上帝和家园都做出了贡献。"(图 8—51)

一直以为罂粟花很美,但有一种妖邪气,因为它与鸦片相连。这次从英国旅游回来,从英国和加拿大朋友那里得知,在英联邦国家,罂粟被用来纪念在战争阵亡的将士。在国殇日,参加缅怀活动的人都会戴上红罂粟。这是因为在第一次世界大战中,在死难惨重的欧洲战场,曾覆盖这种美丽的红花。而这一现象被写进了当时广为流传的英文诗,《在法兰德斯战场》(*In Flanders Fields*)。

图 8—50

图 8—51

在写这篇游记时，发现那红花的中文名应该是虞美人，它的学名是"Papaver rhoea"；而罂粟的学名是"Papaver somniferum"。它们同属罂粟科，英文都叫"Poppy"。长得很相像，但株植、花朵、果实都有所不同。我们在欧美常见的，装饰无名烈士墓碑的，其实是虞美人。

从西大门出来，才想起，根本没见那著名的无名修士墓碑。为确证自己没有遗漏，在网上查找了相关资料。发现还真有人在博客里讨论这事，有段博文说，"……最近，我的一个来自苏格兰的朋友确实去了威斯敏斯特大教堂寻找同样的铭文，但没有成功。他问了一名工作人员，被告知那是一个互联网桥段（Internet Meme），修道院里没有这样的铭文"。另有人指出，这段话出自一本心灵鸡汤《13 种生活之道》（*13 Resolutions for LIFE*）作者是 Orrin Woodward。[①] 借古代修士、僧人之口讲人生道理，古今有之。只是在网络时代，容易穿帮。

图 8—52

---

① 见网页：https://docmeek.com/-wanted-to-change-the-world-unknown-monk—1100-a-d。

伦敦街景：跟着同学荡马路

同学相聚在公园

与多年不见的同学见面，是我这次在伦敦特别向往的事。那天是周六，承蒙两位当地同学的费心安排，我们在伦敦城西的巴特西（Battersea）公园相聚了。在世界疫情持续盘桓中，跨国相聚着实难得！更令我感动不已的是，其中赵月瑟同学当时正在化疗，她由夫君陪着，不顾劳累，冒着感染的风险，前来相聚。虽然我们不能把手言欢，但浓浓的同学情义，醉人心怀。

40多年前，在复旦大学校园里，有谁会想到，有一天，我们会在伦敦的公园一隅，席地而坐，吃着当年的"小同学"（20世纪"文化大革命"后，77、78级大学生的年龄最大相差10多岁）一手准备的午餐，（图8—53、图8—54）回首似水年华，笑谈人生沧桑，感慨万千，难以忘怀。

图8—53　　　　图8—54

不幸，这是我们与月瑟的最后一次见面。一年后，中秋将近时，月瑟永远离开了我们。月瑟是我们全班敬重的赵姐，深为能与她曾是同学而荣幸。她曾任上海译文出版社的副总编辑，译作沛然：《波普尔思想自述》《当代美洲神学》《心灵自我与社会》《生活的意义与价值》等等。她的人品、学识和气质，用同学的话："唯'君子如玉'

四字最为贴切"。那天,在公园里,她乐观豁达的音容笑貌,与癌症相处的毅力,犹在眼前。

跟着当年"小同学"荡马路

当年的"小同学",如今已是"老伦敦"了。公园午餐后,我们欣然跟着她去乘巴士,荡马路,看野眼。自然,聊着天。

同学先带我们去皮卡迪利街(Piccadilly Street)。这是伦敦最具标志性的时尚中心,女士爱去的地方。

图 8—55

对街,看见英国电影电视艺术学院(BAFTA),这是世界级的影视活动场所,颁发"英国奥斯卡"奖的地方。(图 8—56)

有名的高档百货公司——福特纳姆和梅森(Fortnum's)就在这条街上。这家 300 多年的百货公司,外观经典好看,不张扬。

图 8—56

橱窗里看到女王的"海得拉巴的尼扎姆"(Nizam of Hyderabad)玫瑰胸针的设计模型。那枚胸针,是她与爱丁堡公爵结婚时的礼物。

图 8—57

图 8—58

不远就见皇家艺术学院（Royal Academy of Arts）。这是同学最想带我们去的地方，说，皇家艺术学院的庭院中，常常有各种雕塑展览。可惜，当时正在维修。

图 8—59

再朝前走，就是伯灵顿拱廊（Burlington Arcade），这是一种有顶棚的笔直长条市场。记得，第一次见识这种拱廊街是在意大利米兰。

走过皮卡迪利广场，同学把我们带到摄政街。她说，她最喜欢摄政时期的建筑（Regency architecture），这条街就是代表。从她那里，第一次听说伦敦出生的伟大建筑师约翰·纳什（John Nash）。这段"四分之一圆环"街道和两侧的建筑，是纳什的摄政风格的典范。这种风格在乔治亚时期的新古典主义基础上，增加了优雅与轻灵的元素。看着通体奶油色的建筑，童话的气息扑面而来。

摄政街有伦敦最好的餐厅、酒吧、咖啡馆和甜品店。有时间的话，可以逛一天。

同学又把我们带进她喜欢的摄政王公园，说，这个公园也是伦敦摄政建筑的一部分，非常有味道。但我们时间太少，又累了，就没往西向深处走，而是找个树荫坐下。

图 8—60

图 8—61

树丛后,隐约可见优雅的淡粉色的建筑。

图 8—62

小憩之后,我们沿着摄政公园东侧走,同学说,这里有许多好看的建筑。果然,淡粉色的坎伯兰别墅(Cumberland Terrace),清新明媚,吸人眼球,是典型的新古典主义风格,又是纳什的作品。

图 8—63

街边,一座古旧建筑与远处的教堂尖塔重叠。

图 8—64

同学带我们乘巴士回旅馆时,拍到摄政街北端的万灵堂(All Souls Church),这也是约翰·纳什的代表作之一。

英国摄政时期是指从 1811 到 1820 年,但这个术语应用于建筑时,变得更宽泛,一般指 1795 至 1837 年间在英国建造的古典建筑。在这个时期,高度原创、多产的约翰·纳什,是乔治四世国王的御用设计师,他在伦敦留下了一系列大手笔。用一个建筑业大拿的话:"伦敦从来没有像摄政时期那样美丽。"感谢同学,带我们更多地了解伦敦。

街景随拍

在伦敦，游客乘公交巴士十分方便，你只需有一张非接触式信用卡（Contactless Card），上车"嘀"一下就行。而且，车费很公道。在一天内，车费累积到 7 镑，就封顶了，再乘就免费。

非接触式信用卡连上收费厕所，也可以"嘀"一下。所以不用换多少英镑。

每次乘伦敦的双层巴士，总喜欢走到上层。如果幸运的话，可坐在第一排拍街景。图 8—65 是查令十字路（Charing Cross Road）上的皇宫剧院广场。

沙夫茨伯里大街（Shaftesbury Avenue）上的桑德海姆剧院（Sondheim Theatre），正在上演音乐剧《悲惨世界》。（图 8—66）

这次车上拍摄撞大运，竟拍到简·奥斯汀（Jane Austen）最喜欢的兄弟亨利（Henry）与其妻的故居———斯隆街（Sloane Street）64 号（图 8—67，中间那幢蓝灰色公寓）。亨利夫妇在这栋楼一直住到 1815 年。

简在伦敦旅行期间就住在这里，随其兄参加伦敦富裕阶层的社交活动，走访景点，上剧院。这些活动让她深

图 8—65

图 8—66

图 8—67

入了解了伦敦摄政时期的社会生活，成为了日后的创作背景。

现在的楼面，是1897年重新装修的。显示出比较特别的维多利亚风格。

图 8—68

维多利亚大街上，新老建筑并存。

图 8—69

在圣·潘克拉斯教堂(St Pancras Church)边，看到这个名为"飞行"（Flight）的雕塑。这是伦敦犹太艺术家David Breuer-Weil 的作品。雕塑是一名飞行者正欲"起飞"，却被各种粗细绳子羁绊住。发人思考。

伦敦菲茨罗伊金普顿酒店，带复古色彩的维多利亚时代建筑。

图 8—70

图 8—71

图 8—72

维多利亚式公寓楼是伦敦街景的一大特色。顾名思义，这种楼房是在1837到1901年，维多利亚女王时期建造的。这种红砖白砌、高倾斜的屋顶、外形混合多变的建筑，对视觉很有冲击力。（图8—71，图8—72）

图 8—73

图 8—74

走过特拉法加广场（Trafalgar Square）。高高的柱子上，"站着"的是纳尔逊上将，纪念他在1805年，率英国海军大败法国和西班牙舰队。

路过中国城，见张灯结彩一片红彤彤，我猜一定是为即将到来的女王登基70年白金禧庆典而准备。

西敏寺东端的亨利七世的圣母堂,外观也华美。

图8—75

都说,街拍靠运气,其实,与其说我的运气好,不如说伦敦的文化历史深厚,城里的街道和建筑,常常藏着故事。

从 20 世纪末起,国家美术馆前的雕塑展览基座(也被称广场上的第 4 基座),成了世界最著名的当代艺术公共展示处之一。现在的

图8—76

作品是去年才更新的:一团巨大的白奶油,顶着一个鲜红的樱桃,上面还不可思议地停着一只大苍蝇和无人机。(图8—76)

这个雕塑名叫《终端》(*THE END*),是一位英国多媒体女艺术家希瑟·菲利普森(Heather Phillipson)的作品。这个当代艺术品引来众多不同的评论。焦点是,那架无人机是真的,且正在拍摄广场,视频的提要可在专用网站上观看。你在那里拍它,殊不知自己已被人家录了像。

伦敦的街景很精彩。我想,主要归因于建筑风格丰富多样。从格鲁吉亚时期、摄政时期、维多利亚时期风格,到泰晤士河两岸的超现代天际高楼,融合和谐。这个曾经的日不落帝国的首都,像个 40 多岁的美人,既有阅历沉淀的典雅气质,又有从容的时尚风范,风姿绰约,风韵犹存。

剑桥：脱尽尘埃，清澈秀逸

牛津和剑桥，是英伦游的热门目的地。游客不仅喜欢去，还喜欢比较"牛""桥"，哪个更美？

这次英伦游时间较宽裕，又有住牛津 20 多年的农场老友小云及其先生提供的方便和陪伴，让我们能从容游览这两座举世闻名的大学城。所以，也来"轧闹猛"，参加"比较"。其实，结论不重要，只是借这话题，各表其美。先写剑桥。

剑桥是英格兰东部剑河（River Cam，中文也称康河）上的一座古老小镇。著名的剑桥大学，于 1209 年在这里创建。据说，最早是一批牛津大学的师生，离开牛津来到这里办学。起因是一学生误杀市民并逃逸，引起骚乱。当时的英国国王约翰王正在与罗马教皇较劲，借机报复教会，下令杀了肇事者的 3 位无辜室友。此举激怒校方，师生移居，以示抗议。[1] 剑桥大学现有 31 个学院，散落在剑桥城区。

从伦敦去剑桥，开车向北，略微偏东，约 1 小时 40 分钟。那天，正好在伦敦儿子家的小云，让先生开车，夫妇俩陪我们一起去。50 多年前，在崇明岛上，做梦也梦不到，老知青会有这样的退休活动。人生很奇妙。

车只能停在剑桥城边，然后乘巴士进城。

图 8—77

---

[1] 见知乎《高等教育一千年》

一下车，就被这里的建筑和街道迷住。图 8—77 是一家新开的餐厅，门面既新又老。

小云的先生老董以前来过。跟着他走，最先看到的是基督学院（Christ's College）。（图 8—78）进化论鼻祖查尔斯·达尔文、史诗《失乐园》《论出版自由》的作者约翰·弥尔顿都是这个学院的校友。（图 8—79）漂亮的雅各布风格（Jacobean style）大楼，是劳埃德（Lloyds）银行。

市中心的商业街上，世界名牌店云集。（图 8—80）

接着来到国王大道（King's Parade）。大道一边是大圣玛丽教堂，建成于 16 世纪初。（图 8—81）

对面是国王学院。它由国王亨利六世于 1441 年创立。国王学院的

图 8—78

图 8—79

图 8—80

图 8—81

175

图8—82

图8—83

图8—84

哥特式大门,是剑桥大学的标志性建筑。(图8—82)

我们在国王学院边的大草坪上徘徊良久,欣赏这高等学府的经典建筑,拍照留念。农场老友在一起,不管走到哪里,当年蹉跎岁月的片断都会不时回闪。不免感慨人生,互勉珍惜当下。

再朝前走,就见科珀斯·克里斯蒂学院(Corpus Christi College),建于1352年。(图8—83)

在科珀斯·克里斯蒂学院泰勒图书馆外墙,面向国王大道处,有一只镀金的大钟,人们称之为蚱蜢钟(Grasshopper Clock)。此钟建于2008年,曾被《时代周刊》列为当年最佳发明之一。《时间简史》的作者,著名物理学家斯蒂芬·霍金(Stephen Hawking)为之剪彩。(图8—84)

钟的顶部有一只巨大的张牙舞爪的蚂蚱,沿着钟外围的 60 齿格不停爬行，钟锤每摆动一下就张口吞下一秒。像是在提醒人们：你失去的每一秒钟，都是追不回来的。也令人想起鲁迅名言："浪费别人时间，等于谋财害命。"（图 8—85）

继续走，在特兰平顿（Trumpington）街上看见彼得书院（Peterhouse），它是剑桥大学最古老的学院，创建于 1284 年。（图 8—86）

再朝前走，便是有名的菲茨威廉博物馆 (The Fitzwilliam Museum)。它是西欧最好的艺术和文物博物馆之一。收藏包括莫奈、毕加索、鲁本斯、凡·高、伦勃朗、塞尚、范戴克和卡纳莱托等名家的作品，且对公众免费开放。这里的人太有福气了，可以免费享受高雅的文化氛围。现在展出的是现代艺术"霍克尼的视野：艺术和技术的描绘"。我们因时间有限，只在外面欣赏一下古希腊风格的建筑。（图 8—87）

在菲茨威廉博物馆对街，有一家名为"剑河艺术"的店。当时没开门。橱窗里那大开本的传记刊物《徐志摩在剑桥蜕变》和封面上帅气的诗人的头像，吸引了我们的目光。（图 8—88）

图 8—85

图 8—86

图 8—87

图 8—88

这位 20 世纪年代 20 的年轻人在剑桥大学的经历，折射出剑桥的魅力。除了《再别康桥》，他的散文《我所知道的康桥》也非常深情细腻，写出他辗转迂回，终于"发现"康桥，找到精神皈依的缘分。剑桥的人文和自然之美打开他的眼界，潜化他的诗人气质，释放他的浪漫情怀，使他弃政从文，一心追求爱、自由和美。

而剑桥，由于徐志摩的诗和散文，成就了东方风范的灵性和诗意。从此走入中国现代文学，走进中国人的视野。

现在，知道剑桥大学的这位校友的，不只是中国人和撑篙的导游。在国王学院后面的剑河边，有一块大理石的徐志摩纪念石，上面刻着《再别康桥》的开头 2 行和最后 2 行："轻轻地我走了，正如我轻轻地来。""我挥一挥衣袖，不带走一片云彩。"

剑河是一条环城河流，用徐志摩的话，是"剑桥的灵性所在"。秀丽轻泛的流水，曲折蜿蜒，两岸绿荫萋萋、野花烂漫；河上的桥一座接着一座，各具特色，串连起两岸蜚声于世的学院的庄严建筑，孕育一代又一代的精英和文化。恰如诗人在散文中描述的："……在星光下听水声，听近村晚钟声，听河畔倦牛刍草声，是我康桥经验中最神秘的一种：大自然的优美，宁静，调谐在这

图 8—89

星光与波光的默契中不期然的淹入了你的性灵。"

银街桥（Silver Street Bridge）是剑河的第 6 部桥。（图 8—90）

最有名气的数学桥（Mathematical Bridge），（图 8—91）把王后学院在康河两岸的校园连接起来。撑篙的导游常常赋予这些桥以噱头故事，让游客在剑河撑篙的旅程更加精彩。

图 8—90

图 8—91

我们坐在剑桥休闲公园的剑河边，一边欣赏河景，看人撑篙划船，一边吃午餐。那是小云事先做好的菜肉包子，放在保暖包里，让先生背着。包子暖呼呼的，让吃了好几天快餐的我们，有了回家的感觉。

三一堂学院（Trinity Hall College）的杰伍德图书馆建于 20 世纪末，俯瞰着康河，享有绝佳的景色。

图 8—92

徐志摩在散文中多次写到的克莱尔桥（Clare Bridge），是一座有护栏的三孔石桥，位于克莱尔学院后部，造型优美，是剑河上现存的最古老的桥。（图 8—92）河中美女撑篙，十分引人注目。

图 8—93

Nevile's Court，剑桥大学三一学院的一处研究生公寓。

图 8—94

很喜欢三一学院巷（Trinity Lane），有一种高深莫测的意味。

图 8—95 是圣约翰学院建筑，颇有英伦式花哨。它建于 1516 年，透出文艺复兴的风格。

在三一学院内庭草坪上，老董带我们终于找到了那棵赫赫有名的"牛顿苹果树"。牛顿是三一学院的校友，所以这棵苹果树成了剑桥校园里最为著名的打卡景点之一。其实，这棵苹果树，是那棵启发牛顿发现万有引力定律的苹果树的"亲戚"。

根据英国传记作家斯蒂克利的描述，启发牛顿发现万有引力定律的那棵苹果树，是在他家乡的伍尔索普庄园里。为了纪念牛顿，同时也为了避免那棵老树毁于风暴，人们将那棵苹果树的枝条嫁接到了剑桥校园里的几棵苹果树上，因此才有了三一学院著名的牛顿苹果树。

图 8—95

图 8—96

图 8—97

彼得伯勒大教堂的后殿，与骑车美女同框，很美。

图 8—98

圣墓教堂，通常被称为圆形教堂，是剑桥市的一座圣公会教堂。它是英格兰仍在使用的四座中世纪圆形教堂之一。

很喜欢这个景。古老典雅的建筑的一角，一棵有故事的苹果树，亭亭玉立。（图 8—96）

草地那边的哥特式建筑，是国王学院教堂。远远看见几头牛在这个中世纪大学城的公园和哥特式塔楼下漫步。据说，这里的居民虽常常踩到牛粪，却对牛邻居表示难以置信的自豪。（图 8—99）

牛津和剑桥都有一条河。但剑河，似乎是剑桥美的灵魂，它使这座城市、这所大学，完美地融入自然，超凡脱俗。在这一点上，剑桥比牛津更胜一筹。在我看来，关于剑桥的人文和自然之美，再没有比徐志摩的描写更好的了："脱尽尘埃气的一种清澈秀逸的意境，可说是超出了画图而化生了音乐的神味。再没有比这一群建筑更调谐更匀称的了！"

图 8—99

图 8—100

牛津：贵族精神，多元文化

图 8—101

"……令牛津区别于其他城市，或者区别于其他大学的一切非凡之处，源自已然失落的英国秩序，本质上是一个贵族社会，坚定，宽容，充满业余爱好，足够自信到可以在一个僵硬的框架喜爱拥抱一种无穷无尽的多样化。" 知名的英国游记文学作家简·莫里斯 (Jan Morris)，在关于牛津的文章里如是说。对此，我深以为然。

上次来牛津，被深深吸引，无奈来去匆匆。这次来，在农场老友小云家里，小住约 1 周，当了把牛津居民。从牛津出发，我们到周边几个小镇 1 日游。在牛津，我们不仅参观了牛津大学的学院、游览牛津市容，也了解了牛津市民的生活。小云已在牛津住了 20 多年，她的家庭、朋友和生活，打上了牛津的印记，也是牛津多元文化的一抹色彩。

古老的塔，庄重的门，不曾失落的贵族气质

把"Oxford"译作牛津，很传神——牛拉车即可涉水而过处，谓之"牛津"。这个英国最古老的大学城，地处伦敦西北，爱西斯（Isis）和柴威尔河交汇处。牛津大学历史始于1096年，已有900多年历史。故而英国有谚语："穿过牛津城，犹如进入历史。"

那是个5月艳阳天，我们跟老董坐公交车来到市中心。牛津大学诸学院与市区没有边界，"难分难解"。第一印象是城里有众多带塔的建筑，气质不凡。难怪人们昵称牛津为"梦塔之城"（The City of Dreaming Spires）

在牛津的主要街道宽街（Broad St）上，你一定会注意到典雅的谢尔登剧院（The Sheldonian Theatre）。它建于17世纪中叶，是英国最著名的建筑师之一，克里斯托弗·雷恩的早期佳作。

不像现代奇特宏伟的大剧院，令人震惊眩目，谢尔登剧院是古罗马人喜欢的椭圆形的建筑，顶上有一个童话般的塔楼，精致耐看。

它的同样椭圆形的围栏上有一排大胡子男人头像，面目各异，吹胡瞪眼的，奇葩有趣。（图8—102）这些雕像原是建筑师雷恩对古罗马雕塑的复制，现在的已是第二次复制。没人知道这些男人是谁。有人猜是教会的使徒，有人猜是哲学家，或皇帝。依我看，或许就是古

图8—102　　　　　　　　　　图8—103

罗马的张三李四。这些头像很能体现古罗马艺术"逼真和表现个性"的主旋律,让人好奇,引人想象,这就是牛津城古典的魅力。

图 8—103 是谢尔登剧院的侧面,从这个角度看,绿白色的塔楼,格外清新可爱,像天外飞来的公主城堡。

剧院内装饰金碧辉煌,典雅大气,那是举办学院毕业典礼和音乐会的地方。想象一下这里坐满了"天之骄子中的骄子",璀璨的剧院定格在他们的记忆中或照片中。

在空无一人的剧院,留个影,那就是典型的游客行为。准确来说,是有点小特权的游客。我们借小云的先生老董的光,到这里参观。

老董是"文化大革命"后 78 级大学生,于不惑之年,留学英国获得博士学位,在牛津大学实验室找到工作,一做就是 20 多年。全家在牛津买房落户,儿子在这座大学城长大,现也在牛津大学研究机构工作。小董在学术上很努力,已在世界著名杂志《科学》(Science)和《细胞》(Cell)发表了好几篇论文。老董前 2 年退休了。但凭他的牛津大学卡,仍可以进大学所属的图书馆、学院、植物园等。还可根据各学院规定,带客人参观开放的地方。牛津大学对待自己教职员工,很有人情味。关于这一点,后面,你会看到更感人的故事。

剧院隔壁是科学史博物馆,门前也有大胡子男人头像的围墙。

剧院对面的华丽圆塔,是拉德克里夫图书馆(Radcliffe Camera)。这个 18 世纪新古典主义建筑的倩影,常常被当作牛津大学或大学图书馆的形象代表,颇眼熟。(图 8—104)据介绍,最初的设计,也是来自克里斯托弗·雷恩爵士,但没来得及付诸建

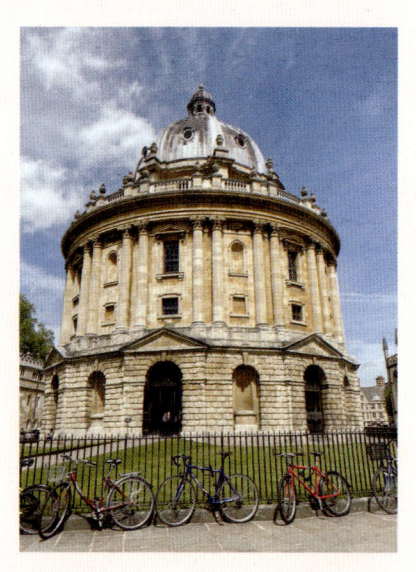

图 8—104

造，他就过世了。

圆塔图书馆一侧，是老博德利图书馆（Bodleian Library）。蜜蜡色的大楼顶上，有许多装饰性小尖塔，像是求真意志和知识探究的象征。老博德利图书馆是牛津大学最主要的公共图书馆。网上订票，可以进去参观。但因限制人数，订票得早动手。我有幸得机会进去参观，古典书库之美让人震撼。

老博德利图书馆四合院建于17世纪早期。这个塔楼是图书馆的主要入口，被称为五阶塔（The Five Orders）。因为按上升的顺序，装饰着5种古典建筑柱子：托斯卡纳、多立克、爱奥尼亚、科林斯和复合式。极富历史感。（图8—105）

图8—105

塔楼的第四阶层的壁龛里的雕像，是坐着的詹姆斯一世国王，拿着两本书，像是正在交给两侧的人。(图8—109)我想，一侧应该是代表教会，另一侧是校方。在英国，从中世纪中期起，大学便开始有重要的地位，与教会（Sacerdotium）、世俗政权（Imperium）构成基督教世界的三支柱。[①]

相传詹姆斯一世国王参访过牛津大学图书馆，曾望书兴叹道："若我不是个国王，我愿做这儿的囚徒。"

与宽街平行的高街（The High）上，牛津的另一地标建筑，圣玛丽大学教堂，盘踞在大学城的中心。它是牛津大学官方的教堂。约

[①] 见艾弥尔·涂尔干（Émile Durkheim）《教育思想的演进》。

1000 年来，圣玛丽见证了牛津大学的成立以及英国教会历史上一些重要的事件。该教堂最古老的部分就是塔楼，始建于 1270 年。装饰性的哥特式尖顶是在 14 世纪初添加的。（图 8—106）尖塔与奥里尔学院的斑驳古朴一侧，以及绿色的现代建筑，形成新旧相融的一角。

卡法克斯塔（Carfax Tower，也被称为圣马丁塔），（图 8—107）地处市中心四条主要马路的交汇处，是牛津的最古老的地标建筑。

这座塔是圣马丁教堂仅剩的遗迹。这座教堂从 1122 年开始兴建，曾是牛津的官方城市教堂。19 世纪末，为该地区的交通腾出更多空间，教堂的主要部分被拆除。这个城市的建设者们，宽容地留下这个古老的塔楼，它像是来自中世纪的注视，审视着后代。

离谢尔顿礼堂和博德利图书馆不到几百米，就是游客打卡地叹息桥。它以与威尼斯的叹息桥相似而闻名，尽管它从未打算成为威尼斯桥的复制品。其实它的正式名称是赫特福德桥，因为它连接了位于新学院巷的赫特福德学院的两个部分。（图 8—108）

图 8—106 　　　　　图 8—107 　　　　　图 8—108

牛津街道上，吸引眼球的还有那些庄重典雅的门。三一学院的校门上写着："这是通向无限多的可能性的大门；我们面向世界，面向牛津大学，面向社区。"

图 8—109

图 8—110

图 8—111

图 8—112

　　每所学院的大门和侧门，都给你别有洞天的感觉，令人憧憬门里的景色。万灵学院（All Soul College）的镀金门，黄灿灿的，高贵不俗。透过镂花镀金门看万灵学院的主楼。那位建筑师克里斯托弗·雷恩爵士，曾是这个学院的教授。

　　图8—110是奥里尔学院（Oriel College）门口。已故的女王伊丽莎白二世，曾正式访问此学院。

　　在牛津，你会不期然遇见英美经典文学中的元素。这扇华丽门眉上金色的人头鹿脚的雕塑，（图8—112）据说是被称为"最伟大的牛津人"C.S. 刘易斯（Clive Staples Lewis）的童话《纳尼亚传奇》（*The Chronicles of Narnia*）系列里，那些会说话的动物的灵感来源之一。也或许，这两个雕塑，是根据童话角色做的。历史因果，扑朔迷离。不过，我们这代人，对这套童话不太熟悉。

古典美丽的校园,拥抱全球

走过牛津繁忙的市中心,老董带我们参观了三个学院。

基督教堂学院(Christ Church College)

市中心的另一边,就是基督教堂学院的宁静绿地。首先看那著名的日晷,在"Kilcanon"大楼的山墙上。

基督教堂学院是牛津游客的打卡重地。旅游宣传资料常常说,这里是《哈利波特》电影的主要取景地。似乎是电影在替学院做了广告,吸引众多游客。依我看,学院的古老神秘的建筑,也成就了电影,造就高票房。不过,这世界级的高等学府,对大众媒体带来的全球游客很友好。

图 8—113

这个学院是牛津大学最大、最宏伟的学院之一,它的四合院建筑尤其大。(图 8—114)基督教堂学院,由

图 8—114

国王亨利八世于 1546 年创立。四合院一边的大教堂,在牛津有独一无二的地位,因为它既是学院的教堂,也是牛津教区主教的座堂。

偶尔看到此校的网上宣传资料,说服学生申请的第一条理由,竟是一个免费蛋糕:"本来每个学生每年三个免费蛋糕的。不幸的是,它现在已经减少到每年一个。但免费蛋糕总归是免费的蛋糕,所以你真的不能抱怨。" 见识了英国人的幽默。

大厅楼梯顶部的扇形天花板修建于 17 世纪,挺拔大气。因正值午饭时,我们没能上楼参观基督教堂大厅。这个大厅曾在《哈利波特》电影中被用作霍格沃茨的魔术学校。

在学院大教堂的北通廊,看到这幅 17 世纪的彩绘玻璃窗画《约拿眺望尼尼微》(Jonah Surveying Nineveh),(图8—115)由亚伯拉罕·范林格(Abraham Van Linge)创作。这是我看到过的教堂窗画中,最喜欢的一幅。仔细看,非常有趣:约拿形象生动,坐在左下角的树下;身边是

图 8—115

南瓜,奇怪的是,头顶树上也像是南瓜。顺着他的眼光,可见尼尼微市非常详细地逐高展示。

基督教堂学院,还有一个吸引游客的地方,那就是与《爱丽丝梦游仙境》有关的花园。

1862 年时,基督教堂学院的数学教授查尔斯·路特维奇·道奇森(Charles Lutwidge Dodgson,笔名 Lewis Carol),与新院长利德尔(Liddell)的家人成为好朋友,其中有个叫爱丽丝(Alice)的女孩。道奇森常带孩子们在伊希斯河上划船旅行,并给他们讲自己编的故事。

在一次郊游中,道奇森给他们讲"爱丽丝地下历险记"的童话故事。10 岁的爱丽丝恳求他把故事写下来。这样,就有了后来于 1865 年出

版的《爱丽丝梦游仙境》。数学教授的这本童话非常受欢迎。20世纪后期，迪士尼把道奇森的故事拍摄成一系列经典电影，在欧美几乎家喻户晓。

基督教堂学院的花园与爱丽丝家的花园仅一墙之隔。那扇木门连接了两个花院。它是爱丽丝冒险故事中，"门"的灵感来源。（图8—116）

我们在这里参观时，一位中年员工很热情地为我们指明"爱丽丝门"，介绍此门与《爱丽丝梦游仙境》的关系。

图8—116

新学院（New College）

新学院与其名相反，是牛津最古老的学院之一，成立于1379年。它的修道院建筑，四面回廊，围着壁绿的草坪，幽静深邃。如同人类最早的书，常常是宗教信徒制作的经书，最初的大学，也是修道院修士研修的地方。一边回廊的后面是古老的钟楼。（图8—117）另一边是同样古老的小教堂。

新学院的回廊成了艺术展廊。正在展出的，是英国雕塑家艾米莉·杨

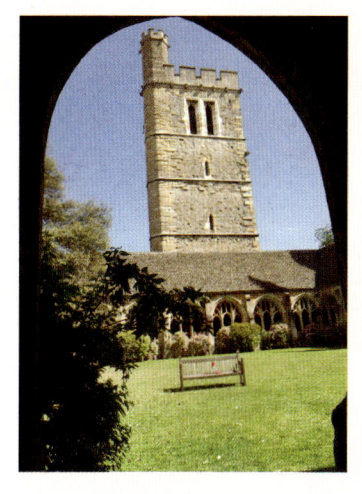

图 8—117　　　　　　　　图 8—118

（Emily Young）的前卫石雕作品。可见这个古典教育机构拥抱多样性的姿态。（图 8—118）

牛津学生非常看重划船比赛，每年的比赛名次都会被刻在学生宿舍楼墙上。

学院内，13 世纪的牛津古城墙边，绿草如茵。远处，可见席地坐读的学子；左边，三个学生，正在听导师讲课。好经典动人的画面！疑是天堂一角。（图 8—119）

图 8—119

三一学院（Trinity College）

位于三一学院中心的小教堂，非常优雅精致，修建于 17 世纪末。这里是礼拜场所，也是学院多元化的社区中心，迎接着不同信仰的人，在这里祈祷，安静地坐着，听或演奏音乐，并享受它的美丽。天花板上是皮埃尔·贝谢特（Pierre Berchet）的《基督升天》，四周围绕精雕细刻的花纹。（图 8—120）

校园里，绿是基色，古老的树、有故事的楼、烂漫的野花，梦幻般的美。难怪数学老师能写出《爱丽丝梦游仙境》这样的文学大作。

图 8—120　　　　图 8—121　　　　图 8—122

我认识的牛津居民

牛津街道，有古老的，如窄街（Narrow Street），12 世纪的"草皮客栈"（The Turf Tavern）就在这条街上。也有后来逐年造的各种风格居住房。

牛津城现有人口 15 万多，其中包括小云一家这样的来自中国的移民。从上海南京东路石库门走出来的小云，把上海女人对生活的态度、对时尚的敏感，带到牛津。

见我注意到她家整柜的收藏品，（图 8—123）小云告诉我，这是她的新爱好。她说她在上海时就喜欢逛商店。牛津有各种好的品牌店，也有许多高质量的二手商品店。她在学院的餐厅工作。中午的上班前,常常顺便到市中心逛商店。什么地方什么时候买什么东西最合算,弄得门清。收集瓷器和铜器是她的特别爱好。韦奇伍德(Wedgwood)是她收集最多的品牌。她让我欣赏她的宝贝,说,真希望空间再大点,可以把它们都摆出来。

她还喜欢买衣服,讲究品牌、流行款式和穿搭。这次在她家,见识了她的满满当当的衣柜。听我常说,在美国没场合穿这样的衣服,她总是观点鲜明:女人要积极创造机会,互相鼓励,穿好看的衣服。

小云烧菜很有一手,这是我几十年前早知道的。英国的鸭子相对不贵,肉质也好,她就多做鸭子菜。其中盐水鸭算得上当地一绝,牛津的朋友们纷纷跟她学。她还自学做烤鸭,自己片皮、调酱、做配菜。除了皮不够脆外,味道不输店里正宗烤鸭。面皮是老董的手艺,我敢说,比饭店的更好,薄得透明,有筋道。老陈说要跟老董学手艺。老董表示没信心教,说那是从小学的,小时候过年,他的任务是做春卷皮,年复一年练就的本事。老陈于是知难而退。

图 8—123　　　　　图 8—124

虽是南方人，小云的饺子也做得好，馅讲究荤素平衡，皮是自己擀的，薄如纸。我们连声称赞，她淡淡说，这有啥难的，只要"伊拉"（家里人）喜欢吃。弄得我从英国回来，也自己擀皮做饺子了。确实，烧饭这事，只要在乎有人吃得开心，就会用心做，还真不难。

小云在基布尔学院（Keble College）餐厅工作了 20 多年。记得上次去牛津时，到她工作的那个学院餐厅去过，还喝了杯橘子汁。那餐厅大而气派，你可从电影《哈利波特》中看到学生用餐的情形。牛津各学院的餐厅大致相仿。

小云勤快大方、待人友好，学生和员工都喜欢她。前两年退休时，学院人事部门执意要为她开欢送会。他们体贴她的语言困难，主动联系她的儿子，邀请他代他妈妈讲话。儿子在会上动情地讲述母亲从上海到牛津，一路走来的酸甜苦辣，感恩母亲的爱和奉献，感恩自己能在这样高尚温暖的社区长大。台下的小云眼泪哗哗，心里无比甜蜜，在场的人也都为之动容。是啊，在这个古老而多元化的城市里，哪个移民没有自己的故事。

这下面两幅绘画，都是小云儿媳妇的作品。左图是牛津大学拉德克里夫图书馆；右图是她为儿子画的恐龙。她也是从上海来，毕业于

图 8—125

图 8—126

牛津大学，在职场上风生水起，生两个娃，还能画画、帮婆婆理财、印相册……年轻一代牛津人的路，就从容多了。

剑桥与牛津游记在文学城贴出后，有位读者留言："我一直感觉牛津更雄浑大气；剑桥则更加清婉秀丽，相得益彰。"[1] 很喜欢这一关于两名校城的比较，引作我这两篇游记的结尾，也以示感谢！

---

[1] 来源：疏影浅斜，于 2023-05-20，05:01:06

莎士比亚故居、科茨沃兹乡村风光

莎士比亚故居——斯特拉福德（Stratford upon Avon）离牛津不远。那天，农场老友小云夫妇开车陪我们去，猜想他们这是无数次去那儿了。老董又当司机又当导游，还顺带让我们浏览了科茨沃兹地区田园风光。我跟小云一路聊着半个世纪前的农场旧事，知青岁月的陈年旧事，不思量，也难忘，伴着我们的文豪朝圣一日游。

斯特拉福德（Stratford upon Avon）街景

斯特拉福德坐落于雅芳河畔，沃里克郡（Warwickshire）乡间，地处英格兰中部的交通要冲，是个商业兴盛、手工业发达、吸引周遭农民牧人的集市城镇。走在街上，满目典型的英格兰小镇风光。令人不知是"地杰人灵"呢，还是"人杰地灵"。

镇上莎士比亚酒店、英迪格酒店（图8—128）和不少建筑，都保持了伊丽莎白时代的立面，裸露的木条和白色镶板形成格式墙面，很有特色。

图 8—127

图 8—128

图 8—129

莎翁故居遗址和纪念馆

莎士比亚的雕像，高高地"站"在镇中心的亨利（Henley）街上。莎翁雕像右后面的三栋联栋楼，就是他的故居。看得出，正在部分修缮。

只有从博物馆，才能进入故居。我们买了通票（The Full Story Ticket）。这样，莎翁故居、新居和他太太家的安妮·海瑟薇农庄就都可以参观了。

馆内展示了很多莎翁纪念品和最初的剧本手稿。墙上是用各种文字写的莎士比亚金句。

图 8—130

莎翁故居边上红砖外墙房，是莎士比亚纪念馆，得在这里买票。

图 8—131

197

图 8—132

图 8—133

这幅抢眼的《威廉·莎士比亚在环球剧院》是菲利普·萨顿（Philip Sutton）的作品。他为伦敦皇家艺术学院 1988 年夏季展览画了这幅肖像。

墙上是莎士比亚戏剧铜铸币。

图 8—134

这幢旧楼房就是莎士比亚的故居。

图 8—135

1564 年 4 月 23 日，莎士比亚出生在这张火炉边的床上。

那一年，由于鼠疫的爆发，斯特拉特福镇失去了15%的人口。许多受害者是尚未有强大免疫系统的幼儿。在莎士比亚出生前，他家已失去了两个女婴。他母亲后来带着他到祖父母的乡下住，他才幸存下来。

楼里房间蛮多，室内的摆设简朴，完全是英国16世纪的习惯和风格，你能感受到当时英国殷实商人，即中产阶级的生活状态。

参观上楼时，木板楼梯发出"嘎嘎"的响声，就像是一种历史的回声。

回看历史，英国从被古罗马帝国称谓的野蛮人，到率先完成工业革命，成为"日不落帝国"，直到今天，日落余晖，仍然耀眼。在此过程中，贵族文化扮演了重要的角色。这几天参观的牛津、剑桥大学，及大教堂里保存的《大宪章》等，也都让人感受到英国人对贵族文化的传承。

同样重要的是，平民，主要是新兴资产阶级，得以登上历史舞台，他们的智慧、勇气和创新精神得到充分发挥。莎士比亚就是一位光彩夺目的代表。出身市民阶层，只受过小学教育的他，因家境日蹙，不得不外出谋生，凭天才和努力，创作了37部剧作，154首十四行诗等；且成功运营戏剧团，他的悲剧和喜剧接续了古希腊古罗马的传统，不仅赢得广大都市和乡镇民众的喜爱，女王也成他的粉丝。他对欧洲，乃至世界文坛产生的巨大影响，历久不衰。我想，莎士比亚作为英国文化的象征，他的作品融合了贵族和平民的文化精神。

去前就知道，在莎士比亚故居的花园里，会"遇见"中国戏剧家汤显祖。当看到这尊塑像时，（图8—136）觉得没想像的大。这尊来自汤显祖故里江西抚州市，由中国美术学院杨

图8—136

奇瑞教授创作的雕塑，让中国的戏圣，穿越时空，与莎士比亚相会。

莎士比亚与汤显祖是同时代人，且像结拜发誓过一样，死在同一年：1616年。当莎士比亚的《亨利四世》《罗米欧与朱丽叶》等在伦敦盛况空前上演时，遥远的东方，汤显祖的《牡丹亭》，也让中国民众着迷。莎翁所处的时代，正是西方文艺复兴时代，而中国的明朝，也是小说、戏曲等通俗文学昌盛的时期。他们各自在戏剧文学与剧场艺术上，突破对人性的桎梏，达到前所未有的高峰。

图 8—137

在莎翁故居花园里，我们不期"遇到"另一位东方文学泰斗。这里矗立着印度诗人拉宾德拉纳特·泰戈尔的半身像。1916年，这位伟大的诗人为莎士比亚逝世300周年写了一首诗。这首诗就刻在半身像的底座。

泰戈尔是一名有天赋的剧作家、诗人、哲学家，多才多艺，出身皇室，曾留学伦敦。难怪与徐志摩、林徽音是朋友。他最被人记住的是他的诗歌剧，就像威廉·莎士比亚的许多作品一样，用无韵诗写成。

不复存在的莎士比亚新居（Shakespeare's New Place）

莎士比亚新居，指的是他成名之后的居住地。那栋建筑始建于1483年，是当时斯特拉特福最大的房子，有30多间房间。莎翁于1597年买下这座宅邸，这是他的衣锦还乡的住所，终老之地。

但，那所房子已不复存在，18世纪时被拆除。所谓的莎士比亚新居，是在那栋房子曾经矗立的遗址上，建立的一个注册花园，类似纪念馆，让来自全世界的游客，多个"朝圣"的场所。

图 8—138　　　　　　　　　　　　图 8—139

　　从"莎翁新居"的花园，可见斯特拉特福的圣十字公会教堂。这是一座起源于 13 世纪的古老教堂。（图 8—138）

　　在那栋房子遗址的后面，是个大花园。这个宁静而美丽的花园曾经是莎士比亚庄园的一部分。

　　最吸引我们的，是花园里美国之友赞助的雕塑小径。这里，美国雕塑家格雷格·怀亚特（Greg Wyatt）的八座青铜雕塑，错落有致地竖立在植物中。每座雕塑的主题都是莎士比亚戏剧人物，代表他的八部戏剧。

　　《李尔王》（King Lear）是不看下面标牌，也能认出来的。

图 8—140　　　　　　　　　　　　图 8—141

《李尔王》（King Lear）　　　　　　《亨利四世》（Henry IV）

201

图 8—142

《尤利乌斯·恺撒》（*Julius Caesar*）

图 8—143

《法斯塔夫》（*Falstaff*）也比较容易认出来。

图 8—144

《麦克白》（*Macbeth*）

图 8—145

《冬天的故事》（*The Winter's Tale*）

图 8—146

《哈姆雷特》(Humlet)，比较难看出来。这个王子确实很复杂，难为了雕塑家。

图 8—147

《暴风雨》（The Tempest）

安妮·海瑟薇农舍（Anne Hathaway's Cottage）

从莎翁新居花园出来，继续去打卡他的妻子安妮·海瑟薇的故居。

这所有 500 年历史的英式茅草屋，（图 8—149）古朴而带有童话色彩。安妮·海瑟薇在这里出生和长大。年轻的莎士比亚，在他们关系的早期，常来此拜访她。也是在这里向她求婚。

我们在这里走走看看，了解 400—500 年前，英国乡村的风貌。

图 8—148

图 8—149

203

科茨沃兹（Cotswolds）乡村风光

总是听说英格兰的科茨沃兹，这次终于领略了它的美。这个区域被誉为"英格兰的心脏"，覆盖格洛斯特郡（Gloucestershire）和牛津郡（Oxfordshire）。它是与法国的普罗旺斯、意大利的托斯卡纳齐名的三大"世界最美乡村"。

图 8—150

从斯特拉福德出来、回牛津的路上，老董让我们沿途在小镇下车，随处看看科茨沃兹地区风景。

我们来到水上伯顿小镇（Bourton on the Water），这里有科茨沃兹版的威尼斯之称。

（图 8—152）维多利亚水上伯顿小镇大厅是 1897 年为纪念

图 8—151

图 8—152

图 8—153

204

维多利亚女王的钻石禧年而建造。

饭店、旅馆看着很有味道。（图8—153、图8—154）

图8—155，是前几天去的拜伯里（Bibury）拍的照片。这个小镇，因受知名英国艺术家威廉·莫里斯（William Morris）的赞誉，成为科茨沃兹地区最火红的小镇。

图8—154

图8—155

五月的科茨沃兹，蜜蜡色的石头排屋，与田园山水融合，别有风情：淡然、娴静、与世无争而又优雅多彩。难怪，林语堂会有这样的戏谑："世界大同的理想生活，就是住在英国的乡村，屋子里装着美国的水电煤气管子，请个中国厨子，娶个日本太太，再找个法国情人。"

图8—156

图8—157

205

夏洛蒂·勃朗特的故乡，撞见"哈沃斯 1940 年代周末"

在牛津周围漫游一圈后，要去约克了。小云夫妇决定开车送我们去，因从牛津出发到约克的火车要倒几次车，甚是不便，也正好顺路先与我们一起去《简·爱》作者夏洛蒂·勃朗特的故乡哈沃斯，再来一次老知青文学朝圣游。然后送我们到约克，他们去约克边的赫尔 (Hull)，与他们的老朋友聚会。

路上约 3 小时。我们又一次饱览英格兰田野风光，继续聊天。只是辛苦了开车的老董。

图 8—158

勃朗特牧师家庭博物馆 (Bronte Parsonage Museum)

哈沃斯是一个典型的北英格兰风格的小镇，地处西约克郡的荒野之中。在勃朗特那个时期，这里是英格兰最短寿的地方，人均寿命仅 25 岁。

1820 年，乡村牧师老勃朗特带着全家，来到哈沃斯。他们也未能幸免死神的频繁光顾，短短的 5 年内，妻子和两个女儿先后离开人世。

图 8—159

大片的墓地包围着教堂。这是勃朗特家使用的教堂，也是他们的最后安息之地。

图 8—160　　　　　　　　　图 8—161

墓地后面的那所精致的石房，便是勃朗特一家的宅院。现在是勃朗特牧师家庭博物馆 (Bronte Parsonage Museum)。

图 8—162　　　　　　　　　图 8—163

英国小说中，特别喜欢《简·爱》和《德伯家的苔丝》，我是《简·爱》的作者夏洛蒂·勃朗特的粉丝，去瞻仰她的故居，是这次英伦散漫游，早早确定的。

207

夏洛蒂·勃朗特与她的两个妹妹，艾米莉·勃朗特和安妮·勃朗特，在英国文学史上有"勃朗特三姐妹"之称。如今，这个镇以文学三姐妹闻名于世。

母亲逝世后，8岁的夏洛蒂被送进一所专收神职人员子女的女子寄宿学校。15岁时她进了伍勒小姐办的学校读书，几年后在这个学校当教师。后来她也曾当过家庭教师，最终走上文学创作的道路。

1847年，夏洛蒂·勃朗特的长篇小说《简·爱》出版，引起轰动。简·爱的故事，与夏洛蒂的身世十分相像。故常常不由自主地把她当作简·爱。看到夏洛蒂这张画像，觉得她比简·爱更好看。（图8—165）

图8—164

图8—165

博物馆的墙上，用灯光打着《简·爱》的名句："你以为我穷、低微、不美、矮小，我就没有灵魂，没有心吗？你想错了！"

Do you think, because I am poor, obscure, plain, and little, I am soulless and heartless? You think wrong!
Jane Eyre

图8—166

我喜欢《简·爱》，就是因为简·爱的这种不屈不饶追求平等和自主的精神。苔丝屈服过，简·爱没有，她的话语充满人性的光辉和力量。百余年来，简·爱的形象激励着世界各国一代代女性，自尊自强。在当今社会，拜金主义、圈层鄙视链、歧视弱势群体、颜值至上等现象普遍存在，简·爱的形象仍是不朽的榜样。不妨听听她的名句的后半段"……我的心灵跟你一样丰富，我的心胸与你一样充实，虽然我一贫如洗，长相平庸，但我们的精神是平等的，就如同我们经过坟墓，最后将同样站在上帝面前——因为我们是平等的。"

1848年秋到1849年的短短几个月中，这画上的四姐弟，（图8—167）只剩下夏洛蒂一个人。在她心头留下一片死亡的阴影和困惑。

艾米丽(Emily)的杰作《呼啸山庄》（Wuthering Heights）手稿失传已久。（图8—168）这部手稿，是艺术家克莱尔·托米(Clare Twomey)在2017年4月6日至2019年1月1日间，邀请该博物馆的参观者一起抄写的。近10000名参观者应邀参加抄写。参与者的年龄从6岁到90岁不等，来自世界各国。文学粉丝的行为也疯狂，但有趣。

图8—167

图8—168

1848出版的《荒野山庄的房客》（The Tenant of Wildfell Hall）。这是安妮·勃朗特（Anne Brontë）的第二部也是最后一部小说。她首次以Acton Bell的笔名出版，取得惊人成功。

图8—169

图 8—170　　　　　　　　　　图 8—171

有意思的是，展馆里用很大篇幅，展示夏洛蒂的衣柜，研究她的"萨克雷（Thackeray）连衣裙"。（图 8—170，图 8—171）

"哈沃斯 1940 年代周末"（Haworth 1940s Weekend）

这天我们一到镇上，就觉得这里异常热闹。好不容易才在很远的山路边，停好车。从博物馆出来，只见主街上，到处是穿着 20 世纪英国皇家空军制服的军人和那个时代服装的男男女女，还有各种游乐设施、摊位。

我们好奇这是什么活动，就和两位老兵攀谈起来。这才知道，我们碰巧赶上了"哈沃斯 1940 年代周末"（Haworth 1940s Weekend）。这是一种由志愿者组织、集市性的活动。（图 8—172、图 8—173、图 8—174）

图 8—172　　　　　　　　　　图 8—173

那位老兵给我们看了这张用透明塑料封好的年轻人照片，反面的手写字（图8—175）勾勒出一个故事：赫伯特·查尔斯·埃尔福德（Herbert Charles Elford）是"SS Ceramic"客轮的船长。这艘客轮在第二次世界大战中被征用作军舰。1942年12月，3次遭到一艘德国U—SIS潜水艇袭击，最后被击沉。船上656人丧命，那位赫伯特死时67岁。搜索了一下，完全是真人真事。

看来，两位老兵是"二战"的幸存者。这种周末活动，是当年老兵来缅怀那个时代的故人故事的，也是来纪念他们自己逝去的年华的，当然，也是当地居民和游客娱乐的好场所。

没想到，文学朝圣之旅，还见识了当地怀念"二战"老兵的集市活动。旅途常有惊喜。

图8—174

图8—175

爱丁堡：古堡黑塔，人文荟萃

终于来到了爱丁堡。余光中的游记散文《古堡与黑塔》，早就使它成为我此行最向往的城市。余先生在文中说："城中那一座傲立不屈的古堡，司各特生前曾徘徊而凭吊过的，现在，轮到我来凭吊，而司各特自己，立像建塔，也成为他人凭吊的古迹了。"如今，余先生也已作古好几年了，轮到我们读着他的美文，游览这个城市。

至少500年前，爱丁堡就是苏格兰的首都。这里的城堡宫殿，是苏格兰的政治中心，是苏格兰与英格兰的爱恨情仇轮番上演的场所，是传奇女王玛丽·斯图亚特的故居。也许史上没有一个女人，能像她那样，成为如此众多文艺作品的主角，经久不衰。这个城市的故事古老、血腥、鲜明的短裙风笛民族传统，"充满荣耀"。爱丁堡的老城和新城，都被列入《世界遗产名录》。

爱丁堡文化名人辈出：著有《国富论》的亚当·斯密、哲学家休谟、出版《不列颠百科全书》第一版的编辑兼作家威廉·斯迈利、著名诗人和作家司各特、《金银岛》的作者斯蒂文森、"福尔摩斯之父"柯南·道尔……都出生或生活在这里。最近最著名的，当数JK·罗琳，她的《哈利·波特》被翻译成75种语言。堪称人文荟萃。2004年，爱丁堡被

图8—176

图8—177

我们订的民宿在市区的东面。图8—176、8—177，是两张周围住宅区的街景。

联合国授予"文学之都"(City of Literature)。这里有一座"黑塔"——世界上最高大的作家纪念碑,显示出苏格兰人对文化繁荣的热情和骄傲。

图 8—178

亚瑟王座(Arther's Seat),峭然于爱丁堡之东。这是一座古老的火山,构成荷里路德公园的主要部分。此山的名字,不免令人心起幻觉,那个威尔士神话和英国民间传说中的亚瑟王,就坐在那里,注视着山下的城市。

图 8—179

远山上的金雀花,给 5 月的苏格兰,一抹金灿色。

徜徉王子街

第二天,我们先去王子街打卡。王子街花园令人驻足停留。这个离城堡不远的公园,一边是老城,另一边是新城,相当美。

图 8—180

213

余光中的《古堡与黑塔》中的黑塔——司各特纪念塔（Sir Walter Scott Monument），就耸立在王子街上，俨然是这条街，乃至这座城的灵魂。

余先生对这黑塔的描述极妙："一座高傲的黑塔，唯我独尊地排开四周不相干的平庸建筑，在街的尽头召你去仰拜。那是一座嶙峋突兀的瘦塔，一簇又一簇锋芒毕露的小塔尖把主塔簇拥上天，很够气派。近前看时，塔楼底下，高高的拱门如龛，供着一尊白莹莹的大理石雕像，是一个长发垂眉的人披衣而坐，脚边踞着一头爱犬。原来那是苏格兰文豪司各特的纪念塔。"说这哥特式风格的塔，是"嶙峋突兀的瘦塔"，太形象了！

图 8—181

余先生接着介绍了建塔过程和塔的细节。司各特逝于 1832 年，苏格兰人合捐 16154 镑，为他们热爱的文豪，建塔一座、石像一尊。8 年后，司各特 69 岁冥诞的那天，举行了隆重落成典礼。坐像用名贵的卡拉拉大理石雕成，雕刻家的酬金高达 2000 英镑；塔身高大，气凌全城，所用石料含有油质，耐久；塔上有 64 个龛位，各供雕像一尊，摹状司各特小说里的人物。他感叹道："一个民族对自己作家的崇拜一至于此，真可谓仁至义尽了。莎翁在伦敦，雨果在巴黎，还没有这样的风光。"同感。

司各特是 18 世纪末苏格兰著名小说家和诗人。对他比较陌生，还是因为这次旅游，看了英国广播公司的电视剧《艾凡赫 Ivanheo》，这部电视剧改编自他的同名小说。讲述了一个撒克逊人艾凡赫，忠心跟随"狮心王"理查打天下的故事。典型的骑士与美女的传奇，满满的江湖阳刚之风。好看不过未能让我着迷。据余先生说，司各特的浪漫派诗,"终属二流"。"司各特的小说令人神往,我却觉得他的生平更令我感动。他那高贵品格所表现的大仁大勇,不逊于出生入死的英雄。"

在司各特55岁那年,他和朋友合股的出版社生意倒闭,顿陷117000镑的债务,相当于当时50多万美金。司各特原可宣布破产或接受朋友的援助,他却毅然一肩承担,卖掉爱丁堡城里的房产,搬回郊外的别墅。在夫人随后病死的双重打击下,他奋力写书还债,完成了9卷的巨著《拿破仑传》。两年后他竟偿还了约值20万美金的债。倒闭事变后4年,他忽然中风。翌年又发了一次。他仍勉力挣扎,以口述的方式继续写作,直到脑溢血死亡。我想,苏格兰人敬仰的正是这位文豪的伟大心灵和勇毅品质。诚如余先生所说:"今日的富商巨贾,一旦事败,莫不挟款远飞,哪里管小民的死活。这种人在司各特面前,应当愧死。司各特不愧为文苑之豪侠。"

关于黑塔,只是开个头,余先生的游记带着读者,继续神游司各特的文学世界。毕竟,他的历史乡土小说,曾风靡英国,"流行于欧洲,

从黑塔的拱门,拍摄的司各特的白色大理石座像。

司各特以爱狗出名,曾有报纸说"在所有爱狗的伟人中没人比他更爱、更懂狗"。

图8—182

215

图 8—183　　　　　　　　　　图 8—184

司各特黑塔另一边，是大卫·利文斯通雕像（David Livingstone Statue）。这个著名的探险家和传教士，伸出的右手拿着一本书，左手拿着长柄的斧头，身后是一张狮子皮。站在"气凌全城"的纪念碑边上，显得有点"委屈"。

离司各特纪念塔不远，还有 Adam Black 勋爵雕像。他是 19 世纪爱丁堡两任市长、英国议会议员。他不仅是政治家，也是著名的《英国百科全书》（Encyclopedia Britannica）和司各特最早的一部历史小说《威弗利》（Waverley）的印刷发行商。

启迪了大仲马和雨果"。有兴趣的朋友可以去看书。

两个受人尊敬的"人物"头上，都站着一只鸟，想必少不了拉屎放屁。还是丘吉尔有远见，他在婉拒英国议会为他塑像的提议时道，不想日后让鸟在头上拉屎。

登上卡尔顿山（Calton Hill）

王子街老城一端的尽头，就是卡尔顿山，位于城东北。那也是游客打卡之地。

图 8—185

　　半山上，看到老卡尔顿墓地(Old Calton Burial Ground)，就拐了进去。听说，这里是几位著名苏格兰人的安息地，包括哲学家大卫·休谟（David Hume）。进门就见为纪念当地政治改革者而竖立的方尖碑。

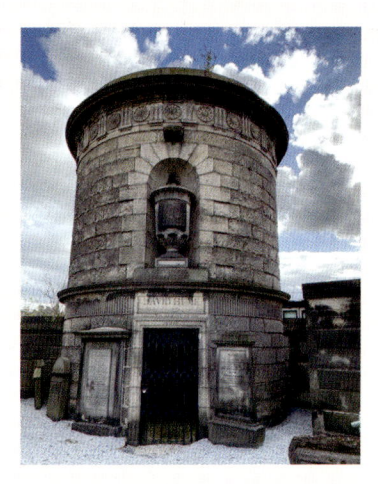

图 8—186

　　大卫·休谟墓是个圆塔。完全遵照他的遗嘱而建："如果我死在苏格兰，我将被埋葬在加仑教堂院子（也称为卡尔顿墓地），它的南侧，并以不超过 100 英镑的费用在我的遗体上建造一座纪念碑，上面只刻有我的名字，我出生和死亡年份，留给后代来添加其余的。"

图 8—187

　　挨着休谟墓的，是在美国内战中牺牲的美籍苏格兰士兵的纪念碑。

图 8—188

　　纳尔逊纪念塔像一支蜡烛，矗立在绿色的"蜡台"上。

217

图 8—189

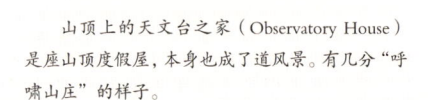

图 8—190

山顶上的天文台之家（Observatory House）是座山顶度假屋，本身也成了道风景。有几分"呼啸山庄"的样子。

暮色中，苏格兰哲学家杜格尔德·斯图尔特（Dugald Stewart）纪念碑，典雅庄重，就像他在苏格兰启蒙运动中的形象。

图 8—191

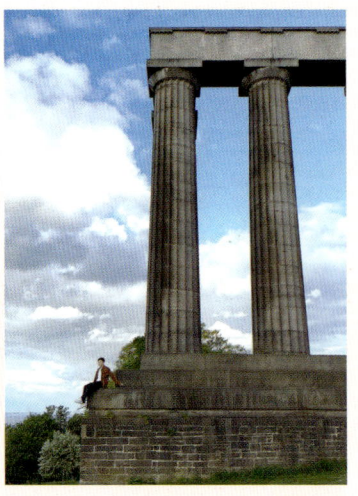

图 8—192

仿雅典的帕台农神庙的苏格兰国家纪念碑（National Monument of Scotland），旨在"对过去牺牲的人的纪念和对未来苏格兰人的英雄主义的激励"。它始建于1823年，却因资金缺乏，久久处于未完成状态，曾被嘲称"苏格兰的骄傲和贫穷""爱丁堡的愚蠢"。

有个年轻人爬上纪念碑拍照，正好蹭了个模特。

图 8—193

　　卡尔顿山上是远眺爱丁堡市的最佳位置。从左边的古老火山亚瑟王座,到右边的爱丁堡城堡,一览无余。(图 8—193)在那里,你闭着眼睛也能拍出如画的风景照。

　　山脚下的荷里路德宫,在满山金雀花的映衬下,雍容大气。我想,若论从高处远眺城市,卡尔顿山顶堪称一绝。眼前的一切,真实而梦幻,深沉而空灵,大美!

图 8—194

登临古堡，偶见皇家迎客礼仪

从卡尔顿山看古堡，还是有点远。从苏格兰国家博物馆顶上的平台上，看爱丁堡全景，是最好的。去博物馆，别错过了这个景观。（图8—195）

再次引用余光中先生的美文："爱丁堡确是有一座堡，危踞在死火山遗下的玄武岩上，好一尊千年不寐的中世纪幽灵，俯临在那孤城所有的街上。它的故事，北海的风一直说到现在。衬在阴沉沉的天色上，它的轮廓露出城墙粗褐的皮肤，依山而斜，有一种苦涩而悲壮的韵律，莫可奈何地缭绕着全城。"

短短一段话，勾勒出城堡的形与神。精当。

不同于著名的巴伐利亚新天鹅堡那种迪斯尼童话式的、奢华精致的城堡，这个城堡是犷悍野性的、倔敖坚固的、灰褐黛黑的，铸进了苏格兰近900年的风风雨雨、血火刀剑，像《勇敢的心》所表现的苏格兰民族英雄威廉·华莱士的故事，"苦涩而悲壮"，尤其在厚云天，寒风中。不过，我觉得，它也有点像司各特笔下的骑士英雄，豪迈而浪

图8—195

漫,充满荣耀。尤其是在阳光明媚的好天气。古堡是苏格兰民族的不屈魂魄的象征。

走进古堡,满目灰褐石头建筑。

城堡里的监狱,常常是招徕游客的资源。18 世纪和 19 世纪时,海盗和战俘曾经被关押在这些黑暗、狭窄的地牢里。如今是在展览重现那时的囚禁生活方式。

城堡中的皇宫是开放的。但这天有要客来访,临时关闭。曾几何时,苏格兰历史上的一些关键时刻,就发生在宫墙内。

玛丽·德·吉斯女王,于 1560 年在这宫殿里去世。她是苏格兰与法国结盟联盟的最后一位捍卫者,也是反对新教改革的天主教信仰的捍卫者。

她的女儿苏格兰女王玛丽于 1566 年在这里生下了詹姆斯六世。詹姆斯六世的出生室,成了城堡游客的亮点。他仅 13 个月大就加冕为苏格兰国王,并于 1603 年成为苏格兰和英格兰的第一位君主。

英格兰、苏格兰及爱尔兰国王查理一世,是最后一个留

图 8—196

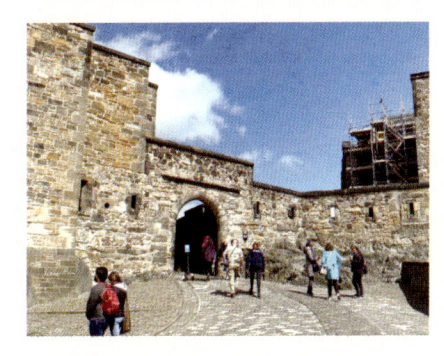

图 8—197

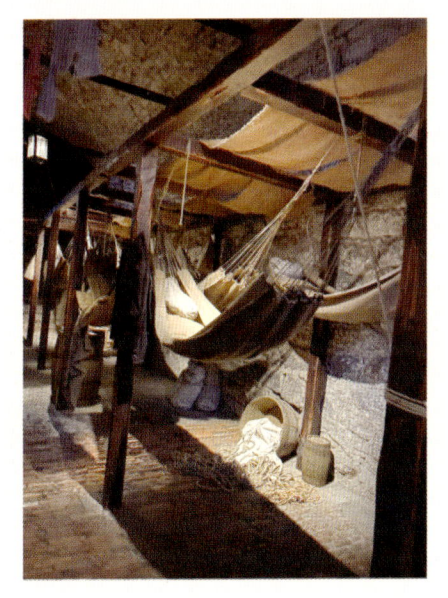

图 8—198

221

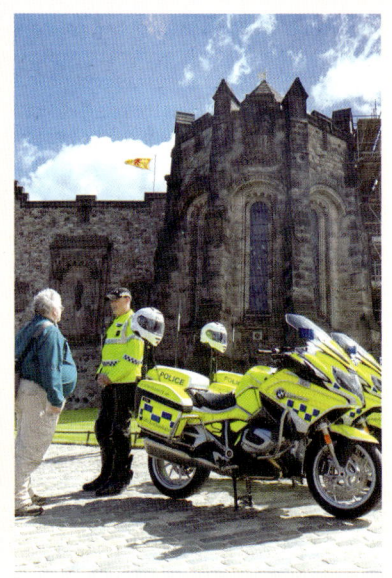

图 8—199　　　　　　　　　　　图 8—200

在宫殿的君主。1633 年 6 月 17 日，即苏格兰加冕礼的前一天晚上，他睡在这里。他是詹姆士一世的次子，是唯一以国王身分被处死的英格兰国王。

　　皇宫位于皇冠广场。迎接要客的仪式在这里举行。游客纷纷围观皇家礼仪。主人夫妇已在门前等候。

　　看来要客是一对中年夫妇，女性身段高挑，橘红短上衣，黑色半身裙，有点腼腆的样子，蛮漂亮。穿着苏格兰格子短裙的礼仪官在前引路，身着军制服的男子陪伴于侧，看架势，来头不小。

　　圣玛格丽特礼拜堂（St Margaret's Chapel）是城堡里最古老的建筑。这座简单的石头建筑可能是大卫一世或亚历山大一世为纪念母亲修建于约 1130 年。里面的圣玛格丽特彩色铅玻璃窗，与粗旷的石墙形成强烈的反差。（图 8—201）

　　大厅（The Great Hall）（图 8—202）是苏格兰中世纪的辉煌标志。1511 年，它在国王詹姆斯四世治下完工。但詹姆斯四世几乎没有时间

图 8—201　　　　　　图 8—202

享受他在城堡里的新建筑。因为 2 年以后，国王在与他的姐夫，英格兰国王亨利八世的军队作战中阵亡。

如今，这里展出苏格兰历史上的武器：盔甲、剑、盾牌、杆臂，等等。

半月炮台，曾经有效地保卫了城堡，现在是欣赏城市和远眺海边的好位置。

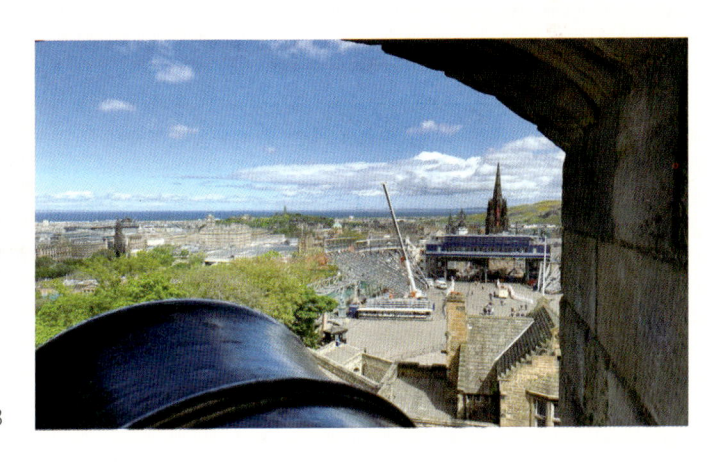

图 8—203

漫步皇家一英里大道,感受历史沧桑

从城堡出来,就走上爱丁堡中心的皇家一英里大道。

城堡山(Castlehill)、皇家大道和尖塔中心(Hub spire)构成爱丁堡的老城。尖塔中心以前是座教堂,现是公共艺术活动中心,也是爱丁堡国际艺术节的所在地。

图 8—204

图 8—205

城堡边的一家豪华酒店,招牌显眼,名叫"巫术"(The Witchery)。(图 8—206)像是时刻提醒世人,苏格兰历史上曾发生过骇人听闻的猎巫行动,这是欧洲史上最为暴力血腥的事件之一。据说,苏格兰在那段时间里,以巫术起诉处死了 4000 余人。其中大多数是妇女。在城堡山被处死的"女巫"比苏格兰其他任何地方都多。

恐怖的女巫案的原因,除了宗教狂热,还有"上有所好"。当时的苏格兰詹姆士六世相信,所有的不幸都归因于魔鬼,他还发布了著作《恶魔学》

图 8—206

（*Daemonologie*）。认为女巫通过召唤风暴击沉他的船只，并密谋反对他的丹麦新娘。

"上有所好，下必甚焉"，当有人不喜欢他的邻居，他就可以散布谣言说她们在施行巫术。于是她们就只有死路一条。因为当时的审讯方式，就是这么简单残酷：他们把大石头绑在被定罪人的身上，然后把她扔进湖里。城堡山脚下曾经有个诺湖。如果她沉到了水底，那么她就不是女巫。如果她能解脱自己，游泳或漂浮，那么她就是个女巫！所以她被带出湖，在火刑柱上被烧死。

这种猎巫行动也蔓延到北美。美国马萨诸塞州的塞勒姆，成了猎巫重镇。其实，因宗教狂热、政治恐怖、灾害瘟疫，加之权威人物的最高指示，造成的一部分人迫害另一部分人的悲剧，一直以不同的方式不同程度在地球上重演。

图 8—207

我们沿着皇家大道向下走。看到门面不俗的的毛纺厂门市部，就走了进去。女人们在这里买了羊绒围巾和开衫。质地和价钱都不错呢。

亚当·斯密的雕像耸立在皇家大道上。他是伟大的苏格兰经济学家、哲学家和《国富论》的作者。他的"看不见的手"理论，使他成为"经济学之父"。

图 8—208

他身后是圣吉尔斯大教堂，这座教堂由大卫一世国王于 1124 年建立，直到现在仍在使用。这座古老的教堂，与苏格兰动荡的宗教历史背景紧密相连。（图 8—208）

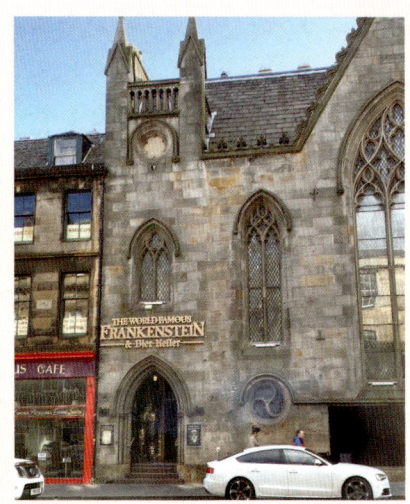

图 8—209　　　　　　　图 8—210

　　亚当·斯密雕像的斜对面，大卫·休谟就"坐"在高等法院前。（图8—209）按当地传统说法，触摸大卫·休谟的脚趾会带来好运。心想，哲学家在天有灵，一定哭笑不得。

　　自 1997 年雕像竖立以来，大卫·休谟的脚趾，被摸得铮光闪亮，已成为一道国际景点。我们也挨个去摸一下，旅游嘛，就是入乡随俗。

　　在皇家大道走饿了，找了家中餐馆吃饭，看到对街是"弗兰肯斯坦和啤酒酒窖"（图8—210）。玛丽·雪莱的小说人物，成了酒吧的名字。

　　　　　　　　　　　　科幻怪人酒吧的右边，红色门面的"大象屋"是家咖啡馆。现已关门（图8—211）。传说，《哈利·波特》的作者JK·罗琳，喜欢在这里写作。男孩巫师的故事，就这样产生在她的笔下。苏格兰人的巫师故事，就这样讲到现在。

图 8—211

图 8—212

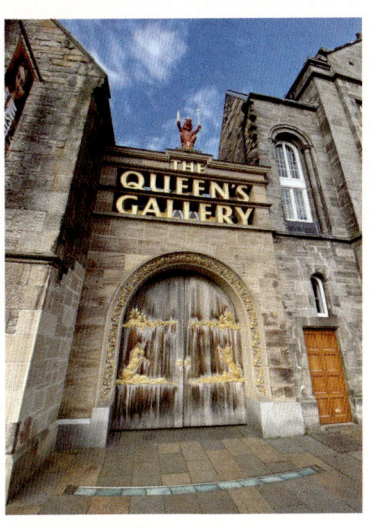

图 8—213

路上,被小巧别致的卡农盖特柯克(Canongate Kirk)吸引。原来,这是爱丁堡城堡的教区教堂。此教区也包括荷里路德宫和苏格兰议会。女王伊丽莎白二世访问爱丁堡时,经常在教堂参加礼拜。

荷里路德宫女王画廊,正在展出白金汉宫珍藏的伦勃朗、鲁本斯、真蒂莱斯基(Gentileschi)的杰作。

接着,看见苏格兰议会大厦,一幢十分别致的现代建筑。

图 8—214

皇家大道走到底，就是荷里路德宫，曾是伊丽莎白二世女王在苏格兰时的官邸，其后是查尔斯国王的了。

传奇女王玛丽·斯图亚特，也曾居住于荷里路德宫中。她就像是苏格兰的品牌形象，备受瞩目。她以美貌著称，生而为王，却遭废黜，被囚禁达 18 年之久，最后被斩首。享年 45 岁。这样大起大落的戏剧性女王的故事，当然备受作家们的青睐，以她为原型创作的电影、戏剧、小说、传记等，没有停止过。

荷里路德宫对游客开放，买门票可参观皇宫、国事厅和苏格兰女王玛丽一世的房间，各种文物，如被废黜的女王作的针线活、画家绘制的微型肖像，都会展出。

我们没去参观，因时间不够。但在旅行出发前，特地看了英国 2018 年出品的《玛丽女王》（*Mary Queen of Scots*）和美剧《风中的女王》（*Reign 2013—2017*）。

前者根据约翰·盖伊的传记《真实的玛丽·斯图亚特》改编，故事偏重她从法国回到苏格兰的遭遇，经历平叛、废黜、流亡、直到死亡。女王上断头台时，那一袭红袍，艳红亮眼，令人震撼，也许是寓意女王自己说的："我的终结就是我的开始。" 该剧得到第 91 届奥斯卡金像奖最佳服装设计提名。

图 8—215

后者的故事聚焦于她在法国宫中时期，与未来的丈夫弗朗西斯二世一起长大。一群帅哥美女明星的演绎只为突出她的美丽聪慧善良，更像是部青春偶像剧。服饰搭配有很多穿帮。这部电视剧中的玛丽，也许是她一生中最好的时光。她的丈夫弗朗西斯二世，看来是真爱她

图 8—216

的，只是太短寿。难怪余光中先生称她为"苦命的女王"。她与其表姑——伊丽莎白一世，同处一个时代，同为女王，且，她比伊丽莎白有正统及与生俱来的女王气质的优势，下场却天差地别。不能不说，人各有命。想起复旦大学王德峰教授，广为流传的话："人到四十还不信命，此人悟性太差。"

苏格兰国家博物馆（National Museum of Scotland）

威廉·钱伯斯（William Chambers）雕像耸立在苏格兰博物馆外。他是一位苏格兰出版商和政治家。在苏格兰启蒙运动的黄金时代，他和他的兄弟一起出版了一些有影响力的书籍和期刊。

图 8—217

图 8—218

苏格兰国家博物馆很棒！这个大型的 3 层展廊，有一个中庭，展示很多真人大小的模型。"展现出苏格兰对世界产生的'大得不成比例'的影响"。

图 8—219　　　　　　　　图 8—220

我们意外地看到来自中国的文物。（图 8—219）是"文化大革命"时期的物件，最大的是一幅修改过图的海报。（图 8—220）是几幅不同人物的书法。

"叠堆得精深而博大，密集而高邈，我的浪漫小城。"（Piled deep and massy, close and high; Mine own romantic town.）这描述爱丁堡的名句，来自司各特的史诗《马米恩》(*Marmion*)。就如余先生所说，爱丁堡不像巴黎那样明艳，不如伦敦那么典雅，但它是美丽的，充满隐藏的文化宝藏和厚重历史。令人离去时，就期许再来。

都柏林：走进文学之都

我们在都柏林住了三夜。一天去北爱尔兰，一天去西海岸的莫赫悬崖，在都柏林城里游逛，只一整天。一天，很短，也很长。那本被誉为20世纪最伟大的小说，詹姆斯·乔伊斯（James Joyce）的《尤利西斯》，皇皇巨著，写的不就只是一个名叫奥波德·布鲁姆的都柏林广告推销员的一天？那天是1904年6月16日。

这部开创意识流文学先河的《尤利西斯》，难读如"天书"，却影响巨大。爱尔兰人把每年6月16日定为一年一度的"布鲁姆日"（Bloomsday）。在那一天，来自世界各地的游客，穿上19世纪初的爱尔兰服装，跟着小说主人公，布鲁姆的游荡时间和路线，游都柏林。网上还推出以《尤利西斯》为导游的一日游。

我们的都柏林一日游，虽不是《尤利西斯》当导游，也常常像是走进了小说，感觉到詹姆斯·乔伊斯和他创造的人物的影子，感受到这个城市的浓郁的文学气息。

都柏林，这个北大西洋岛国爱尔兰的首都，是联合国教科文组织评定的世界20个"文学之都"之一。而且特别名至实归，不愧为"作家之城"，仅诺贝尔文学奖获得者就有4位：诗人威廉姆·叶芝、剧作家萧伯纳、剧作家塞缪尔·贝克特和诗人谢默斯·希尼。前3位均出生在都柏林；谢默斯·希尼虽并非出生在都柏林，却长期在都柏林写作。还有奥斯卡·王尔德，虽然没得奖，也誉满世界文坛。

图8—221

利菲河岸边、贝克特桥

自西向东流淌的利菲河（River Liffey）是都柏林的"黄浦江"，但没黄浦江那么宽。整个城市沿河两岸，向南北匀称展开。

一架白色的巨大"竖琴"横跨两岸。（图8—222）这座漂亮的桥，叫贝克特桥，以纪念爱尔兰剧作家塞缪尔·贝克特，他的《等待戈多》，开创了荒诞派戏剧之先河。关于《等待戈多》的解析，汗牛充栋，主要是存在主义的。蛮喜欢当代英国戏剧学者沁费尔对这部戏的评论："描写了人类山穷水尽的苦境，却将戏剧引入了柳暗花明的新村。"自1953年这部荒诞剧首演至今，70年过去了。如今，尤其是经历了世界大疫情，人们更能理解《等待戈多》对当代人振聋发聩的警世意义，也更容易接受这样的荒诞剧。你看非传统的好莱坞电影《瞬息全宇宙》横扫奥斯卡七奖，主演杨紫琼成了亚洲首位奥斯卡影后。

竖琴是爱尔兰人眼中的"天使之琴"，约1000年前就成为这个民族的象征。用古老的竖琴，纪念《等待戈多》的作者，爱尔兰人用心良苦。站在这里，好像感受到人类不屈的意志和心底的希望。

图8—222

河南岸的乔治码头和现代建筑很有标识性。（图8—223、图8—224）

图8—223 　　图8—224

半便士桥（Ha' penny Bridge），一座建于1816年的人行桥。通体白色，形状优雅。

图 8—225

河边是商业街。河北岸边的单身汉路上，有家单身汉酒馆。看上去挺文学气的，墙上写满了爱尔兰作家的语录。（图8—227）挑两条看得清的摘录如下：

"生活是世上最珍贵的事。大多数人都只是活着，仅此而已。"（To live is the rarest thing in the world. Most people exist, that is all.）

——奥斯卡·王尔德（Oscar Wilde）

"缺钱是万恶之源 。"（Lack of money is the root of all evil.）

——萧伯纳（George Bernard Shaw）

"如果所有的经济学家能头脚相连，他们就不会得出如何结

图 8—226 　　　　　图 8—227

233

论。"（If all economists were laid end to end they would not reach a conclusion.）

——萧伯纳（George Bernard Shaw）

爱尔兰人生活离不开小酒馆，他们爱喝酒，有句广为流传的自嘲为证："我只在以T开头的日子里喝酒，周二、周四、今天、明天"（I'll only drink on the days that start with T, Tuesday, Thursday, Today, Tomorrow.）小酒馆是都柏林人聚会的场所，爱尔兰作家笔下人物常出现的地方。

图 8—228

圣殿区（Temple Bar）

圣殿区（Temple Bar）在都柏林老城。老旧窄小的街道如今变身为酒吧餐厅、歌厅画廊林立之地，有人把它比作巴黎塞纳河的"左岸"。有名的圣殿酒吧就在这里。游人如织。

在《尤利西斯》中，主人公布鲁姆也游荡到圣殿区。他在这里逗留了好一会儿，想到妻子莫莉的出轨，就生闷气。可笑而不可思议的是，最后，他竟在这里的街头书摊，为他不忠的妻子买了本《偷情的乐趣》。

都柏林著名雕塑家文森特·布朗（Vincent Browne）

图 8—229

在圣殿区的青铜雕塑——棕榈树座位，已被坐得锃亮发光。（图 8—229）

我们在这里吃午饭。到了都柏林，平时不沾酒的人，也来杯健力士黑啤尝尝，以免日后被说"等于没来过"。这著名的黑啤，烈度不高，果然甘美好喝。青口和汤，味道也不错。服务生是个中国留学生，说疫情弄得他回不去，这里工作也不好找，只好先在餐厅打工。是啊，留学生，谁没有打过工？

在圣殿区，我们看到这家奥利弗·圣约翰·戈加蒂青年旅馆（Oliver St. John Gogarty's Hostel）。（图 8—231）旅馆边上，有戈加蒂和乔伊斯对话的雕像。（图 8—232）

戈加蒂是位多才的诗人、作家、耳鼻喉科医生、运动员、政治家和著名的对话家。还以喜欢公众恶作剧闻名。据说，他是乔伊斯的《尤利西斯》中，巴克·穆利根的原型。穆利根是二号人物斯蒂芬的室友。

图 8—230

图 8—231

图 8—232

奥康奈尔大街（O'Connell）

利菲河北岸的奥康奈尔大街（O'Connell），宽阔笔直，是都柏林现代复兴和重建的标志之一。巨大的"针尖柱"（The Spire）是都柏林的地标性建筑。（图8—233）2003年耗资400多万欧元建成。"针尖柱"看着别致现代，但感觉不如方尖碑雍容大气。据说，它有个绰号："贫民窟的大针头"。也许是讽刺河北岸部分地区的吸毒现象。

奥康奈尔大街上，有大量历史人物塑像，像指路标牌一样。

图8—233

图8—234

图8—235

图8—236

约翰·格雷爵士（Sir John Gray）的雕像，耸立在奥康奈尔大街商业中心。（图8—234）约翰·格雷爵士身前是医生、报社老板、记者和政治家。他为解决都柏林市和郊区的供水问题，做出过贡献。

（图8—235）是丹尼尔·奥康奈尔（Daniel O'Connell）的纪念碑。丹尼尔·奥康奈尔被誉为"解放者"，是19世纪上半叶爱尔兰天主教多数派公认的政治领袖。

邮政总局（GPO）博物馆正门不远，工会领导人"大吉姆"詹姆斯·拉金（James Larkin）的雕像高高站着。（图8—236）邮政总局也是《尤利西斯》中，多次出现的地方。

詹姆斯·乔伊斯雕像、他笔下人物的壁画

在奥康奈尔大街和厄尔北街交会处，准确说，是厄尔北街街上，我们找到了詹姆斯·乔伊斯的全身青铜雕像。这位生前被教会、政府和上流社会视为"不入流"的作家，死后，也未能入奥康奈尔大街的高大上雕塑"大流"。在他所说的"可爱而肮脏的都柏林"街道上，他头戴呢帽，一手拄绅士杖，一手插裤兜，双腿交叉，向天乜斜两眼，站在矮矮的座基上。有点讥诮，有点玩世不恭，又有点不忍看人间的样子。感觉，他就像是这个城市的灵魂。

乔伊斯的《尤利西斯》，连梁文道也说难读。但不知谁说的："在有趣的小说中，它是最难懂的，在难懂的小说中它是最有趣的"，很鼓舞人。

图8—237

在这次旅行前,特地找来《尤利西斯》音频书,一边做家务或走路,一边听,听到哪里算哪里。因没指望要读懂这本书,不求甚解,这部"天书"也能听下去。具体是:跳过多种语言,不同文化的难懂的梗或典故;慢慢习惯了他的意识流叙述,时空错乱,一地鸡毛,就会享受他那波澜不惊、极其生动、极具魔力的语言。生活中的小事俗事,到他笔下,都会栩栩然立体起来,细节丰满,真实、荒诞、诙谐、有趣,时有哲理的光闪。

有时还能听到喜欢的话。譬如,"什么也不干,是美妙的"。我们这代人,从来只知道"工作是美好的"。如今,退休一段时间后,摆脱几十年"劳碌命"的惯性,感觉,从来没像现在这样自由、轻松和充实。那句话像是说到了心坎上。

厄尔北大街像是条步行街。乔伊斯雕像周围,人来人往。不只是游客,还有像是无家可归的流浪者,或难民。我们到那时,有个穿红衣背双肩包的年长妇女,独自坐在雕像正面的座基上。见我们要拍照,她友好地转坐到雕像背面。但始终不放弃"坐位"。

看来乔伊斯的《尤利西斯》极受都柏林人的喜欢。在去圣殿区的路上,偶然看到一幢楼面上,画着巨大的壁画。定睛一看,竟是《尤利西斯》的第二号人物,斯蒂芬(Stephen)(图8—238)和主角布鲁姆的妻子摩莉·布鲁姆(Molly Bloom)(图8—238)。原来这是家名叫"布鲁姆"的酒店(Blooms Hotel)。

图 8—238

圣三一学院

到了都柏林，三一学院（Trinity College Dublin）是一定会去的。这是爱尔兰最古老的大学，由英国女王伊丽莎白一世于 1592 年特许创立。现在是都柏林大学的一个学院，不过，都柏林大学只有这一个学院。

我们主要去参观了它美丽的老图书馆，和爱尔兰国宝《凯尔经》（The Book of Kells）的展览。爱尔兰风格的大学校园，也值得一看。

三一学院正门楼是幢极长的建筑。楼前野花点点簇簇的草地上，右边，耸立着奥利弗·戈德史密斯（Oliver Goldsmith）的雕像，他是一位著名的盎格鲁—爱尔兰小说家、剧作家和诗人。左边，是埃德蒙·伯克（Edmund Burke）的雕像。伯克被称为"英国保守主义之父"。

我们去的那天，多云转小到中雨。进门即是巨大的古典欧式四合建筑群。（图8—240）沿着石砖路，走过议会广场，就是图书馆广场。长型大楼围成的广场正中，耸立着古老的意大利钟塔。可惜正面一排大楼正在维修。不过，照片因不完美，而更真实。

图 8—239

图 8—240

图 8—241

图书馆广场两端,各"坐"着两位人物。左端是乔治·萨蒙（George Salmon）。他是一位杰出的爱尔兰数学家,兼英国圣公会神学家,当了10多年三一学院的教务长。1892年,他主持了伊丽莎白一世女王创立的学院三百周年盛大庆祝活动。

图 8—242

另一端,是威廉·爱德华·莱基（William Edward Hartpole Lecky）的青铜雕像。莱基是一位爱尔兰历史学家和政治理论家。他的 12 卷作品《十八世纪的英格兰历史》和子集《十八世纪的爱尔兰历史》至今仍是重要的参考书。

我们直奔老图书馆。已经不止一次在全球最美图书馆的名单上,看到都柏林三一学院图书馆。后来才知道,堪称爱尔兰国宝的《凯尔经》（也有译作《凯尔斯之书》）就保存在这个老图书馆内。它集遗产、学术与美于一身,属全球最著名的图书馆之一。

在三一学院的中心广场,极长的图书馆大楼一边,现代青铜雕塑《倚靠相连形式》（Reclining Connected Forms）横卧在草坪上。这是著名英国艺术家亨利·摩尔（Henry Moore）的作品。在普林斯顿大学校园的草坪上,也见过他的作品。（图 8—244）

图 8—243　　　　　　　　图 8—244

　　进图书馆参观，得在网上订票，确定时间段，不能随到随进。到了门口还得排长队，热门得很。

　　进门后，是一个关于《凯尔经》的展览，主题为"由黑暗到光明的指引"（Turning Darkness into Light）。

　　《凯尔经》是带有泥金装饰画的新约福音书手抄本，全书以拉丁文书写，共4册。约在8世纪后期—9世纪早期制成。（图8—245）

　　人类最早的书，常常是宗教信徒制作的经书。上篇说到的，在大英图书馆里的那本来自遥远东方的《金刚经》，与这本《凯尔经》诞生于差不多年代。《金刚经》的著名在于，是最早的完整的印刷书籍。《凯尔经》则是欧洲中世纪最精美的手写巨著。这部经书以其美丽的插图、彩色装饰字母，展现了中世纪爱尔兰－撒克逊美术风格的最高成就。据传，这本经书曾有一个镶有宝石的封面，但于1007年被盗。

　　关于此经书的抄写文士，当然只是猜测，认为至少有四人参与。他们抄写用的是正式的"岛民大写体"（Insular Majuscule）；他们有所分工，有的负责文字抄写，有的画插图，有的负责涂金粉；他们的

图 8—245

241

身份不得而知，但他们的个性，通过艺术化的花体字，可见一斑。

该书得名于凯尔斯修道院，据传，在维京人占领时期，那些抄写的文稿最终在米斯郡的凯尔斯修道院完成。

有部动画片《凯尔经的秘密》(*The Secret of Kells*) 取材于这本经书。讲述了一位善良纯真的少年如何克服重重困难绘制经书的故事。该片曾获得奥斯卡最佳动画片奖提名。

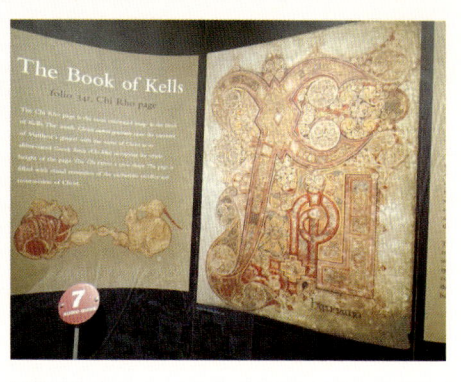

图 8—246

手抄本的纸张都是小牛皮制成的牛皮纸；书中有繁复神秘、奢华多彩的插图；有以情节图案装饰首字母的文字，以及字行间的小画像。（图 8—246）凯乐符号（Chi Rho）的页面的是《凯尔经》中最著名的图像。基督名字首字母"Chi"形成一个十字架形状，页面充满了基督牺牲和复活的视觉效果。

图 8—247

这些是《凯尔经》中的装饰词。抄写文士们将字母的写法视为展示美术创造力的机会，一个词有不同的装饰图案。可惜我不懂拉丁文。

图 8—248

这是抄写文士用的工具。

242

看过展览，走进老图书馆的主体——长厅，曾见过的照片上的最美图书馆就在眼前。为之一震。（图 8—249）

根据英国 19 世纪初版权法，三一学院是爱尔兰法定缴存图书馆，有权获得在英伦两岛出版的每本书。为解决由此而产生的储存空间问题，1860 年扩大翻建了这个新长厅，长约 65 米，宽 12.2 米，高 14.2 米。桶状拱形橡木天花板，连接两侧画廊般的书柜，上下两层高高的书柜里陈列着馆内近 20 万册古老的书籍。令人叹为观止。

38 个大理石半身像安放在长厅两侧，代表着著名哲学家、作家，以及对大学有特殊意义的知名人士。第一批胸像的捐款，来自一位三一学院教授的遗产。他要求用学识杰出人物的半身像，装饰图书馆。这批胸像代表包括亚里士多德、荷马、莎士比亚、牛顿、罗伯特·博伊尔（Robert Boyle，爱尔兰自然哲学家）、乔纳森·斯威夫特（Jonathan Swift，盎格鲁—爱尔兰作家、政论家、诗人和英国圣公会神职人员）等。

同游伙伴中，有人很是仔细，发现楼上的书架之间，似乎是隔绝的，有没有通道？通道在哪里？于是咨询馆内的工作人员。那工作人员很认真作答，估计很少被问这么具体的问题，热情地仰头指点，我们都跟着向上看，果然顺着他的手指，我们看到上层书

图 8—249

图 8—250

这是牛顿的胸像。

243

架中的"秘密通道"。

上下两层间的旋转楼梯很雅致,像艺术品。

这里也保存着三一学院著名校友的照片。诗人和剧作家奥斯卡·王尔德(Oscar Wilde)、小说家、剧作家兼导演萨缪尔·贝克特(Samuel Beckett)、作家布莱姆·斯托克(Bram Stoker)和乔纳森·斯威夫特(Jonathan Swift)都曾在此遨游书海。

图 8—251

图 8—252

仔细看橡木柱上按字母顺序排列的字母,就会注意到,字母J是被跳过的。因为拉丁文中没有这个字母。

图 8—253

在长厅里永久珍藏展出的,还有《爱尔兰共和国宣言》(Proclamation of the Irish Republic)1916年原版。有意思的是,几位著名的爱尔兰民族主义者都是女王建立的三一学院的毕业生。

244

图 8—254

这是爱尔兰的另一国宝——爱尔兰国王竖琴。爱尔兰竖琴（也称凯尔特竖琴）是这个国家的象征。很喜欢用竖琴演奏的英格兰民谣《绿袖子》。

走出这古老美丽，宝库般的图书馆，似乎更能理解，博尔赫斯为何会把天堂想像成图书馆的模样。

王尔德（Oscar Wilde）雕像

都柏林是奥斯卡·王尔德的出生地，他先后就读于都柏林三一学院和牛津大学，主要的文学活动地是伦敦和巴黎。他是19世纪英国最伟大的作家与艺术家之一。

在离圣三一学院不远的的梅里昂公园，有一座王尔德雕像，比较另类。他身着粉红大翻领的绿上

图 8—255

245

装，手戴钻戒，吊儿郎当地斜倚在大石上。据说，这个雕像，有个别号："石坡上的苦工"（维多利亚时代，王尔德因同性恋被囚禁，做苦工）。似有点不太厚道。

王尔德被称为英伦范"段子手"的鼻祖。知道他，就是因为他那句："我们都在阴沟里，但有些人在仰望星空。"（We are all in the gutter but some of us are looking at the stars.）。

图 8—256

王尔德雕像前，有几块黑色的石碑，刻着他的名句。碑顶上有不同的雕像。（图 8—256）挑几句：

I drink and to keep body soul apart. 我喝酒，是为了让身体和灵魂分开。

A thing is not necessarily true because a man dies for it. 一件事，即使有人为它而死，也未必是真理。

A cynic is a man who knows the price of everything, and the value of nothing. 一个愤世嫉俗的人知道所有东西的价格，却不懂得任何东西的价值。

Life is not complex. We are complex. Life is simple and the simple thing is the right thing. 生活并不复杂，而我们很复杂。生活是简单的，简单是正常良好的。

王尔德雕像对街，是他的故居。

爱尔兰国家博物馆

爱尔兰国家博物馆也在我们的游逛之列，但到那儿时，天色已晚。

人困马乏，人家也即将关门。就匆匆忙忙浏览一圈。居然也看到几幅名家画作。譬如莫奈的《Argenteuil 内湾与一艘帆船》、凡·高的《从玛特附件俯瞰巴黎》、毕加索的《静物与曼陀林》、雷诺阿的《玫瑰》。

法国自然主义画家莱昂·莱米特（Leon Lhermitte）的《收割者睡着了》，体现了画家对人间冷暖的细微观察。令下过乡，割过稻插过秧的人，在匆匆浏览中为之驻足。（图 8—257）

图 8—257

有人说："文学帮助这个历经战争沧桑的城市，找到自己的声音"。深以为然。都柏林就像一杯爱尔兰咖啡，苦涩浓烈的威士忌里，加进了浓郁芳香的文学咖啡。

第九章
南意大利自由行（选篇）

对罗马以南，特别是西西里岛，十分向往。于是结伴，说走就走，来一场两个女人的南意自由行。

那不勒斯（上）：嘈杂斑驳，却迷人

初秋，正是游意大利的好时节。恰小区的舞蹈老师南希（Nancy）与我一样，已去过意大利北部，而对罗马以南，特别是西西里岛，十分向往，也都正好有闲。于是结伴，说走就走，来一场两个女人的南意自由行。

图 9—1

我们的路线如下，供感兴趣的人参考：1. 直飞那不勒斯（Naples），在那待四天半。其中有两天去周边的庞培（Pompeii）、阿马尔菲（Amalfi Coast）和卡普里岛（Capri）等地一日游。2. 再飞西西里岛（Sicily）的首府巴勒莫（Palermo），租车下西南，作逆时针环岛游，依次去了阿格里真托（Agrigento）、诺托（Noto）、锡拉库萨（Syracuse）、埃特纳活火山（Mount Etna）、陶尔米纳（Taomina）和切法卢（Cefalù），用了九天半。3. 最后飞罗马，待四天，飞回。历时共 19 天的旅行，现已定格在照片里，成了故事。

第一站那不勒斯，位于那不勒斯湾的北岸，是世界上最古老的、一直有人居住的城市之一，由希腊人在约公元前 600 年建立。在 1861 年意大利统一前，它曾是那不勒斯公国、那不勒斯王国，和西西里两王国（Kingdom of the Two Sicilies）的首都，既是历史上大希腊的重要组成部分，也是罗马人统治时期的重要文化中心。一度是仅次于巴黎、伦敦的名城，吸引当时的文人墨客。

图 9—2，是我们在从那不勒斯去卡普里岛（Capri）的渡船上拍的。两座火山俯视着那不勒斯城，右面是维苏威火山，左面是坎皮佛莱格

瑞火山。

去前，在网络上搜索了那不勒斯，发现对这个城市的评论，历史的与现今的，呈两极。1787年，歌德到此旅游，留下"到过那不勒斯，死而无憾"的赞美名言。200多年后，普遍说，这个城市除了阳光海湾、披萨、卡拉瓦乔、马拉多纳，还以脏乱和小偷闻名；贫穷仍困扰着多数居民；还会耳闻黑手党的新闻，似乎有安全之虞。

图 9—2

我们起先有点小心翼翼，打算只到几个有名景点"打个卡"。但这个城市像有一种魔力，让人放松，使人着迷，虽然街边垃圾确实触目。也许我们比较幸运，没碰上小偷，也没听说谁被偷，甚至没见过分热情的小贩推销；碰到的人，都十分友好耐心，有的还挺幽默。也许彼得·罗伯 (Peter Robb) 是精辟的，他在 2011 年出版的《那不勒斯街头战》(*Street Fight in Naples*) 中写道："那不勒斯人潇洒随性，玩世不恭。他们悠闲地侍弄着自己的希腊花园，深知罗马人对希腊文化多么敬畏。它的希腊风骨是一场复仇，是独特的温柔一刀。"

很快，我们喜欢在老城区的深巷穿行，那里晾晒的衣裤在头顶上飘扬，色彩斑斓的涂鸦满墙满门。上一秒钟，感觉很像是在以前上海的弄堂里，下一秒，又觉得不太像。喜欢这种既熟悉又陌生的感觉。

我们喜欢走进转角遇到的教堂或修道院，它们外观古旧不起眼，走进去，里面总有不同风格的壁画、油画、马赛克和雕塑，诠释着同一个圣经故事，空寂神秘，每每让你不由得屏声静气，有时目瞪口呆，甚至有幸"与伟大杰作的邂逅"。我们常常会在那里坐下，小憩静思。眼前的祭坛拱顶，有时让我想起《红与黑》的作者司汤达的短篇小说。司汤达虽是19世纪法国批判现实主义作家，却曾侨居米兰多年。他的自撰墓志铭令人过目难忘："米兰人，活过、爱过、写过。"他的《帕尔马修道院》和短篇故事的场景多是在那不勒斯，或意大利其他城市的修道院里。在他的笔下，教皇和国王的勾心斗角，王国间的征战，风云变幻莫测；贵族夫人，王公权贵，争权夺利争风吃醋，痴情男女的美好的爱情总是凄惨的牺牲品。他对社会环境对爱情的影响、对情爱的描写入木三分，蛮好看。

我们也喜欢在摊贩小店作坊云集的巷子深处，找家餐馆坐下，吃带有"明星光环"的玛格丽特披萨（Margherita），品尝据说最好的千层酥；我们当然更喜欢那不勒斯的国立考古博物馆（Naples National Archaeological Museum）和卡波迪蒙特博物馆（Capodimonte Museum）。很遗憾没能参观桑塞韦罗教堂博物馆（Museo Cappella Sansevero），因对它的火热程度估计不足，没提前在网上购买门票，到了门口一票难求，除非你是残疾人。

总的感觉，这个2000多年的古城，有足够深厚的多元文化底蕴而自在自信。这里，市井烟火与宗教、艺术，以它特有的方式融合；滚滚红尘，熙熙攘攘毗邻天堂地狱，隔着教堂祭坛，生死潇洒纠缠；看似嘈杂纷乱，人家有自己的生活。看到《纽约时报》罗马分社社长雷切尔·多纳迪奥（Rachel Donadio），在对那不勒斯一通描述后，总结道："我得说，这污秽、险恶而隐含江湖气息的那不勒斯堪称天下最浪漫的城市之一。"我得说，太对了。

打卡"世遗"老城

头天傍晚，从纽瓦克（Newark）起飞，到那不勒斯时，已是清晨。天下着小雨。我们把行李寄放在下榻的酒店，就撑伞打卡那不勒斯的地标建筑新堡（The Castel Nuovo）。

新堡，又名"安茹城堡"。（图9—3）因为它的建造，归功于安茹（Anjou）王朝的查理一世，他于1266年击败了霍亨斯陶芬人，登上了西西里王国的王位，并将首都从巴勒莫转移到那不勒斯市。

图9—3

这是一座中世纪城堡，中间嵌建乳白色大理石凯旋门，这是15世纪时，由阿拉贡王朝的阿方索五世所建。直到1815年，它一直是王权中心。见证了安茹王朝、阿拉贡王权以及波旁王朝的风风雨雨。几百年来，这个法式城堡，雄居那不勒斯港口。作为那不勒斯的历史中心，它与老城一起，被列入联合国教科文组织的世界遗产名录。

新堡的对面，是圣贾科莫宫，也被称为市政厅，是一座19世纪新古典主义风格的建筑。宫殿前广场上，海王星喷泉雕塑造型复杂得很。

从新堡走到翁贝托一世拱廊（Galleria UmbertoI）约4—5分钟。这里是那不勒斯的公共中心，融企业、商店、咖啡馆和公寓于一体。它建于1887年至1890年之间。感觉与米兰的埃马努埃莱二世拱廊很相像。（图9—4）

拱廊的正对面，是圣卡洛歌剧院（Teatro di San Carlo）。这是欧洲现存最古老的仍在持续使用的歌剧院，被列为世界遗产。（图9—5）

下一个目标，是平民表决广场（Piazza del Plebiscito），（图9—6）也就几分钟路。该广场得名于1860年举行的公民投票。这次投票决定，那不勒斯加入统一的意大利王国。这个原石铺就的广场，

图9—4

相当古朴壮观。难以想象,上世纪 60 年代起,这个广场曾被当作公共停车场用了 30 多年。直到 1994 年,因七国集团峰会在那不勒斯召开,才恢复现在的模样。它曾出现在多部电影里。记得在《我的天才女友》电视剧中,不同阶层的邻居们在这里大打一架。

广场上最引人瞩目的,是拱顶带柱廊的圣弗朗切斯科·达·保罗大教堂(Basilica di San Francesco di Paola)。

图 9—5

它被认为是意大利标志性的新古典主义建筑之一。这个建筑始建于 19 世纪初,当时那不勒斯国王约阿希姆·穆拉特,是拿破仑的姐夫,他规划了整个广场和模仿罗马万神殿的大型建筑,以此向拿破仑致敬。拿破仑失势后,波旁王朝复辟,斐迪南四世继续建造,在 1816 年建成后,将它奉献给 16 世纪曾在此修道的保罗圣芳济。圣殿前矗立的查理三世骑马的雕像,使整个广场更有风采。

圣弗朗切斯科·达·保罗大教堂的对面一端,是典雅的那不勒斯皇宫(Palazzo Reale di Napoli),这是波旁王朝和后来的两西西里王国期间,王族在那不勒斯附近的 4 座住宅之一。现是历史博物馆。

图 9—6

255

街景，浓墨重彩

那不勒斯吸引我们的，不止那几个"打卡点"，街景也很有看头。这里的主要街道，多为巴洛克和新古典主义建筑。涂鸦很普遍，交通很拥堵。

好几次走过这个蒙特奥利韦托广场，每次都拍了照。这张黄昏、华灯初上时分的照片，最好看。（图 9—7）

广场不大，却有个 17 世纪的同名喷泉雕塑，雕塑的最高点，是西班牙查理二世的青铜雕像。铜像英俊潇洒，高高耸立了几百年，殊不知，它代表的查理二世，是个身患多种遗传病以及智障和癫痫的人，只活了 39 年。那是因为西班牙和神圣罗马帝国的哈布斯堡家族，近亲结婚的缘故。感觉那不勒斯人特别热爱艺术，尊重艺术。

也是几次走过耶稣新广场，拍过几次纯洁圣母尖塔。（图 9—8）最后一次拍下这张晚霞中的圣母尖塔。这塔建于 1750 年，是在查理三世统治下建筑工程。尖塔的繁复装饰是那不勒斯巴洛克雕塑的缩影。

图 9—7   图 9—8

也有人说，这塔是为了庆祝疫情的结束或从灾难中解救出来而建造。我很愿意相信。多年以后，人们也会看到新冠疫情结束的纪念柱吧？

博维奥广场上，维克多·伊曼纽尔二世（Vittorio Emanuele II）的雕像耸立中央。他是统一意大利的第一位国王，被称为意大利人的国父。（图9—9）

图9—9

圣吉纳罗（San Gennaro）早年殉道，被尊为那不勒斯的守护圣人。他的头像画在教堂边的民居墙上。圣人这张年轻阳光、坚毅、视死如归的脸，像给熙熙攘攘的街道打上了一道光。这幅壁画是此城的街头艺术家乔里特·阿戈赫的作品。（图9—10）

那不勒斯的墙上艺术很热闹。在藏有米开朗基罗·梅里西·德·卡拉瓦乔名作《七善事》（Seven Acts of Mercy）的小教堂边的小广场上，斑驳的墙上，画着两个人，据说，一个是教皇，另一个就是这个被陈丹青称为"闯祸胚"的画家卡拉瓦乔。（图9—11）他在那不勒斯的名作，

图9—10 　　　图9—11

257

下面会看到。

　　街头艺术似乎热衷共产主义革命,巨大的卡斯特罗(Fidel Castro)头像,被画在那不勒斯历史中心的墙上。看来弗里达·卡罗(Frida Kahlo)在这里很受欢迎。这位墨西哥画家,以其毫不妥协的精神和浓眉横联、色彩鲜艳的自画像闻名于世。在那不勒斯和西西里的旅游商品店和艺术馆礼品店里,常见印有她头像的衣服、帽子、围巾等商品。(图9—12)

街景,与古老的教堂、宫邸为邻

　　那不勒斯居民常与某古迹为邻。令人想起"旧时王谢堂前燕,飞入寻常百姓家"。猜想,生活在这种环境里的人,想不潇洒也难。

　　街边随手拍的大宅门,(图9—13)一查竟是建于16世纪的贵族宅宫邸,宫邸的名字很长,略去。据门右边的大理石牌匾说,法国印象派画家埃德加·德加(Edgar Degas),经常来此宅邸。这座

图9—12

图9—13 　　　　图9—14

宅邸被埃德加的祖父雷内·希拉里·德加收购。

正要关上的满是涂鸦的门里，现在是一家高档酒店。该建筑建于 18 世纪，最初是西班牙宫殿（Palazzo dello Spagnolo），在当地，甚至欧洲的巴洛克建筑中，颇有名气。（图 9—14）

路边看见那不勒斯大学图书馆，（图 9—15）很有古老高贵的气质。这建筑的前身，是卡拉法·德拉·斯皮纳王宫，已有 400 多年历史。图 9—16，这个无意中看到的

图 9—15

卡普阿诺城堡（Castel Capuano）更古老，由西西里国王建于 12 世纪；13 世纪神圣罗马帝国皇帝腓特烈二世扩建为皇宫。入口处的雕刻，是查理五世的纹章。他曾在 1535 年访问那不勒斯。

嵌在民居中的古老城门，也是那不勒斯特有的街景。这座圣吉纳

图 9—16    图 9—17

259

图 9—18

这个带大时钟的拱门连接一幢民居楼和古老的圣埃利吉奥·马焦雷教堂,通往梅尔卡托广场。右侧教堂的门,斑驳中仍见精致,有种隽永的力量。

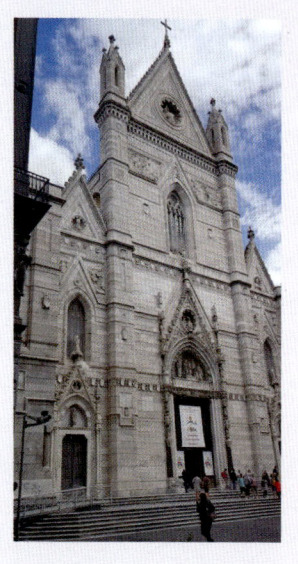

图 9—19

那不勒斯主教座堂(Duomo di Napoli)也在市井中,正面的立面是 19 世纪新建的新哥特风格。

罗门(Porta San Gennaro)位于加富尔广场边缘,通向一条步行小巷。传说,罗马帝国晚期的文件提到了这个名字的城门。现在门上的壁画,是 17 世纪时的一位画家修复的。这是这一画家在修复的七个城门壁画中,仅存的一幅。(图 9—17)

建于 19 世纪的圣玛丽亚教堂嵌在两栋居民楼中。镀金边的巴洛克风格的圣保罗马焦雷大教堂,门前就是嘈杂的市场。居民楼中,时见教堂钟塔。常常,走不多远,就见教堂。

陋巷亦浪漫

那不勒斯像迷宫似的巷子,是最贴近当地居民生活的地方。走街串巷,是我们后来加进的节目。到老城区的巷子走一走,你也许也会像我一样，想起"陋巷"一词。它最早出自《论语·雍也》："一箪食，一瓢饮，在陋巷，人不堪其忧，回也不改其乐。"

巷子里的路，清一色原石铺的，狭窄，时直时弯，有的地方坑坑洼洼，走路得绕过街边停放的车辆，得时时留心身后的汽车、摩托，常常得侧身让它们擦身而过。看得出，当初，这石板路的工程是相当了不起的。

天气好的时候，居民巷子里晾晒的衣物，在狭窄的上空飘展，像万国旗一般。

很多城市都有巷子。上海以前也有，比这还窄，小轿车开不进去，上海人称之为弄堂。不过我想，大规模涂鸦的巷子，只有那不勒斯才有。

我从前一直认为，涂鸦是儿童的行为。公共场所的涂鸦，是一种不靠谱，不是颓废就是愤世嫉俗的行为。南希则说，涂鸦是一种浪漫。在那不勒斯的陋巷里穿行了几天后，感受到他们当下生活的鲜活，开始理解满墙的涂鸦。

是啊，整洁的墙是一种美，但，在本来斑驳的墙上，添上无拘无束、随心所欲的涂鸦，不也是一

图 9—20

图 9—21

261

图 9—22

图 9—23

图 9—24

种美?这就像,一件喜欢的衣服破了,心灵巧手的人会顺势绣上些花,既补洞又好看。

什么是浪漫?人在陋巷,"不改其乐",不压抑人性,潇洒随性地活着,不也是一种浪漫?旅行常常使人更包容,不随便说人家不靠谱。

大点的巷子,两边常见商品堆出半条街的杂货铺、旅游商品店和餐馆。人声鼎沸。

这座城市最长的斯帕卡纳波利(Spaccanapoli)巷子,狭窄笔直,把那不勒斯城"劈"成两半。街上游人如织,似乎没有什么特别引人注目的，但它是公元前580年时建造的穿越古那不勒斯的三条主要道路之一，卖点是悠长的历史。它也收录在联合国教科文组织的世界遗产名录中。

那天，走在这条"世遗"巷子里，正当南希转身亮相，留影之际，擦肩

图9—25

而过的红裤男见状，夸张地佯作蹭镜状，在最初瞬间，吓了我俩一跳，马上都笑了起来。后来，碰上多了，就习惯了，意大利人喜欢同陌生人开玩笑。也许他们以这种方式表达对游客的友好，也许这些人的心情不错，也许他们生性幽默，喜欢搞笑……不管怎样，幽默有一种化解焦虑的力量，在那里旅游让人放松。

另一天，我们从坐落在山坡上的卡波迪蒙特博物馆（Capodimonte Museum）回市中心，选择走直路，穿过下坡的巷子。这是最近的路，也是更典型的陋巷，再次感受到，人间生活都不易。

常常，游人心目中的远方，其实是人家的平常生活，未必都灿烂新奇。不过，这又如何？人们照样去旅游，"从自己住腻的地方，到别人住腻的地方去"，就看你能不能从平常中看出诗意，感悟人生，也许回家更潇洒。

信步走进巷子深处的教堂，邂逅"伟大的灵魂"

在那不勒斯巷子转悠，常常遇见教堂。

圣洛伦索·马焦雷教堂正在翻修，"浑身"是脚手架。塔楼左下方是新开的博物馆，以及教堂地下的古罗马市场的进入处。我们到那里时，已到关门时候，没能进去。

图 9—26　　　　　　　　　　　　　　图 9—27

在"世遗"街附近的广场上，看到这座混杂风格的教堂，（图9—26）就走了进去。后来才知道，这就是圣多梅尼科·马焦雷（San Domenico Maggiore）教堂和修道院，是那不勒斯最著名的教堂之一。

一进去，眼前一片金碧辉煌，长方型的天花板，拱门立柱，祭坛都金灿灿的，装饰相当繁复精细。据介绍，它最早由多米尼加骑士团修士建立，后经几个世纪的多次改造、修复，成了现在这样子，集哥特式基建、17 世纪巴洛克风格的内装修和 18 世纪的风琴于一体。

我们看到的，是几百年来，曾在那不勒斯工作过的艺术家的作品的叠加。绘画遗产相当丰富，包括意大利中世纪最有名的艺术家之一，皮埃特罗·卡瓦利尼（Pietro Cavallini）1308 年的壁画。不过他从未像同时期佛罗伦萨的乔托（Giotto）那样广为人知。

更吸引我的是，除了艺术家的

图 9—28

作品，这里还有思想家的足迹。13世纪时，西方哲学史上的重要人物托马斯·阿奎那（Thomas Aquinas）曾在这里学习和教授神学。托马斯·阿奎那是中世纪经院哲学的主要代表，是中世纪"伟大的灵魂"中，影响最大者。

当时，太阳光透过彩色玻璃窗，起先投射在绘画上，继而投射到大殿的立柱上，好像是天国的幻影，教堂越发显得神秘，引人遐想。

那不勒斯的教堂，都是向观众开放的，随便进出。我们走进过好多个教堂，开始每每被建筑、绘画、雕刻、马赛克等艺术震撼，为之赞叹。后来好像审美疲劳了，也懒得拍照。

在巷子里找到藏有卡拉瓦乔名画的小教堂

寻找这个仁慈山（Pio Monte della Misericordia）小教堂，费了不少劲。巷子太复杂，跟着地图，转了个圈没找到。只好问路。方法是，把事先打印的意大利语小教堂的名字，给路边一位看上去有文化的大叔看，他显然知道这个教堂，马上回答，可惜我们听不懂。见我们一脸不明白，另一大叔主动前来帮忙，用手势比划，还是不得要领。不远处一年轻男子看到这一幕，快步走过来，用英语说，他知道这教堂，可以带我们去。我们欣然道谢，跟着他，走了约5—6分钟，终于来到这个小教堂门前（图9—30）。其实我们已看到过此门，却错过了。没想到，小教堂藏在深巷里。

"仁慈山"是一个慈善组织，于1601年，由那不勒斯的

图9—29

图 9—30

图 9—31

7名年轻贵族创立。该组织的宗旨是服务患者,帮助需要帮助的人。出于这个目的,1602年,这些创始人委托建造了这座小型八角形教堂。他们想要用艺术品来表达他们的慈善使命感,于是,委托卡拉瓦乔创作《七善事》(*The Seven Works of Mercy*),当时(1606年),卡拉瓦乔在一次争斗中因误杀了对手而被迫离开罗马,逃亡于那不勒斯。

卡拉瓦乔是意大利16世纪末至17世纪初的著名画家。他有明显的人格缺陷,被美国国家公共广播电台称为"坏蛋艺术家的鼻祖"。他从小生活贫困、性格暴躁、狂放不羁,常因打架斗殴而坐牢、逃跑、流浪,使他一生处于社会底层。正因如此,他对底层劳苦大众的生活和形象更加熟悉,他的模特来自大街、酒馆、集市甚至妓院,他画的耶稣比之前的作品都更朴实和自然。

英国广播公司纪录片《艺术的力量》的第一集,就是卡拉瓦乔。非常精彩到位。确实,如纪录片题记所说"艺术必定

266

有震撼人心的力量，但是艺术家并不全是德艺双馨"，卡拉瓦乔的一生疯狂颠沛，但他拥有一个特质，那就是"执着地的追寻，彻底地服从心底的声音。"

慈善家们原计划要有7个独立的画，但卡拉瓦乔将7件善事结合在一个画面中，成为他最要杰作。这幅《七善事》，（图9—31）仍然悬挂在中央祭坛上方的原始位置！这得益于仁慈山教堂文物保护机构的及时规定，它从一开始就被规定永久性禁止出售，无论出价多少。

相比旁边其他那不勒斯画家的以七大仁慈为主题的画作，卡拉瓦乔的作品，更加夺人眼球。那是由于卡拉瓦乔精湛的构图，戏剧性地运用明暗对比，使整个画面生动有力，摄人心魄。

图9—32

不过，我得说，如果不了解天主教徒的"七善事"——埋葬死者，探访被囚禁的人，给饥饿的人食物，庇护无家可归者，给赤身裸体的人衣服，探望病人，给口

从小教堂的窗口，看到毗邻的圣根纳罗方尖碑（Obelisco di San Gennaro）。

在周围斑驳复杂的建筑中，这座大理石的地震幸存者纪念碑，引人注目。像是提醒人们，地下的自然力量的厉害。

图9—33

267

渴的人水喝，就无法理解这幅作品。

小教堂的工作人员，告诉我们，从相邻画廊一楼的"Coretto"（小合唱团室）中可以更好地看到这幅画，于是就有了图 9—32。

7 欧元的门票包括参观隔壁的 Quadreria 艺术画廊。那里有许多 16—18 世纪那不勒斯艺术家的佳作。

图 9—34

莱昂纳多·科科兰（1680—1750）的《废墟》组画。很有力度。

比萨 (pizza) 之乡

下图，这些人不是在集会，而是在排队吃比萨。我们到那时，拿到的号是 76，而门口才显示到 39 号。

那不勒斯据说是意式比萨的发源地。到那不勒斯的游客，都想到这家达马切 (Pizzeria Da Michele) 去尝尝玛格丽特比萨。这家店已有 200 多年的历史，是意大利迄今为止最古老的比萨店。

据说，1889 年，意大利国王翁贝托和王后玛格丽特来那不勒斯参观，店主夫妇受到会面邀请。为了这次荣幸的会见，比萨店主人准备了 3 种比萨请国王和王后品尝。其中用番茄、马苏里拉奶酪和罗勒做顶料的比

图 9—35

萨，最受玛格丽特王后的喜爱。于是店主将这种比萨命名为玛格丽特比萨（Margherita）。从此以后，那不勒斯的玛格丽特比萨声名远扬。

自从电影《美食、祈祷和恋爱》（Eat Pray love）在这里拍摄，"大嘴美女"茱莉亚·罗伯茨来店里吃了玛格丽特比萨后，这家比萨店就越发火红了。

图 9—36

我们决定不等了，饥肠辘辘，不计较店老不老。离开前，经店家允许，到这古老的店里参观了一下，拍个照。里面场地很小，墙上挂满了照片纪念物之类。

图 9—37

图 9—38

玛格丽特比萨的顶料很简单：马苏里拉起司和番茄酱，加几片罗勒叶。红白绿，就像意大利的国旗颜色。味道不错，但我觉得后来在西西里岛上吃的比萨更好。

那不勒斯的咖啡很不错。开心果蛋挞也好吃。贝壳形的千层酥（Sfogliatella），是那不勒斯的特色甜品。但我觉得一般，酥皮倒是薄，但有点硬，不够香脆，里面的馅，味道不够丰富。可能没找对店。

我们于是来到老店对面的一家比萨店。这家店也蛮老的，1923开业。店很大，估计是沾了对面第一老店的光。人不多，我们选择了楼上雅座。服务员问也不问，就给我们来了一个玛格丽特比萨。

在那不勒斯最满意的一顿饭,是在老城区的巷子里的一家小店吃的,那是去卡普里岛一日游时的导游介绍的。服务生不会英语,见我们一问三不知,特地请来会讲英语的老板娘,向我们科普意面种类。结果我们选了从来没吃过的那种,确实非常好吃,很香,又筋道。第二天中午又去,人很多,排了 40 分钟队,味道却不如头天的。也许人太多,请了帮忙厨师。

图 9—39

图 9—40

那不勒斯（下）：只为这博物馆，去那，也值！

那不勒斯有几个非常棒，但去的人不多的博物馆。我们去了其中两个。第一个，已经感觉很了不得了。第二个，就更厉害了！

卡波迪蒙特博物馆 (Capodimonte Museum)

卡波迪蒙特博物馆建在同名的山上，从海边的旅馆到那儿得 40 分钟。我们决定打车去，省下精力，逛博物馆。

卡波迪蒙博物馆的前身，是波旁王朝的王宫。粉红色的新古典主义建筑，面对开阔的草坪，景色幽雅。这一博物馆是那不勒斯绘画和装饰艺术的主要宝库。

参观的人不多，我们

图 9—41

信步走到地下一层。奇怪，怎么没人收门票。展厅里很暗，几乎没人。展出的画，很像卡拉瓦乔的风格，光线对比强烈，但显然不是他的作品。看到有两位老者，像是这里工作人员，就上前讨教这些画与卡拉瓦乔的关系。一交谈，得知其中一位是展馆技术部门的，另一位是他的朋友，英语比较好。他给我们解了惑。

原来，这一层展出的是意大利南部卡拉瓦乔派画家的作品，免费。17 世纪前期，那不勒斯的一些艺术家，在不同程度上受到卡拉瓦乔的"形象革命"（Figurative Revolution）的影响，热衷于学习卡拉瓦乔的风格。据这位老者说，他们与卡拉瓦乔之间的区别在于：前者画中人物多少是理想化的，而卡拉瓦乔的模特是街上的真实人物；前者不只绘画，还做其他艺术,像马赛克装饰等,而卡拉瓦乔专注绘画,等等,真是个热情健谈的艺术爱好者。最后我们一起照了相。可惜照片不知怎么找不着了。

在卡拉瓦乔的追随者中,巴蒂斯特洛(Giovan Battista Caracciolo)是最杰出的一位。 图9—42,是他的1618年组画《年轻的施洗者圣约翰》。

他的《大卫与歌利亚的头颅》一看就知道是模仿卡拉瓦乔的同名画。哥利亚的头还真有点像卡拉瓦乔的样子。

谢过两位老者,我们赶紧上楼,买票进展厅。

我们很快找到了卡拉瓦乔的杰作《受鞭刑的耶稣》(*Flagellation*)。这是这个美术馆的镇馆之宝之一。(图9—43)

图9—42　　　　　　　　　图9—43

画中耶稣雕像般的形体,置于戏剧舞台般的聚光中,与较暗的施刑者的粗犷狰狞形成鲜明对比,让人感受到道德的高下。看得出,画家善于精准表现鞭刑的细节,也许是得益于他经常打架。不过也体现他对自然的忠诚。

卡拉瓦乔在他到达那不勒斯后的几个月内，完成了 3 幅突破传统艺术的祭坛画——《七善事》、《受鞭刑的耶稣》和《绑在柱子上的耶稣》（现被收藏在法国鲁昂的布杂艺术博物馆）。这使卡拉瓦乔成为那不勒斯最受关注的艺术家。他的追随者们后来将卡拉瓦乔派风格传播到北欧。

图 9—44

图 9—45

这幅《醉酒的西勒努斯》（*Drunken Silenus*），是后—卡拉瓦乔派代表作之一，出自西班牙画家胡塞佩·德·里贝拉（Jusepe de Ribera），但他的作品多在那不勒斯完成。

挺着便便大腹、醉态的西勒努斯（希腊神话中的森林之神），斜躺在一块布上，像是处在聚光灯下，十分刺目。他正向身后背酒袋的

有不少 17 世纪的那不勒斯画家的作品，画技相当了得。譬如，图 9—46，MICCO SPADARO 的 1650 画作《无辜者大屠杀》（*Massacre of the Innocents*）。场景非常细致恐怖。

图 9—46

图9—47

有许多中国古代画的瓷器。

图9—48

这个巨大的展厅,挂着7幅巨幅挂毯。气势磅礴,精美绝伦,令人赞叹。这么壮观的展厅,只有一位男子在那里临摹。

人又要一杯。环绕他的人、半人半羊的牧神潘、嘶叫的驴子,地上的贝壳、乌龟和蛇,都处于阴暗处,使人有不祥之感,好像离死亡不远。抛开希腊神话,这倒像一幅戒酒警世之作。可惜,图9—45是我从二层展厅朝下拍的,有点走形。

第一次看到这么精美的折扇!(图9—49)起先以为是从中国或日本来的。仔细看上面的图案,相信这是意大利的古典折扇。折扇最初是由东征的十字军,从中东带到欧洲。后来,由葡萄牙和荷兰贸易商从东方进口。再后来,有了意大利和法国的折扇。

图9—49

274

据说，意大利的古典折扇，被欧洲女性视为一种社交武器，"男人有剑，女人有手扇"。除了吸引人们对芊芊玉手的注意外，折扇还在精致的调情中发挥作用。在都铎时代，英格兰甚至发展了一种"折扇语言"，在中上阶层的女性中流行。例如，折扇靠在女士的下巴上，是暗示对方：她发现他很有吸引力；把折扇"嚓"一声关上，就意味他们之间完了。

图 9—50

我们很幸运，正好赶上塞西莉·布朗（Cecily Brown）的巨幅油画《死亡的胜利》（*The Triumph of Death*）在那里展出。这是她的最大画作之一。

塞西莉·布朗是一位出生于英国的纽约艺术家，被广泛认为是当今最重要的画家之一。这幅画是她在 2019 年春访问西西里岛后创作的。在西西里，她被 15 世纪初的湿壁画《死亡的胜利》迷住，该壁画位于巴勒莫阿巴特利斯宫，作者不明。

塞西莉·布朗将那幅湿壁画转画成油画，由四大块拼成，占据整整一堵墙。死亡被描绘成一个世界末日的骑士，横冲直撞，大有所向披靡之势。这幅巨大的 21 世纪《死亡的胜利》，以其丰富的色彩和笔触，摄人心魄。

陈丹青的《局部》有一集讲比萨的湿壁画《死亡的胜利》。他是在那里游览圣墓园时，撞见那幅布法马科的巨大壁画。当时感觉"魂飞魄散"。

在意大利，乃至欧洲艺术中，死亡是个重大的主题。我想，除了直面人总是要死的自然规律，还因为 14 世纪的黑死病，横扫欧亚大陆和北非，导致 2 亿人非正常死亡。难怪壁画《死亡的胜利》南北意大利都有。我想，经历了 3 年全球性新冠疫情之后，人们更能理解，这个主题是永恒的。

那不勒斯国立考古博物馆（Naples National Archaeological Museum）

有人说，那不勒斯考古博物馆是世界上最伟大的博物馆之一，只为这个博物馆，去那不勒斯，也值。从这个博物馆出来，我也想这么说。这里，历史上大希腊和大罗马时期的璀璨文物和艺术真品云集，绝对是了解和研究地中海人文历史的资源宝库。它也是世界遗产之一。

从意大利回家不久，看到新闻说，那不勒斯国家考古博物馆在上海浦东美术馆，举办了考古珍品展。很为那不勒斯高兴，这将吸引更多的中国游客。

这个博物馆，也是幢波邦王朝的粉红色古典建筑，外观优雅。波旁国王查理三世于18世纪50年代建造这幢大楼，最初是军库。

后来，被公元79年维苏威火山爆发活埋的庞贝古城，被发现，源源不断出

图9—51

土的珍贵文物，就存放于此楼。如今，它是庞贝和赫库兰尼姆出土文物的永久的家。它也收藏了非凡的法尔内塞古代雕塑珍品（Farnese Collection）。

我们头天跟一日游团去庞贝古城遗址，看到的只是恢宏的断壁残垣，古城室内文物，除了一部分运往国外的，其余几乎全在这里了。

走进博物馆，眼前的艺术品和器具瓢盆，主要来自庞贝古城里的别墅。其中比较有名的是"百年纪念屋"（House of the Centenary）。这是庞贝古城一位富有居民的住宅，因火山爆发被埋而保存下来。1879年，这所房子被发现，故被命名为"百年纪念屋"，以纪念灾难发生第18个百年。它建于公元前2世纪中叶，是该市最大的房屋之一，有私人浴室、水道、鱼塘和2个前室。在火山爆发前的最后几年里，

几个房间都被重新装饰。

也就是说,这些展品,约是公元前 2 世纪到公元 1 世纪间的文物,约相当于中国的秦汉时期。它们重现了火山爆发前的庞贝人的生活。美,存在于每一个角落。

图 9—52

马赛克画《忒修斯与牛头怪作战》（Teseo in lotta col minotauro）,虽残缺不全,画中人物惊恐的表情,惟妙惟肖。

图 9—53

右图,这幅圆形的马赛克,有精致的叠褶图案镶边,主题是"狮子与狄俄尼索斯和梅纳兹"（Lion with Dionysos and maenads）。可以看得出,酒神与女祭司、丘比特正围着一只浓密鬃毛的雄狮。似乎是在嬉戏。

图 9—54

这巨大的马赛克《亚历山大胜战大流士》本是这个博物馆的一大看点,却被一幅画布遮上,令人失望。

图 9—55

这幅马赛克画也许表现了古罗马人的世俗生活。

277

马赛克

据说，那幅古代马赛克，描绘了公元前333年，亚历山大大帝的希腊军队与大流士三世国王的波斯军队，大战致胜的场景。它来自庞贝的最大的住宅，农牧神之家，在那里它装饰了一整个房间的地板。看来，古希腊人的地砖装饰，比现代人奢侈讲究得多。

彩绘壁画

古罗马的彩绘壁画非常丰富。内容多是希腊神话和罗马神话演绎。画面奇特，人物生动细致，画技了得，形象地叙述着千年的迷人故事，堪称绝美。这是我最喜欢的部分，真正让人流连忘返。

图 9—56

图 9—57

《巴克斯和维苏威火山》（Bacchus & Mount Vesuvius Fresco）描绘了浑身缀满葡萄的罗马神话中的酒神巴克斯，脚下有一只豹，身边是维苏威火山。一条蛇处于画面的重要地位，预示它会带来幸福。古希腊人关于蛇的象征意义，与现代人的相去甚远。

据介绍，女神伊西斯正保护着一名男子，墙上写着：谨防邪恶。这幅画常被看作这些壁画真迹的代表。看到一本资料书《古代地中海社会》（The Ancient Mediterranean Social World）的封面图案，就取自这幅画。

278

图 9—58

这幅壁画描绘了女神伊西斯－福尔图纳 (Isis-Fortuna)。埃及女神伊西斯于公元前 1 世纪被罗马宗教所广泛接受。

图 9—59

英雄阿喀琉斯与他的发小帕特罗克洛斯，及布里塞斯。他们都是荷马的《伊利亚特》中的重要角色。画中人物表情细腻复杂，令人不由得要去看荷马史诗。

这幅来自庞贝悲剧诗人之家的壁画，堪称这些作品中的极品。

图 9—60

皮里托和希波达维亚在婚礼上接待了半人马。

图 9—61

珀尔修斯在杀死鲸鱼怪后，释放了仙女星座（Andromeda）。

279

图 9-62

这幅壁画描述了阿里阿德涅(Ariadne)遭遗弃。

希腊神话中,雅典英雄忒修斯在克里特岛上,赢得了米诺斯的女儿阿里阿德涅的芳心。她帮助他密谋杀死牛头怪,并给了他一个纱线球,帮他逃出迷宫。两人一起成功逃离克里特岛。但最终,忒修斯不敢违逆神的意思,在返回雅典的途中,将她遗弃在纳克索斯岛。始乱终弃,源远流长。

图 9-63

这幅壁画描述了希腊神话中,性格复杂的美狄亚(Medea)正要杀害她的孩子,报复其丈夫——英雄伊阿宋。她对伊阿宋一见钟情,为帮助他夺取"金羊毛",不惜叛父杀兄。最终却遭遗弃。由爱生恨,残酷报复后,她逃到雅典,成了忒修斯的继母……欧里庇得斯的杰作《美狄亚》是古希腊的三大悲剧之一。

图 9-64

这幅壁画描述了狄多(Dido)、女仆和非洲的拟人化身。狄多是公元前814年腓尼基城邦(现位于突尼斯)的传奇创始人和第一女王。

280

图 9—65　　　　　　　　　图 9—66

　　这是一组希腊女神的绘画。我最喜欢这幅《弗洛拉》(*Flora*)（图 9—65），画的是采摘水仙的普罗瑟皮娜。我们在那不勒斯的机场礼品店，买了这幅画的复制品和冰箱贴。世人对女神的审美，2000 年多来变化不大。

图 9—67　　　　　　　　　图 9—68

　　上面两幅肖像画，何等精美！

器皿

来自庞贝古城被埋葬的家庭里的锅碗瓢盆，各色器皿，数不清，看不过来。只挑些精品的拍照。

从这些器皿，你可以看到，美，不仅仅存在于艺术作品中，也深入到世俗家庭日常生活中。

图 9—69，是被火山岩浆变形了的陶罐。

图 9—69

图 9—70

图 9—71

秘阁（The Gabinetto Segreto）艺术品

秘阁展厅，展出各种儿童不宜的艺术品。那些绘画和马赛克的"春宫图"，来自庞贝和赫库兰尼姆的别墅、酒馆和妓院。拍了几张比较一般的展品照片。

图 9—72

图 9—73

图 9—74

雕塑

除了庞贝和赫库兰尼姆文物，这一博物馆还收藏了法尔内塞家族的古代雕塑系列。这些原在罗马法尔内塞宫的珍贵收藏品，于18世纪，与波旁国王查尔斯的母亲一起来到那不勒斯。它们大多是古希腊雕塑的复制品杰作。

图9—75

图9—76

《法尔内塞大力神》（Farnese Hercules）与大多数最好的古罗马大理石雕像一样，是更古老的希腊青铜原作的复制品。原件在1205年君士坦丁堡洗劫期间，被十字军熔化。

这座雕像，是红衣主教亚历山德罗·法尔内塞的古董收藏中的珍品。健力的美，无与伦比。

《法尔内塞公牛》（The Farnese Bull）被认为是有史以来最引人注目和最复杂的古代雕塑之一。描绘了希腊神话中的戏剧性时刻，将叙事冻结在行动的高潮。我一看到这座雕像，就有点兴奋，因为认出，新泽西的杜克农场里，也有一个青铜的复制品。

《青铜跑步者》（The Bronze Runners）是依照被火山爆发埋葬的赫库兰尼姆一处别墅中发现的雕像复制的。左边那个公元前1世纪的雕像，是右边公元前4世纪希腊原作的副本。

图9—77

283

图 9—78

《垂死人物的遗容》(*Donarium of Dying Figures*) 是一群古代垂死人物的大理石雕塑，呈各种不同的姿态。可能是用以纪念公元前 37 年，阿格里帕对加拉太人的军事胜利。群雕非常真实地表现战争死亡主题，具有非凡的感人力量。

图 9—79

非洲黑色大理石的耐克（Nike，希腊神话的胜利女神）雕像。公元 2 世纪的作品。与卢浮宫的带翼的《萨莫色雷斯的胜利女神》如出一辙。

在这"永恒之城，浪漫之都"的几天，我们与无数过客一样，徜徉于宗教与世俗、艺术与生命本能之间。果然，那不勒斯的精髓无处不在：生死潇洒纠缠。

这是有名的《维纳斯的臂背》(Venus Callipyge)。半裸的维纳斯，轻盈地抬起脚跟，像是在欣赏自己的臀背。据说，这雕塑是根据在尼禄皇帝的 Domus Aurea 废墟中发现的碎片，"释义"复制品。

图 9—80

卡普里岛：柠檬香味的梦幻之乡

卡普里岛（Capri）是那不勒斯湾南端的一颗明珠。岛上耸立着索拉罗山（Monte Solaro），悬崖峭壁傲然于地中海的蔚蓝，蓝洞奇观深藏于崖石与海水间。传说，罗马开国君主奥古斯都对此岛情有独钟，不惜代价将其并入他的领地。

20世纪60年代，杰基·肯尼迪作为美国第一夫人访问卡普里，在当地以手工艺闻名的"Canfora"鞋店，定制了几双优雅凉鞋。从此，奠定了该岛的世界级时尚地位。如今，卡普里岛以"贵"出名，名人的海景度假别墅、世界顶级奢饰品商店一条街，是那里的人文景观。

2018年的电影《卡普里革命》（Capri—Revolution）也许从另一方面增添了这个小岛的魅力。电影讲述了发生在1914年，第一次世界大战前夕，岛上牧羊女露西娅与外来的北欧自由艺术家群落，以及该镇的年轻医生之间的故事。电影不算好看，但把卡普里岛与极度崇拜自然的艺术家乌托邦联系起来，反映了人类与自然、科技、宗教、艺术的关系和困惑。给小岛蒙上了梦幻的桃花源色彩。

到了那不勒斯，一般不会错过这个时髦的名岛。我们跟一日游团去了卡普里。上午九点，与导游汇合，在那不勒斯码头乘渡船，从北到南，直穿海湾，约1小时，于卡普里岛北码头上岛。

图 9—81

图 9—82

285

这次的导游是个那不勒斯当地的年轻男性。看到我们就讲普通话。测试了他一下，还真能来几个回合。看来颇有语言天赋，据称会七国语言。

上岛后，有中巴接我们上山。在车上，他教了我们几句意大利日常用语，我只记得一句"妈妈咪呀"（Mamma Mia），因为这是著名音乐剧的名字。原来，这是意大利的感叹语，等同与中国人的"妈呀""我的个娘呀"。

中巴沿着上山的公路，顺山势盘旋而上。公路一边紧贴绝壁，另一边是悬崖，有些地方因为地势太窄，只能在悬崖上架起钢筋栈道拓宽路面。当车开到那段最险的山路，从窗口往下望，就见陡峭悬崖之下的茫茫大海，令人心惊。导游问我们，现在要说什么？大家齐声说"妈妈咪呀"，接着一片笑声。

车到岛上的卡普里镇，导游带我们来到镇中心，介绍了可去的地方，就让我们自由活动。说好下午一点集合。原本的蓝洞探险，因故取消，代之以环岛游船。有点遗憾。

卡普里镇街景，凉鞋、柠檬甜酒、柠檬香水……

我们选择先逛逛依山临海的卡普里镇。感觉宛入人间仙境。

当地有句广告老话：不带3件纪念品回家，卡普里岛之旅就不完整——凉鞋、柠檬甜酒和香水。据导游介绍，岛的托尼街上，有好

图 9—83

图 9—84

图 9—85

街头见现代艺术的点缀。

图 9—86

这是岛上著名的翁贝托一世广场（Piazza Umberto I）。自罗马时代以来，这里一直是该镇的中心。如今，人称"世界的小剧场"，名人云集。古老而优雅的钟楼，使时尚商街更有魅力。

几家凉鞋制造商的店面，但最负盛名的是叫作"Amedeo Canfora"的精品店。现在，这家公司的掌门人是科斯坦佐·坎福拉（Costanzo Canfora）。他的祖父阿梅代奥（Amedeo）于 1946 年创立了该公司。到 20 世纪 60 年代，制鞋业已在国际上崭露头角，英王室玛格丽特公主和摩纳哥王妃格蕾丝·凯利是他家顾客。杰基·肯尼迪就是在这家公司，定制了凉鞋。科斯坦佐·坎福拉后来在采访中说，"我祖父专门为她定制了一种风格，叫做'K'"，之后，"她继续从纽约麦迪逊大道的一家名为'Veneziano Boutique'的商店订购我们的凉鞋"。

图 9—87，精品店的老鞋匠像模特一样面对镜头。

图 9—87

287

岛上盛产柠檬。柠檬甜酒（Limoncello）和香水，是岛上特产。我们品尝了柠檬甜酒，含酒和无酒的两种，都爽口好喝。但我们只买了几盒柠檬巧克力。因环岛游才开始，不好带。

各色艺术品商店也很吸人眼球。（图9—88，图9—89）

图9—88

图9—89

撑伞乘缆车，撞见雨后绝佳美景

逛了卡普里街景之后，我们想去乘缆车。然而乌云密布，眼看就要下雨。如果等雨过后，恐怕就没时间了。于是决定买票，管它下不下雨。下面的手机随拍素颜照证明，这是本次卡普里岛游最浪漫有趣的事。

缆车一离开地面，就劈劈啪

图9—90

啪下起雨。还好我们各人带着把折叠伞，免于成为"落汤鸡"。起先有点狼狈，但很快，就开始享受在伞下看雨中的卡普里。

还好，我们遇到的是阵雨。缆车开出约一半后，雨停了。雨后的山镇，如梦如幻。

缆车到索拉罗山顶，只见山海天地，相连相忖，空朦奇幻，缠绵浩瀚，绝美之境！

难怪，《卡普里革命》的导演会选择卡普里岛作为那个艺术家群落的"世外桃源"，会在这海边的岩石上拍摄艺术家们的裸体群舞。在那些艺术家们看来，衣服也是牢笼。他们似乎相信，在自然美景中裸舞能解决一切问题。

回程缆车上，拍了这张照片。（图 9—94）旅游有时也会是换个地方看手机。有点浪漫，有点好笑。

图 9—91

图 9—92

图 9—93

图 9—94

乘船环岛游

下午，导游带我们乘下山轨道车，从山上来到山脚海边。

乘缆车是从空中和山顶俯瞰卡普里岛。乘船环岛游，则是从海面全方位仰视同一个岛，看到不一样的美景。但我更喜欢前者，因为我会晕船。

图 9—95

图 9—96

图 9—97

传说，这个小岛上也住着唱魔歌的女妖，像《奥德赛》里说的，每当有船只经过这片海域，她们就会放声高歌，用甜美的歌声诱引水手，让他们驶向小岛，撞上礁石，船毁人亡。

岛四周的群礁崖洞，奇特峻峭，无风也惊涛骇浪。

山间红色的建筑，就是"世界建筑杰作" 马拉帕特别墅（Casa Malaparte）。别墅的主人是意大利著名作家、诗人、记者、剧作家，库尔齐奥·马拉帕特。别墅的建造源于大作家的突发奇想。1938 年建成。

在旅游沙龙群里，看到一个帖子，说这栋别墅差一点属于中国。20 世纪 50 年代，马拉帕特曾应邀访华，归国后写了《我爱中国人》。去世前，他留下遗嘱，欲将别墅赠给中国作家和诗人。但由于当时中意没有建交，遗嘱未能实现。

这栋别墅，被认为是世界上最孤独的房子，像一抹遗世独立的灵魂。但它又是世界上被拍最多的建筑物之一。孤独与时髦，有时是紧挨着的。

悬崖上的一线，就是导游介绍的"妈妈咪呀"山间公路。（图9—98）

挥别卡普里岛，它就像留在记忆中的梦幻，似乎只与美丽浪漫有关，直到看了毛姆的《吞食魔果的人》（*The Lotus Eater*）。在这部短篇小说中，月圆之夜的卡普里，"还有维苏威火山喷出大团火红的浓烟"相伴，美得让人着魔，似有"坑人"之虞。

图9—98

书中"吞食魔果"的人名叫威尔逊，原是英国约克的一个的银行经理。34岁时，偶然来卡普里度假，与它一见钟情，不能释怀。犹豫了1年之后，回到这里，租住在一个简单的房舍中，在屋主家搭伙。他用自己的积蓄购买了25年的"保险年金"，用以支付60岁前的美丽岛"躺平"生活。

作者初次遇到威尔逊时，47岁的他似乎找到了自己要的幸福，逃离了"为工作而工作"的宿命，以为"度过25年完美的快活日子后，人应该死而无憾了"。当然，毛姆的故事，从来不会这么简单。

十几年后，作者再次来岛，威尔逊的故事变了味。在25年这节点上，威尔逊失去了决心，未能成功地自行了断，反把自己弄成了痴呆。状况就如有人形容的："你往上扔一块石头，石头不落下来，就这样停留在半空了……。"威尔逊后来忍受了6年的潦倒悲催生活，被发现死在山坡上。从那里，"他可以看见那叫作法拉格里奥尼的两座拔海而出的巨礁。又是月圆之夜。他定是借着月光去看礁群了。也许他就死于月皎时分嵯峨之美。"

威尔逊的计划很浪漫。只是，就如毛姆说的，他不可能预见到，岁月会将生命软化。人毕竟不是神仙，终究不能免俗，卡普里也不是世外桃源。一般人还是"打卡"回家，在记忆中留住梦幻般的美。

巴勒莫：黑手党的故乡，屡有惊艳

第 6 天，我们乘坐瑞安航空公司（Ryan Air）的班机，从那不勒斯飞到西西里岛的首府，巴勒莫（Palermo）。机票只有 46 美元。下午 6:45 起飞，预定一小时后到。不料，在西西里岛上空，遇雷雨，飞机无法着陆。一机舱人提着心吊着胆，在空中盘旋了约半个多小时。飞机终于"咚"一声着地。舱内一片掌声，感谢机长，持续良久。妈妈咪呀！西西里岛，你的迎接，也太过隆重了吧。

于我，对西西里的向往，是电影给撩的。最早是《教父》，后来是意大利著名导演朱塞佩·托纳多雷的《天堂电影院》和《西西里的美丽传说》（即《玛莲娜》）。电影里的原生态风土人情，黑手党的神秘故事，风情万种的女子，浪漫与残酷，很诱人，从此记住了西西里。

如果说，意大利的地图形状像一只高筒靴，那么，西西里岛就像是靴尖将踢未踢的一个球，只是那"球"不圆，是三角形的。这个地中海最大的美丽岛屿，因其在贸易航线中的重要位置，历来是兵家必争之地、文化的十字路口。东西方文明、古希腊与古罗马文化在此交汇，历史过客，来来往往，留下丰富多彩的印记。

我们选择位于岛西北端的巴勒莫作为起点和终点，作逆时针环岛游：巴勒莫—阿格里真托（Agrigento）—诺托（Noto）—锡拉库萨（Syracuse）—埃特纳活火山（Mount Etna）—陶尔米纳（Taomina）—切法卢（Cefalù），最后回到

图 9—99

巴勒莫飞往罗马。在岛上，我们遇到许多人，他们选择飞到卡塔尼亚，作顺时针环岛游。难说孰好孰坏，但我们对选择的路线很满意，感觉越来越美，始终有新鲜的感受。

话说那晚，我们在机场取了车，西西里岛自驾游就开始了。南希的车技从一开始就经受住了考验。在那雷雨大作的黑夜，开着陌生的车，在陌生的地方，我们顺利从机场到达巴勒莫城中的旅馆。

诺曼皇宫和帕拉蒂尼小教堂（Norman Palace & Cappella Palatina）

图 9—100

图 9—101

第二天，雨过天晴，艳阳高照。我们步行去诺曼皇宫。早就听说，西西里岛上老城区的停车，是个"噩梦"（Nightmare）。好在我们下榻的旅馆，离诺曼皇宫很近，十来分钟的路。

巴勒莫是岛上最富盛名的古老城市，黑手党的故乡。2800多年的沧桑历史，使它荟聚了多种文化融合的建筑。诺曼皇宫是其中最具代表性的典型。10.50欧元的门票，包括宫殿、帕拉蒂尼小教堂和花园。

西西里岛从公元831年到1072年由阿拉伯人统治，这座皇宫最初是一座阿拉伯宫殿。11世纪末，诺曼人征服西西里岛，国王罗杰二世（Ruggero II）于1130年加冕后，下令在原基础上建造宫殿教堂，作为权力所在地。这就是目前宫殿的大部分建筑，包括宫殿内的帕拉蒂尼小教堂。

几个世纪以来，这座宫殿进行了几次重大改造和增建。眼前的皇宫主体，有个中央庭院，四周是三层带拱廊的房间，应该是阿拉贡王朝的手笔，显然这是西班牙风格。底层正在举办现代艺术展。

图 9—102

拱廊内侧的壁画非常精致壮观。

图 9—103

许多房间现在是地方政府办公室，不向公众开放。

图 9—104

不知名的现代艺术作品

图 9—105

拱廊墙上的 1981 年的现代纪念作品。

图 9—106   图 9—107

地下原始建筑展厅。图 9—106，如荧光灯光所示，这是 3 世纪的墙。图 9—107，是 4 世纪的后门。

  之前我感觉一般，直到走进帕拉蒂尼小教堂（Palatine Chapel），精神一振，为之惊艳。这是座混合了拜占庭、诺曼和法蒂玛（Fatimid，中世纪的一个阿拉伯什叶派王朝）风格的建筑，展示了不同文化和宗教的融合。
  一进去，只见整个教堂都

图 9—108

装饰着金色的马赛克，颜色和亮度很微妙，优雅细致，无与伦比。当时诺曼人是文盲，因此马赛克是宣传圣经的一种方式。显然，这归功于拜占庭和阿拉伯工匠。我想，也归功于国王罗杰二世对不同宗教的宽容态度，愿意建造阿拉伯人和诺曼人共同的教堂。罗杰二世还拒绝参加第二次十字军东征，他的宫廷甚至成为阿拉伯和西方学者的交流中心。看来，中世纪的黑暗，不是绝对的。
  国王罗杰二世的外孙，神圣罗马帝国皇帝腓特烈二世（Frederick II），以醉心科学、"和平十字军东征" 的文治武功而闻名于中世纪历史。他童年时就居住在这个皇宫。西西里的多文化的环境，对他的思

295

图 9—109

想和形象有很重要的影响。

图 9—109，正中是全能基督的马赛克肖像，用右手祝福，左手拿着写着希腊和拉丁文字的圣经书："我是世界的光明，那些跟着我的人不会在黑暗中行走，而是会拥有生命的光芒。"其他的图像，代表基督、旧约、创世纪以及圣彼得和保罗的故事。

阿拉伯风格的马赛克使我想起，在伦敦参观西敏寺时，高祭坛前的一小块马赛克地板，只让人远远参观，可见很珍贵。这里是整整一教堂，任人参观踩踏。

图 9—110

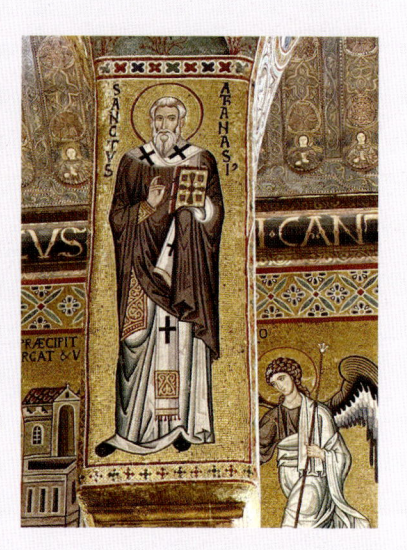

两幅马赛克基督像，精美绝伦。据说，这是西西里岛唯一基督被描绘了三次的教堂。

296

图 9—111

中殿的穆卡纳斯天花板，据介绍由阿拉伯艺术家绘制，描绘了宫廷生活、动植物，及几何和花卉图案。

图 9—112

一些马赛克的主题是非宗教的，描绘了狩猎场景，半人半马和各种动植物。有的是代表东方人心目中的神圣动物，譬如孔雀。

图 9—113

是拜占庭风格的壁画《抹大拿和孩子》。

从小教堂出来，继续参观皇宫。其他房间的壁画、装饰品虽不能与帕拉蒂尼小教堂的马赛克比，但也令人印象深刻。

297

图 9—114　　　　　　　　　图 9—115

蓝绿色的庞贝厅，由意大利新古典主义画家，朱塞佩·帕塔尼亚（Giuseppe Patania）在 19 世纪 30 年代装饰。优雅生动的希腊神话壁画，灵感来自赫库兰尼姆和庞贝的考古发现。（图 9—114，图 9—115）

让我第二次感觉眼前一亮的，是这个中国厅！这个厅看来现在仍在使用。四面墙上都是中国人物壁画，猜想是穿着清朝服饰的官员，贵妇和仆从（图 9—117、图 9—118）。背景像是巴勒莫城里的小中国宫。三扇深蓝的门楣上，装饰着金色的中国字。显然，人物服饰装束、建筑和中国字都不能细究的，是当时意大利艺术家根据别人的描述，想象的中国人中国房。

皇宫中的中国厅，一方面，反映了 18 世纪和 19 世纪时，欧洲宫廷普遍存在的东方文化时尚。另一方面，也是受到出生于西西里岛的传教士殷铎泽的影响。继马可·波罗与利玛窦之后，殷铎泽清初来华，是第一个将《论语》译成拉丁文之人。在他之后，孔子学说在欧洲开始引起大众兴趣，这是东西方文化交流上的一次里程碑事件。

图 9—116

自第二次世界大战以后，大力神厅一直是西西里议会会议室。不开会时，游客可以在门口参观。天花板上描绘希腊神话英雄的画，也是艺术家朱塞佩·帕塔尼亚的作品。

图 9—117　　　　　　　　　　　图 9—118

巴勒莫大教堂（Palermo Cathedral）

从诺曼皇宫出来，走到不远的巴勒莫大教堂。左边，横梁尖顶拱门（Lintelled Ogival Arcades），横跨博内罗街，连接教堂和主教堂。这个教堂，同诺曼皇宫一样，也是不同历史时期的不同风格建筑的叠加。眼前整体的新古典主义风格，可以追溯到 18 世纪末至 19 世纪初的 20 年间。它也是世界文化遗产。

进教堂是免费的，但 15 欧元的连票包括参观教堂的屋脊、珠宝馆及其他馆。第一次登上教堂屋脊，不无惊艳感。

图 9—119

广场中间入口的三连座尖拱门廊是 15 世纪增加的。介绍说，是加泰罗尼亚与哥特式风格。左边第一根石柱是最早拜占庭教堂留下的，曾被用于清真寺，柱子中部还留有一块古兰经的铭文。西西里的宫殿、教堂常常是一本历史书。

299

图 9—120

主教堂广场上的雕塑很独特，引人驻足。远看像是基督受难主题，其实这个雕塑叫《CREAZIONE（创造）—献给父亲》。似乎讲述了内心的重生、复活和精神上的成熟。

图 9—121

主教座堂保存得很完善，有诸多艺术珍品。金色马赛克背景的基督受难浮雕，很有震撼力。

图 9—122

登上房，教堂的 18 世纪巴洛克风格的圆顶（Cupola）赫然在目。（图 9—122）这是佛罗伦萨著名巴洛克建筑师费迪南多·福加（Ferdinando Fuga）的设计。

教堂正厅的墙壁顶部，那一排淡彩色的小圆顶，以及原始的诺曼砖石结构，镶嵌着火山岩装饰的外墙，一览无余，清清楚楚。（图 9—123）

图 9—123 　　　　　　　图 9—124

图 9—125 　　　　　　　图 9—126

这里视野开阔，是欣赏整个城市景色的好地方。

远处的圣萨尔瓦托雷教堂，是巴勒莫最古老的教堂之一。

我们的票还包括皇室墓室和地下墓穴。走到地下入口处，受不了一股霉味，转身不下去了。倒是在珠宝馆里转了一圈。看到一组美女鲜花，暗影里伴着骷髅的画。感叹艺术家用这么直白的方式，表现西方人直面死亡的文化。（图 9—127、图 9—128）

教堂周围有许多经典雕像。大半天，太多的视觉震撼冲击，乏了，找休息吃饭的地方去。

图 9—127　　　　　　　图 9—128

逛卡波市场（Mercato del Capo）

打卡诺曼皇宫和巴勒莫大教堂后，有种视觉盛宴后消化不良之感。好在胃空了。下一目标，自然是巴勒莫的卡波市场。步行约 15 分钟，到那里。

只见狭窄的街道上，摆满了五颜六色的摊位，闹哄哄，市井烟火袅袅，占了几条街。据说，这里已有数百年的历史，始于诺曼征服之前的阿拉伯市场。

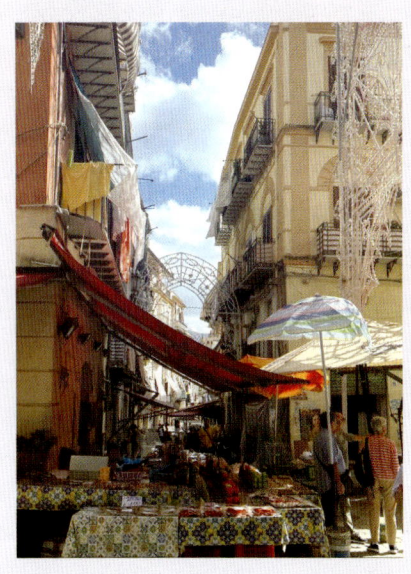

图 9—129

摊位以食品为主。品种很多，多数是油炸的，典型的街边小吃。

找了个小餐馆，在门口的大排档坐下，也不知什么好吃，就各种来一点。结果"眼睛比胃口大"，点多了。味道马马虎虎，没想象的好吃，也许是串炸的鸡、虾、素菜出锅时间太长了。

图 9—130

街边小吃，特别讲究现做现吃。上海好吃的生煎、油条、葱油饼都是要排队等的，刚出锅才好吃。记得，很久以前，在街边吃 8 分钱一个的萝卜丝油墩子，是看着摆摊阿婆从油锅里捞出，滴过油，递给你的。那味道，才难忘。

看见市场一端，有家人家正在办婚礼，宾客盈门，穿着西装套裙，站在蔬菜水果摊边，也许是在等新人出来。一派市井热闹，有点像《教父》里的场景。

图 9—131

登上旅馆边教堂的钟楼

从集市回旅馆，路过一个老旧但雅致的的教堂，顺便进去看看。里面一个人也没有。看门的小伙子说，5 美元可以登上钟楼（图 9—132 远处的钟楼）。从来没上过钟楼呢，也许能看到特别的风景，于是就给钱上楼。小伙给我们一人一个安全帽，说怕万一掉下驳落的灰泥块砸伤脑袋。像是去建筑工地，冒着危险。

顺着狭窄的旋转楼梯，登上古老的钟楼。没想到，我们无意中撞见了巴勒莫的另一个屋顶风景点。

原来，这个教堂叫圣朱塞佩·卡法索教堂，这个钟楼以圣约瑟夫·卡法索命名，他既是罗马天主教牧师，也是当地的社会改革者。这个建于18世纪的巴洛克风格钟楼，也为游客提供了不同于巴勒莫大教堂房顶的视角，近距离鸟瞰老城建筑。

你可以低头看邻近的隐士圣约翰教堂（San Giovanni degli Eremiti）。这是个中世纪典型的阿拉伯—诺曼混搭建筑。几个暗赭红圆顶和立方砖体组合，别有异国风情。

你也可以遥望巴勒莫大教堂的远影。

图 9—132

图 9—133 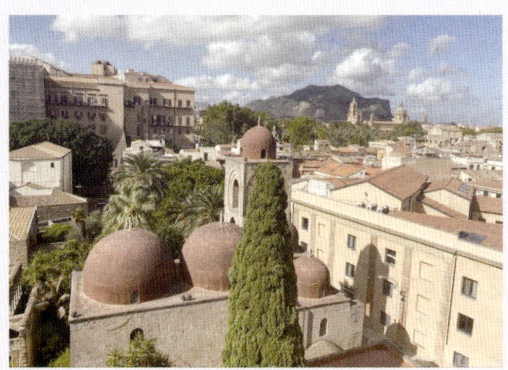　　　　　　图 9—134

在马西莫歌剧院（Teatro Massimo）听歌剧

穿过华灯初上的罗马大街，来到威尔第广场（Piazza Verdi），马西莫歌剧院就在这里。

又一次没想到，巴勒莫的马西莫歌剧院是意大利最大的歌剧院，也是欧洲第三大歌剧院，仅次于巴黎歌剧院和维也纳国家歌剧院。剧

图 9—135

图 9—136

院外部建筑宏伟典雅,新古典主义风格里,融入了希腊神庙元素。

写到这里,才意识到,这家歌剧院,正是《教父 3》最后一幕的场景地。在高高的台阶上,本来刺杀迈克尔·考利昂的子弹,打穿了女儿的胸膛,他眼睁睁看着她倒在地上。剧情达到悲剧的顶峰。

当晚,我们在那里听了一场歌剧《秘密婚姻》(Il Matrimonio Segret)。票价比纽约便宜得多了,二层包厢只要 47 欧元。到巴勒莫,不去马西莫听场歌剧,那是亏了。当然,是出发前就得在网上定好票的。

剧院里恢宏大气,金碧辉煌。第一次在包厢听正宗的意大利歌剧。算是这天的最后一次惊艳。

歌剧《秘密婚姻》是意大利 200 多年的经典喜歌剧,配有英文字幕,全长约 2.5 小时。男女主角唱得极好。这是谢幕时的照片。(图 9—137)

散场出来,夜已深,剧院变得更美。

图 9—137 　　　　图 9—138

阿格里真托：大太阳下，"穿越"希腊神殿谷

在巴勒莫住了两晚。翌晨，我们离开这个印象深刻的古城，开往阿格里真托（Agrigento）。

阿格里真托是一个山坡城市，位居西西里岛南海岸的中央。它由古希腊殖民者于公元前 6 世纪建立，并命名为阿克拉加斯（Akragas）。曾经是个富裕的城市。我们去那，只为两个景点：一是城西海边的土耳其阶梯（Scala dei Turchi）。二是城东南的神殿之谷（Valle dei Templi），也被称为阿格里真托神庙谷。这是一个巨大的考古遗址，拥有希腊境外保存最完好的古希腊神庙群。被列为世界文化遗产。

从巴勒莫到阿格里真托，我们选择了一条最近的路：先顺两城之间的山路，从北海岸到南海岸，在夏卡（Sciacca）上 SS115 公路，沿海岸往东开，到土耳其台阶，约 2 个小时。

土耳其台阶（Scala dei Turchi）

土耳其台阶其实是一座白色石灰岩的悬崖，矗立在两个沙滩之间，形如台阶，故得名。名字的前一半，源于 15 至 16 世纪，阿拉伯海盗频繁袭击西西里岛，这里是他们便捷的登陆点。而在西西里方言中，土耳其代表所有来自北非和伊斯兰宗教的民族。

土耳其台阶出名的部分人文原因是，它曾出现在意大利国宝级作家安德烈亚·卡米莱里（Andrea Camiller）的小说《蒙塔巴诺警长探案系列》中。小说塑造了一个充满了西西里岛特色、智勇双全的意大利警探形象，广受欢迎，被译成 32 国文字。中译本前几年就有了，还被翻拍为电视剧，以后也许会找来看看。

2007 年土耳其台阶被列入联合国教科文组织的世界遗产名录，向公众开放。然而，自 2020 年初宣布暂时关闭以来，一直不开放。据说，原因是环境保护不善。

图 9—139

从停车场，到海滩，要走蛮长一段路，还要走长长的下坡台阶。在网上看到过，人们攀上大理石般阶梯悬崖，俯瞰沙滩和大海的照片。很美。也在《美丽的西西里传说》中，看到 13 岁少年雷纳多和他的同伴，在白色悬崖上的可笑场面。

不过，这乳白色的悬崖，衬着蓝天碧海，远远欣赏，也够美的。

我们在海边的小吃店歇歇脚，喝杯橘子汁，吃根棒冰，吹吹地中海的风。

图 9—140

图 9—141

307

神殿谷（Valle dei Templi）

离开土耳其台阶，我们直接去了神殿谷。到神殿谷考古景区东门时，已是中午。它离阿格里真托市中心，只有几分钟车程。

停车场是一个橄榄园。将车停在橄榄树下后，买票进入景区。区内有一条石块大路，从东向西延伸，两边是神庙、墓地和其他遗迹。我们选择乘坐景区内的接驳车，直达景区的西头，再从那里往回走。这样只走单程，不会太累。也免于重复和遗漏看点。接驳车票3欧元一人。

这个神殿谷其实是一个东西走向的山丘。由西向回走，遇到的第一个遗迹，就是大力神赫拉克勒斯神庙遗址（Temple of Hercules）。8根多立克巨柱列纵队耸立，其中4根带有柱头。（图9—142）

这个遗址被认为是阿格里真托神庙谷中最古老的神庙。其历史可追溯至公元前6世纪。赫拉克勒斯神庙这个名字，源自现代学术研究，基于西塞罗在书中提到一座献给大力英雄的寺庙，"离广场不远"。

图9—143，这一片大石块、柱子断节的废墟，据说原是宙斯神庙（Temple of Zeus）的位置。但见半根立柱孤独矗立，废墟更显沧桑。

图9—142

图9—143

图 9—144

图 9—145

图 9—146

从废墟可以看到远处阿格里真托市的轮廓。（图9—144）想起刘禹锡的那句"沉舟侧畔千帆过，病树前头万木春"。

在朝下一个遗址走的时候，看到奥雷亚别墅和亚历山大·哈德卡斯尔（Alexander Hardcastle）爵士的胸像雕塑。没想到，这座雕塑带出一个英国考古爱好者的故事。

19世纪末，胸像上的这个英国贵族、陆军上尉，买下了位于赫拉克勒斯神庙遗址和康考迪亚神庙遗址之间，阿克拉加斯古城墙边的乡村庄园，并将其命名为奥雷亚别墅。

在接下来的20多年里，这个英国人捐赠了他的财富，资助和致力于考古挖掘工作。特别是为大力神庙的8根柱子的复原，做出了贡献。

不料，1929年华尔街崩盘，导致他一贫如洗。这位英国人只好将奥雷亚别墅，卖给意大利政府。1933年，他因抑郁症，在阿格里真托的精神病院里郁郁而终。令人唏嘘之余，也为他庆幸，还好把一部分钱贡献给了人类文明的保护事业。否则，也都归了零。

接着看到康考迪亚神庙（Temple of Corcordia），西西里岛最大的希腊神庙，也是保存最完好的一个。它能幸运逃避劫难，一般认为，应归因于它后来被改建成天主教的教堂（Basilica）。

它与帕台农神庙十分相像，只是比后者小，纵横各少了两根柱子。

波兰雕塑家伊戈尔·米托拉吉（Igor Mitoraj）的青铜雕塑《陨落的伊卡洛斯》，（图9—147）侧卧在康考迪亚神庙前。这个四肢残缺、羽翼折损的希腊神话人物，与遗址有什么关系？

看到一篇介绍阿克拉加斯古城的文章说：从克里特岛和罗得岛来的古希腊移民，之所以选择在这里定居，是因为相信，这里是代达罗斯（Daedalus）着陆的地方。在古希腊神话里，代达罗斯是最有才的建筑师。他建造的迷宫，连自己也出不来。最后用羽毛和蜡，制成翅膀，带着他的儿子伊卡洛斯（Icarus），飞出迷宫。儿子伊卡洛斯在空中，不听父亲的叮嘱飞得太高，离太阳太近，以致蜡翅膀融化，坠落海中。代达罗斯则继续飞行，进入西西里岛。

图9—147

看来古希腊殖民者很崇拜代达罗斯，奔他而来。然而，艺术家似乎更喜欢他的儿子伊卡洛斯。《文学回忆录》中，木心认为：迷宫，象征社会，伊卡洛斯，象征艺术家，"靠艺术的翅膀"飞出社会迷宫，"宁可飞高，宁可摔死"。也许这座《陨落的伊卡洛斯》，也想表达这种精神？

在路的右手边，可见古希腊时期围阿克拉加斯而建的城墙，很长，曾经有9个城门。城墙边看见2个无头罗马人雕塑。这白色的大理石人体，穿着古罗马长袍，（图9—148）是阿格里真托神庙谷展览的一部分，展示了罗马广场考古的近期发现。原来，这些大理石无头人，是古罗马时为了新旧长官上下台，换头的需要。新官上台，艺术工匠只需做个头像。为古罗马人的"实用主义"，拍案叫绝。

（图9—149）在城墙上可以看到许多拱形空洞，据说是拜占庭时期的墓龛，地下还有一些小的墓室。

图9—148

看到这座朱诺神庙（Juno），表明我们已回到神殿谷的最东边入口处。这是我们在这里看到的最后一座神庙遗址。该神庙建于公元前406年，是献给宙斯之妻朱诺，或赫拉的。她们是同一神。它占居在山谷的最高处。（图9—150）

图9—149

图9—150

那天大太阳，下午时分，在没有树荫的山谷走，很热。但山谷中的遗迹着实震撼。难怪英国学者道格拉斯·斯莱登会说："如果你想了解古希腊，就来西西里岛吧"（If you want to understand ancient Greece, come to Sicily.）。在奥斯曼帝国占领期间，希腊本土的遗迹遭严重损毁，反而是西西里岛的诸多遗迹得以幸存。在后面几天，越往东，古希腊神庙和剧场遗迹越多。但像这样神庙遗迹成群，绝无仅有。

庄园民宿（Bed&Breakfast）

这晚我们住在阿格里真托郊外的一个庄园民宿里。主人是位 70 开外的老先生，与妹妹一起经营这家民宿。我们刚到时，只有一个小女孩在家。她为我们打开遥控的庄园铁栅栏大门，给了我们房间钥匙，说他舅舅等会会来。

图 9—151

这是从我们的房间阳台，看到的西西里乡间风景。老先生热情地向我们介绍，他家地产的边界；指给我们看他家的鸡棚。

图 9—152

这是第二天离开时，应我的要求拍的主人兄妹和别墅照片。

室内装修摆饰，像是西班牙风格，老派讲究，品味不俗。登记后，安顿好，老先生端来两盘削皮切块的水果和两杯饮料。让我们两个在神殿谷走累的人，很受用。

图 9—153

图 9—154

房间比旅馆的标准双人间大得多，有 1 张大床和 2 张小床。床太多，有大有小，弄得我俩好一阵谦让。

图 9—155 　　　　　　　　　图 9—156

在英国我们也住过好几次民宿，很喜欢，因为早餐特别丰富。这家民宿的早餐厅里，桌上瓶罐盆碟，满满当当。

老先生介绍说，这三种卡萨塔（Cassata，夹心蛋糕）、（图 9—156）各色果酱，果脯等都是他妹妹亲手做的，绝对西西里风味。不大吃甜食的人，也忍不住各种尝尝。出门旅游，怎能错过当地民间美食？更别说是西西里的经典甜点。

特别值得一提的是，鸡蛋来自他家的鸡棚。果然，味道不一样。

晚饭是在阿格里真托东面的法瓦拉（Favara）小镇上吃的。因为那儿与阿格里真托市中心，距离差不多，却可以避免停车难的问题。

那位老先生介绍了镇上的一家做当地人生意的饭店，游客很少。果然，牛肉很好吃，沙拉很入味，披萨的顶料里加了牛油果泥，是这次旅游中最好吃的一次。（图 9—158）

美好的一天！

图 9—157 　　　　　　　　　图 9—158

锡拉库萨：曾经的希腊城邦，"西西里远征"的战场

这天，我们的目的地是锡拉库萨（或译叙拉古，Syracuse or Siracusa）。它位于西西里岛的东海岸。公元前 734 年左右，古希腊贵族阿奇亚斯（Archias）领导的科林斯人在这里定居建城。它是古西西里岛最富裕强大的希腊城邦。当时古希腊本土几百个城邦国，分成两派：以雅典为首的提洛联盟 (Delian League) 和以斯巴达为首的伯罗奔尼撒同盟 (Peloponnesian League)。锡拉库萨可以与两者中任何一个抗衡。

如今，锡拉库萨以其丰富的古希腊遗迹和古罗马文化的叠加而闻名，是西西里环岛游必去地之一。

从诺托开车向东北，到锡拉库萨，约 40 分钟。我们没有进城，先去了城西郊的尼亚波利考古遗址公园。

尼亚波利考古遗址公园 (Parco Archeologico di Neapolis)

锡拉库萨的昔日辉煌，只能在这个公园的遗迹中，通过视觉与想象，看到些许。

进公园后，最先看到石灰岩峭壁上的洞穴（Cave of the Cordari），周围植被郁郁葱葱。你一定以为这是自然的，其实是个废弃的古老采石场，这些洞穴，是人工开凿的结果。

有的洞穴内壁覆盖着苔藓和蕨类植物，潮湿积水，洞深莫测，黑洞洞，阴森森，仿佛是在影射，2500 年前，7000 名雅典西西里远征军俘虏，被囚禁在此的悲惨历史。

图 9—159

话说，在伯罗奔尼撒战争期间，公元前415至413年，雅典贸然对西西里岛发动军事侵略。这场西西里远征（Sicilian Expedition）的主要的战场就在锡拉库萨。三次锡拉库萨大战，使雅典军队以毁灭性失败告终，约7000人被俘。这个采石场成了关押他们的临时监狱。他们的将领被处决，许多人在这里的恶劣条件下度过了8个月后，被卖为奴隶，剩下的雅典人因疾病和饥饿在采石场慢慢死去。

图9—160

有意思的是，据说，其中有些俘虏因熟知古希腊悲剧家欧里庇得斯（Euripides）的作品而获释得救。想象一下这情景，绝对戏剧性！看来，移民西西里的希腊人，对希腊悲剧家的热爱，似乎不比雅典人逊色，似乎从来就有浪漫情怀。在《文学回忆录》中，看到过木心对欧里庇得斯的评说，在希腊的著名三大悲剧家中，只有他不写神，写人间普通人；道德即美，恶行会得恶报，是贯穿他剧作的思想；他被后世称为浪漫主义开山祖，深得当时人的热爱。

希腊历史学家修昔底德（Thucydides）的《伯罗奔尼撒战争史》中有关章节，讲述了这场被认为"是雅典结束的开始"的西西里远征史。

2005年，英国广播公司第三台播出的广播剧《西西里远征—古代雅典战争戏剧与伊

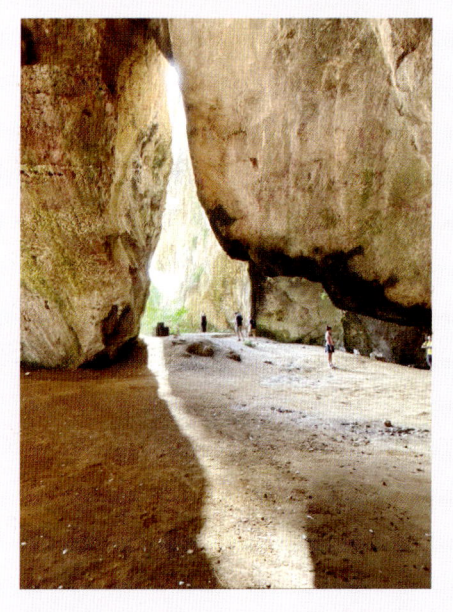

图9—161

315

拉克战争》(The Sicilian Expedition—Ancient Athenian War Drama with Iraq War) 基于修昔底德描述的史实,将伊拉克战争与西西里远征做比较,暗示两者的相似之处。在他看来,西西里远征,是古雅典人的伊拉克战争。说,他的戏剧意在考察"一个国家如何突然、奇怪地、具有巨大戏剧性的自毁"。

图 9—162,这个洞穴很有名,叫狄奥尼修斯之耳(Ear of Dionysius)。20 多米高,蜿蜒的洞壁向上汇聚成一个耳廓形拱门,向悬崖内延伸,横向呈 s 形弯曲,在垂直方向,顶部呈锥形。

据传,"狄奥尼修斯之耳"这个名字,是画家卡拉瓦乔给起的。他于 1608 年,在数学家、古董商和考古学家文森佐·米拉贝带领下,参观了这个石窟,注意到它与耳廓相似。这里"狄奥尼修斯"指的是狄奥尼修斯一世。他统治了锡拉库萨 38 年,可谓一代枭雄(tyrant,或译僭主、暴君)。传说,他将洞穴用作监狱,关押不欣赏他的文人。由于洞穴的耳朵形状的非凡音响效果,即使是很小的声音也能在整个洞穴产生共鸣,这有助于达到窃听囚犯秘密目的,并可放大囚犯在洞穴中遭受酷刑的惨叫声。

"狄奥尼修斯之耳"一词的意涵现在延伸为监视,特别是为了政治利益的监视。

这些洞穴,自古以来就很出名,有许多作品描绘过它们。图 9—163 是《圣保罗在锡拉库萨的洞穴里布道》(San Paolo predica nelle latomie di

图 9—162

图 9—163

这是 19 世纪画家弗朗切斯科·保罗·帕里西(Francesco Paolo Priolo)的作品。猜想,作者一定看到过拉斐尔的《雅典学院》。

Siracusa），是第二天我们在锡拉库萨老城的贝洛莫宫地区画廊里看到的。

从洞穴出来，已近晌午。略过古墓遗址，我们向古希腊剧场遗址走去。

巨大的扇形露天剧场，依山而建，俯瞰锡拉库萨城。（图9—164）它初建于公元前5世纪，公元前3世纪重建，并在罗马时期再次翻新。虽然，2天以后在陶尔米纳看到的那座古希腊剧场，依山面海，更恢宏壮观，漂亮大气。但据说，这里是古希腊天才戏剧家们上演剧作的首选之地。难怪，古代锡拉库萨人，这么热衷戏剧。

与古希腊剧场的东北侧相邻的，是罗马圆形露天剧场（Syracuse Roman Amphitheater），（图9—165）这是西西里岛上罗马帝国早期的建筑，完整保存原来的格局。这个露天剧场尺寸巨大，长约140米，宽约119米。看得出，古罗马人，乃至后来的意大利人，深受古希腊文化的影响。

图9—164　　　　　　　　图9—165

看着这剧场遗迹，遥想当年希腊和罗马的光荣盛世，这里会是何等红火热闹！如今空留斑驳石阶，满目沧桑，像是在提醒人们：任何时代、任何文明、任何人，都只是历史长河中的匆匆过客。用苏轼的话："江山风月，本无常主，闲者便是主人。"活在当下。

离开公园时，远远看见锡拉库萨城里的滴泪圣母教堂(The Shrine of Our Lady of Tears)的倩影，决定先去打卡。

（图9—166）1966年建造的滴泪圣母教堂，是一座罗马天主教堂，教皇约翰·保罗二世曾祝圣过这座教堂。猜想，建筑师的设计，旨在象征人类向上帝的提升，或圣母神圣的泪珠。滚滚红尘中的人们，却笑称，这像一个倒置的冰淇淋蛋筒。感谢这位红裙女子，在我点快门之际，走到最佳位置，不早不晚。

图 9—166

奥尔提伽岛上，老城街景随手拍

除了考古公园和滴泪教堂，锡拉库萨好玩的地方，都在奥尔提伽岛（Ortygi）老城区。我们的酒店，就在奥尔提伽岛的边上。从酒店房间的阳台上，可见两岛之间的连接桥。

早餐厅设在三楼的阳台，住客可边吃边欣赏海景老城风光，好有情调。西西里人特别会在阳台上做文章。

图 9—167

入住酒店后，我们就开始用脚丈量这个老城区。发现，与前两天所到的城镇相比，这里的西西里巴洛克风格更普遍，深入民宅小巷，

图 9—168 　　图 9—169 　　图 9—170

图 9—171

见我正要拍这个巨大的意大利甜品卡诺里（cannoli），店老板自告奋勇来当个模特。

图 9—172

西西里岛上的旅游纪念品，独多这个三腿美杜莎，当地人称为"Trinacria"，是西西里的别称。象征西西里岛的三角形状，三条腿分别指向岛的三个角，代表守护着这座岛屿。

古老而风姿绰约。随手拍的街景，就像一幅幅画。

美杜莎是希腊神话中的悲剧人物。她最初是美貌非凡的女子，却因此失去贞洁，被女神雅典娜诅咒，变成蛇发女妖，且能用眼睛石化男人。最后被英雄珀耳修斯斩头。而她的头颅成了雅典娜盾牌上利器。

西西里人却选择她当作保护神。2000 年，三腿美杜莎成为西西里自治区的区旗，美杜莎的蛇发被金黄色的麦穗取代，以象征西西里的丰饶富庶。但当地纪念品上的图像，仍保留美杜莎的蛇发，看来民间更忠实于希腊神话。

这座被称之为阿雷图萨的喷泉（Arethusa Spring 也译作仙林泉）是奥尔提伽岛上的一个天然淡水喷泉（图 9—173）。许多文学作品中都曾提到过这个喷泉，例如，约翰·弥尔顿的牧歌《丽吉达斯》和威廉·华兹

图 9—173

华斯的长诗《前奏曲》。

现在淡水依然像 2500 多年一样，汩汩涌出，清澈见底，能看到舞动的水草和欢快的鱼。喷泉中央的那丛植物郁郁葱葱，原来是纸莎草！据说，全欧洲，只有此喷泉、锡拉丘兹南面的"Ciane"河，及卡塔尼亚省的"Fiume Freddo"河，才生长纸莎草。

根据希腊神话，这个淡水泉是古代锡拉库萨的守护神，半人半神的女子阿瑞塞莎（Arethusa），逃离阿卡迪亚海底，返回地面的地方。

图 9—174

潘卡利广场上，阿波罗神庙（Temple of Apollo）遗址在夕阳下，像一段金色的时空隧道，穿越 2500 多年，回到古希腊。这座多立克式神庙，是最早由石柱围墙组成的神庙之一。历经古罗马、阿拉伯人、拜占庭、诺曼人、西班牙人先后统治时期的改造，存留下来的，仍是希腊神庙的风采。

四周的居民，如此近距离与辉煌遗址为邻，不知会是怎样的感受？如此珍贵的历史景点，竟被我归在街景里，是不是太奢侈了？

锡拉库萨大教堂（Cathedral of Syracuse）广场

第二天，一路逛街，来到大教堂广场。这里便是电影《西西里的美丽传说》的主要取景地。在电影里，并没有大教堂的镜头，且看电影时，目光全在风情万种的玛莲娜身上。（图 9—175，来自网络）所以，当站在这个广场

图 9—175

上的那一刻，有点怀疑，这是不是电影里的广场。

漂亮挺拔的大教堂（或圣母诞生主教座堂）很显眼，就像是整个广场的灵魂。它那两层科林斯柱式的巴洛克风格立面，非常精致耐看。这立面也是17世纪那场大地震后，西西里重建的产物。

图 9—176

公元7世纪以前，现大教堂的位置上是一座雅典娜神庙，建于公元前5世纪。柏拉图曾提到过这座神庙。公元7世纪时，锡拉库萨圣主教索西莫（Zosimo），以原神庙为基础，建造了这主教座堂。

走进教堂，你会看见，教堂内部建筑装饰，主要是希腊风格与罗马风格的奇妙融合。主中殿保留了2500年前的简单设计：古朴深色石墙和石柱。原神庙的多立克柱子，嵌在现教堂的墙壁中。这与前厅18世纪时增加的巴洛克柱子、彩绘和巨幅壁画的圆顶，形成了鲜明的对照。地板的马赛克装饰，色彩丰富，中间是古代锡拉库萨的徽章。这是在15世纪拜占庭人的手笔。在柱子之间，可见16世纪古典风格的圣徒雕像。

不同时代、不同文化的建筑艺术，在同一建筑的叠加融合，是西西里岛的特色。与巴勒莫的诺曼王宫小教堂的阿拉伯、拜占庭、诺曼风格的融合不同，这里是另一组混搭。

据说，卡拉瓦乔为位于岛外的圣卢西亚小教堂

图 9—177

321

图 9—178

大教堂的斜对面，是贝内文塔诺·德尔·博斯科宫殿，也是典型的西西里巴洛克风格。

图 9—179

大教堂广场的南角，耸立着圣卢西亚教堂（Chiesa di Santa Lucia alla Badia）。

绘制的《圣卢西亚的葬礼》，曾暂时迁到这里。但已迁回。那不勒斯画家德奥达托·吉纳恰（Deodato Guinaccia）的这幅同主题绘画《圣卢西亚殉难》，作于 16 世纪，现在圣卢西亚教堂的祭坛上。（图 9—180）

如今的大教堂广场，是观光客的世界，与《西西里的美丽传说》中玛莲娜走过的那个广场大不一样。但我仿佛看到她的美丽仍在。她有点像希腊神话中

图 9—180

的美杜莎，因美貌而失贞、获罪遭侮辱，但仍不失善良。就像有人在电影评论中说的："她最美丽的时候，是战后，她和残疾的丈夫回到镇上，她去买菜时，那个带头扒她衣服殴打她的女人，向她打招呼，她回答了：'早上好。'"

电影揭示了人性的丑恶和美好，人性的复杂。尤其是在战争瘟疫灾难面前，特别是对待女性，人性总是经不起考验，尽管总会有所反省，但本质上仍循环往复，从古到今。不是吗？

画廊、画室、图书馆

买票参观贝洛莫宫地区画廊（Bellomo Palace Regional Gallery），纯属偶然，只因看到它的门洞很有中世纪的古韵。

果然，此艺术馆所在的贝洛莫宫，可以追溯到12世纪，即霍亨斯陶芬（Hohenstaufen）统治西西里岛的时代。现在的主立面以及地下室和底层，基本上仍保留了那时的外观。而门窗和楼梯，显然是加泰罗尼亚哥特式的，因为15世纪时，这里成了阿拉贡王朝的一部分。

图 9—181

馆内展出的艺术遗产涵盖了多个时代，从拜占庭时代、阿拉伯、诺曼时代到现代。我们只是信步浏览，时间有限。

庭院里收藏有许多建筑物的纹章。（图 9—182）

有不少古老的浮雕。（图 9—183）

图 9—182

图 9—183

从画廊出来，继续溜达。在一条巷子里，循着几幅亮眼的现代人体画广告，我们走进一家画室。画家不在，代理人很客气，说可以随便参观、拍照、买画。很喜欢这些健美的人体画。（图 9—184，图 9—185）但没问价格，因为不会买。

323

图 9—184 　　　　　　　　图 9—185

　　锡拉库萨还是古希腊数学家,有"力学之父"美称的阿基米德的出生地。在街上,常见圆周率 π 的符号。走过蒙特韦尔吉尼画廊,见关于阿基米德展览的广告,就走了进去,但没去参观,只在那里买了冰箱贴。他那句"给我一个支点,我就能撬起整个地球"给了多少人力量!

　　不知怎么会走进阿拉贡历史档案馆和图书馆。图书馆不大,但相当经典,而且向公众开放。到底是千年富裕古城!有人主动问我们,要不要来张合影,那太好了。

图 9—186 　　　　　　　　图 9—187

装饰特别艺术的餐厅

图9—188，不是来自美术馆或画室，而是在一家饭店门口看到的，当时我们正在找饭店，就走了进去。

看来这家饭店十分讲究艺术装饰，柜台像是古董的集积。店堂一角摆着三角钢琴，伴着绘画。

菜单的设计十分素雅别致。一切都好，直到翻开菜单，找不到荤菜。叫来服务生，这才知道这是家素菜馆。我俩脸上，肯定清楚地写着失望，服务生善解人意地笑道，不妨不妨，请便。好在，连水都还没上。我们道了谢和歉，"逃"出这特别艺术的餐厅。

图9—188    图9—189

在不远处，我们找一家装饰不是特别艺术的饭店，吃了牛肉和海鲜。终究是俗人。

图9—190    图9—191

打卡马尼亚克斯城堡(Castello Maniace)

走到马尼亚克斯城堡,就意味着我们已到达奥而提伽岛海角的最远点。

城堡的名字来自拜占庭名将乔治·马尼亚克。1038年,他领军从阿拉伯人手中夺取锡拉库萨后,在此修建了第一座堡垒。现在这座城堡由皇帝腓特烈二世于1232至1240年间重建。

如今,这座城堡是锡拉库萨的一个旅游景点。可惜我们到达时,因临时原因,大门已关一半,只出不进了。只能在门口和海边拍照。

两天的锡拉库萨游,大长见识,有趣难忘。

图 9—192

图 9—193

陶尔米纳：西西里最美小镇

"如果有人问，只能在西西里待一天，该去哪里？我会毫不犹豫地回答：陶尔米纳。"此话来自法国作家莫泊桑的旅行回忆录。他于1885年春天去了西西里。这也正是我的回答，如果问我。环岛游一路所到的小城镇，一个比一个美，到了陶尔米纳（Taormina），像是达到了美的高峰。

陶尔米纳是西西里东海岸的一个小城，位于墨西拿和卡塔尼亚之间，坐落在一面朝爱奥尼亚海的山坡上。依山临海，景色可与阿马尔菲海岸的著名小镇媲美，却比它们多了古希腊的风情，还得天独厚，衬着欧洲最高的埃特纳火山远景。

在古希腊剧场（Teatro Antico di Taormina）看日落

小山城里，最出彩的，莫过于这古老的安蒂科露天剧场（Teatro Antico），古希腊人的大手笔。公元前5世纪左右起，这里是古希腊人的殖民地。约200年后，这里又归了罗马帝国。在罗马人手里，此剧场在原有的基础上重建。如今，它自然是联合国教科文组织划定的世界文化遗产之一，并仍在使用。夏天来的话，可以到这里看场演出。

图 9—194

这个剧场，虽然不是西西里岛上最大的（仅次于锡拉库萨的那个），但绝对是最美的。它坐落在山海之间，一边是蔚蓝的海水，一边是起伏跌宕的山岭，大气磅礴，而又优雅玲珑。

最绝的是，舞台的大背景正是变幻莫测的埃特纳火山。山头时而白烟袅袅，摇曳多姿；时而云烟涌动，蠢蠢欲喷；有一天也会火光冲天，岩灰飞射，震耳欲聋。恰似人类文明之大戏。有这样的背景，什么样的戏不精彩？

有名人说："在埃及，我们见到的是一座坟墓；在希腊，我们见到的是一个剧场。"话虽夸张了点，但极传神。在西西里岛，你能感觉到，古希腊人果然热衷享乐，喜爱戏剧，也懂得审美，精于创造。这座剧场，堪称希腊文明的经典诠释。也堪称古罗马人乐于传承古希腊文明的典范。

走进这剧场，有种被大美震晕的感觉，不知先朝哪儿走。于是我

图 9—195

图 9—196

图 9—197

图 9—198

俩决定各自为政，跟着自己的感觉走，找自己喜欢的角度去看去照相。走够了，就在观众席上坐下等。

终于走累了，两人静静坐在那里，不想离开。见许多人也坐在那里，像在等待什么。当太阳缓缓西下，夕阳给剧场镀上金色时，突然明白了，人们是在等那只"夕阳之手"，给古人与大自然的合力创作，更添辉煌灿烂。

太阳下山这一刻，剧场变得绚丽、娴静。这一刻很短暂，但我们看见了。美总是短暂的。但感受到了，就会在你的心里打上印记。

观景台（Belvedere di Via Pirandello）：心形海滩、贝拉岛

这个观景台也是一个造就陶尔米纳"高颜值"的主要因素。从这里，可以远眺爱奥尼亚海景和埃特纳火山，也可以欣赏独特的心形的沙滩和贝拉岛（Isola Bella，也有叫"美丽岛"）。（图9—199）17世纪，查理三世在岛上兴建别墅，并以他夫人伊莎贝拉命名之。

从观景台看火山背景下的小城。这一刻的火山是那么文静。（图9—200）

沿台阶从观景台逐级下来，从不同高度看到的景色，精彩纷呈。

图9—199

图9—200

图9—201

市政别墅 （Villa Comunale di Taormina）

从观景台下来，顺路去了市政别墅。这里最初是弗洛伦斯·特里威廉（Florence Trevelyan）夫人的寓所。她是一位苏格兰贵妇，因与英格兰王位继承人爱德华七世的微妙关系，而去国离乡。1884 年她抵达陶尔米纳，嫁给了本市市长萨尔瓦托雷·卡乔拉（Salvatore Cacciola）。

别墅花园从 1922 年开始成为此市的财产，后渐渐演变成一个纪念公园。纪念第一次世界大战，及其他战争阵亡的将士。

别墅是一个真正的绿肺，到处都是地中海沿岸地区的植物。公园内的亭子建于 19 世纪晚期。折衷风格，来自东方的灵感，是最具吸引力的元素。

公园建在悬崖的边缘，也是远眺海景和山景好位置。

图 9—202

四月九日广场 （Piazza IX Aprile）

海边的四月九日广场，是小镇的中心。广场由黑白地砖铺就，令人惊叹，从没见过如此精致的大广场。周边围着中世纪的钟楼、历史悠久的咖啡馆、圣奥古斯丁教堂和圣约瑟夫教堂。（图 9—203）

广场中央有一座巨大的书本雕塑，书页上画有一对蝴蝶翅膀。猜想是寓意知识给人插上理想的翅膀。

夜晚的广场，比白天的更有艺术韵味，像是个露天画廊。

图 9—203

图 9—204

翁贝托一世大街，小城迷人街景

科索翁贝托一世街（Corso Umberto I）是小城的主街，全长不到1000来米，宽约 10 来米。但这里充满厚重的历史感。一台阶一转角，无不艺术而美好。

在大教堂边的喷泉广场驻足。巴洛克风格的喷泉，建于 1635 年。它也被称

翁贝托大道南起卡塔尼亚门（Porta Catania）。此城门建于 1440 年，阿拉贡王朝时。

图 9—205

331

图 9—206

图 9—207

岁月的痕迹,被红花绿叶掩盖。时尚品牌藏在古老的巷子里。

拾级而上的小巷,常常是小小露天画廊,或工艺品展廊。

图 9—208

图 9—209

小城流行用人脸装饰花盆。(图 9—208、图 9—209)

为"四喷泉"。因中央喷池的四角,各有个小圆柱支撑的小石盆,"海马"居于其上,但没有水从它们的嘴里流出。也许年头太久了。(图 9—210)

中央喷池上方,有个半人半马的雕塑,头戴皇冠的半人,左手持象征世界的地球,右手持权杖,

图 9—210

这是陶尔米纳的象征。

我们从北端的墨西拿门（Porta Messina），走出这条艺术商业街。

回身看这墨西拿门，像现代建筑中的古董。在古代，陶尔米纳有三道防御墙，这些墙的遗迹至今尚存，墨西拿门，就是其中之一。（图9—211）

城里居民与阳台下的古希腊小剧场遗址为邻。这个小城，处处可见自然风景与历史人文景观的和谐融合。（图9—212）

晚上，我们又去翁贝托一世大街，在那找家餐厅吃饭。

用歌德的话结束本篇游记："这真是一片小天堂啊！" 不过，这小天堂里，开车停车，都不容易。

图9—211

图9—212

图9—213

重游罗马，感触前世今生（上）：喷泉文化

2006 年，我们姐妹两家六人到意大利北部旅游，从米兰到威尼斯、比萨、佛罗伦萨，罗马是终点。这次南意大利行，从那不勒斯到西西里岛，逆时针环岛游后，再回到巴勒莫飞罗马，罗马又是终点。

时隔 17 年，从西西里过来，重游上次"打卡"过的罗马景点，感觉眼光大不一样了，像是感触到了这个"永恒之城"的前世今生，看到了意大利，乃至整个欧洲的古希腊渊源，及古罗马的全盘辉煌传承；看到了不同文化的印记，异彩纷呈；看到了"教皇国"的昔日遗风；看到了意大利文艺复兴对古希腊古罗马的不朽回归……难怪，歌德的那句名言广为流传："如果不去西西里，就好像没有去过意大利，西西里是意大利的美丽之源。"（To have seen Italy without having seen Sicily is not to have seen Italy at all, for Sicily is the clue to everything.）

特雷维喷泉（Fontana di Trevi）：罗马喷泉文化的标志

3 天的重游，深感罗马堪称"喷泉之都"。这里不仅有世界著名喷泉，走在街上，也常常遇见大大小小、风格各异的喷泉，据说，达 3000 多个。

罗马的喷泉文化，可溯源于 2500 年前古希腊人开渠引泉水的文明行为。我们在西西里的锡拉库萨老城区，看到的阿雷图萨喷泉，就是那个时期的一个天然淡水喷泉。古罗马人学习继承了这一文明，大规模修建水渠，从河流和湖泊引水到古罗马城，为城市提供饮用水和日常用水，喷泉是罗马人收集淡水的主要手段。

在几百年间，古罗马的贵族们形成讲究的沐浴文化，不惜斥巨资开凿地下水道，设立庞大的沐浴场。后来，罗马帝国衰亡，哥特人与日耳曼人先后入侵，罗马城水道遭破坏。再后来，14 至 17 世纪，文艺复兴运动蓬勃发展时，罗马人在原有的地下水道基础上，热衷于兴建

城市喷泉。教皇,作为当时罗马的主要权威,往往会雇佣艺术家用精美的雕塑装饰这些喷泉,展示了他对罗马人的慷慨和承诺。类似"政绩工程"。今天,这些喷泉成了罗马旅游资源。

在去特雷维喷泉打卡的路上,不经意于两条街的交汇的四个街口,看到这"四喷泉"(Quattro Fontane)。这是一组文艺复兴晚期风格的雕塑喷泉,由教皇西斯都五世委托建造,约建于1588年至1593年之间。喷泉都已名存实亡,但雕刻依然隽美。(图9—215)

图9—214

罗马街头,雕塑随处可见。黑色大理石的宪兵200周年庆典纪念碑,令人肃穆。奎里纳莱(Quirinal)坡上的圣安德鲁教堂(Sant'Andrea al Quirinale),立面小巧大气,像一座希腊罗马建筑风格的模型。

图9—215

图9—216

335

经过奎里纳莱广场，顺手拍下逆光中的狄俄斯库里（Dioscuri）喷泉。（图9—217）

狄俄斯库里喷泉的对面是奎里纳莱宫，那是意大利共和国总统的官邸。与狄俄斯库里喷泉相邻的，是意大利宪法法院（Constitutional Court of Italy）。

没想到，特雷维喷泉前人头攒动，熙熙攘攘，盛况如教皇接见。不过，想想，这特别正常，疫情3年，人们在家窝够了，如今能出游了，谁不想一睹这罗马最大巴洛克喷泉的风采？年轻人谁不想到这喷泉许个愿？巨星格利高里·派克和奥黛丽·赫本的联袂主演的《罗马假日》，使它成了最浪漫时髦的世界名喷泉。

图9—217

这座喷泉建于18世纪。意大利建筑师尼古拉·萨尔维为它工作多年，最终，由朱塞佩·潘尼尼，在教皇尼古拉斯五世时完成。

喷泉位于3条街道的交集处，是古罗马人将贞女泉引进罗马城水道的终点。据说，公元前19年，一位处女帮助古罗马技术人员找到了城外的纯净水源，故称贞女泉。

喷泉背景立面的4组雕塑之一，呈现了这个故事。这贞女泉的水送进了城里的阿格里帕浴场，为罗马服务了400多年。喷泉雕塑的主体，是希腊神话中的海神波塞冬，像是驾驭着马车。

图9—218

图9—219

我们不想挤进拥挤不堪的人堆，就只找个高处远远观看。然后，向纳沃纳广场走去。

纳沃纳广场（Piazza Navona）：四河喷泉、摩尔人喷泉及周边教堂

在去纳沃纳广场的路上，快到时，看到圣路易教堂（San Luigi dei Francesi），就顺便走进去。我们在那不勒斯和西西里，常常信步走进偶遇的教堂。这一比较，明显感觉，罗马教堂的富丽堂皇程度，普遍提升了不止一个档次。

这是一座法国在罗马的天主教教堂，建于 16 世纪。据说，美第奇家族进行了捐赠，为建此教堂做出了贡献。

此教堂拥有 17 世纪卡拉瓦乔的名作《圣马修的灵感》（The Inspiration of Saint Matthew）（图 9—221）。在那不勒斯，卡拉瓦乔的名画《七善事》，为仁慈山小教堂吸引了多少游客！而这个教堂是

图 9—220　　　　　　图 9—221

图 9—222　　　　　　　　　图 9—223

免费的，我们进去前，也并不知道里面有名画坐镇。罗马就是罗马！

图 9—222 就是游客必打卡的纳沃纳广场。

（图 9—223）四河喷泉（Fontana dei Quattro Fiumi）是纳沃纳广场的灵魂建筑。它由吉安·洛伦佐·贝尼尼（Gian Lorenzo Bernini）于 1651 年为教皇英诺森十世设计。我想，这是罗马喷泉文化最杰出的代表。

在 17 世纪的巴洛克艺术时代，教皇英诺森十世，这位精明的政治家，也想在这座城市留下自己及其所在的潘菲利家族的印记，要在他家的潘菲利宫前，造一个宏伟的喷泉。为此，他举办了一场公开艺术设计竞标赛，还引出一个为人称道的故事。

当时，雕塑家兼建筑师吉安·洛伦佐·贝尼尼，在竞标赛中，显然处于不利地位。因为他与前教皇普·乌尔班八世密切合作，而前教皇是潘菲利家族的政敌。然而，贝尼尼的设计实在太优秀，英诺森十世教皇一见，就为之折服，立即选中了它，说，他别无选择，"不雇用贝尼尼的唯一方法是永远不要看到他的设计"。

于是，罗马有了四河喷泉。这是贝尼尼最大、最著名的作品。教皇英诺森十世故世时，贝尼尼已经成为罗马艺术的领袖人物。他的名字与罗马的"今生"密切相连，你会一再看到他的杰作。贝尼尼于 1680 年在罗马去世。我们在圣玛丽亚·马焦雷大教堂，看到了他的墓碑。

四河喷泉是一组形象生动、耐人寻味的群雕，蕴含丰富的寓言性。

喷泉池水中，隆起石灰岩石假山，四位河神面向四方，中间耸立着一座埃及方尖碑，顶端有一只衔橄榄枝的鸽子，这是潘菲利家族的标志。（图9—225）整组雕塑象征着教皇权威传播至四大洲：尼罗河代表非洲，多瑙河代表欧洲，恒河代表亚洲，拉普拉塔河代表美洲。

仔细看雕塑，你能看出复杂的设计，充满了符号学的隐喻，看到有趣的信息：由于恒河著名的通航能力，它的河神携带着桨。（图9—224左边）而尼罗河神的脸，被一块布盖着，看不见。想是因为那时，地理学家对那片水域知之甚少。（图9—224右边）作为欧洲和罗马的代表，多瑙河神的头后上方，是教皇英诺森十世的个人徽章。（图9—225下）

图9—225

图9—224

四河喷泉前，潘菲利宫边上，是一座17世纪巴洛克教堂——阿贡的圣阿格内塞教堂（Sant'Agnese in Agone），面向纳沃纳广场，也是由英诺森教皇赞助。（图9—226）

教堂内部装饰华贵，令人瞠目。马赛克的地面，图案大气非凡。

据说这里是早期基督教圣阿格内塞殉难的地点。圣阿格内塞的头骨，是这教堂的圣物。

摩尔人喷泉位于纳沃纳广场的南端。最初，16世纪，此

图9—226

339

图 9—227

主祭坛上装饰的不是绘画，而是浅浮雕《圣约翰及其圣家族》。多梅尼科·圭迪 17 世纪的作品。

图 9—228

摩尔人喷泉（Fontana del Moro）的雕塑主角是一个摩尔人（也许最初是海王星），正与巨大的章鱼搏斗，周围环绕着希腊神话中的小海神（Tritons）。（图 9—228、图 9—229）

喷泉只有巨大章鱼和 4 个小海神。17 世纪，增加了由贝尼尼设计的摩尔人雕像。19 世纪，在修复喷泉期间，原始雕像都被转移到博尔盖塞博物馆，取而代之的是路易吉·阿米奇的复制品。

在纳沃纳广场西面，我们走进圣母马利亚教堂（Santa Maria dell'Anima）。在 15 世纪，它是整个神圣罗马帝国的国家教会。后来，哈布斯堡皇帝是它的保护者。

教堂内装饰增加了现代的玻璃图像设计。古老教堂与现代艺术的结合，曼妙！（图 9—230）一个小乐团正在教堂里彩排。这歌声，这环境，令人久久不肯离去。（图 9—231）

图 9—229

图 9—230

图 9—231

西班牙广场：西班牙台阶、天主圣三教堂、船之泉

那天，我们从山坡上的博尔盖塞美术馆（Borghese Gallery and Museum）出来，顺坡走到西班牙台阶的最高处——天主教圣三教堂。

图 9—232

离广场不远，布拉曼特（Bramante）修道院的紫色夜景令人驻足。

图 9—233

二楼回廊正举办古典艺术轮回展览，我们没上去。在罗马要看的东西太多。

教堂广场上耸立着一个方尖碑。据说，是教皇于 16 世纪末期放置于此。我想，这必是埃及来的文物。（图 9—234）

从教堂台阶，先俯瞰罗马城，饱览永恒之城的恢宏。

再沿着台阶向下走，直到台阶脚下的船之泉（Fontana della Barcaccia）。这个巴洛克式的喷泉，也是吉安·洛伦佐·贝尼尼的作品，但是在其父原来的基础上，于 1627 年完成。16 世纪末，教皇乌尔巴诺八世在台伯河洪水后，下令建造这个喷泉。（图 9—235）

图 9—234

喷泉被雕塑成一艘半沉的船，水从侧面溢出到池子。水源来自罗马高架水渠（Acqua Vergine），即公元前 19 年的渡槽。由于渡

图 9—235

图 9—236

槽的水压低,贝尼尼的"半沉船"略低于街道水平。水从喷泉的 7 个孔流出。

童话般的船之泉,为广场增添了欢快感。特别喜欢从船之泉望向三一教堂的风景。(图 9—236)"半沉船"右侧那栋淡黄与橘黄色相拼的建筑,曾经是诗人济慈和雪莱的住所。现在这栋公寓变成纪念他们的博物馆。

西班牙广场东南面,圣母贞洁胎柱(Column of the Immaculate Conception)耸立在高档商品街的小广场上。

我们在西班牙广场闲逛一圈,找了家饭店吃饭。在旅游中,吃饭特别香,每顿饭都是享受。"罗马不是一天建成的",罗马也不是一天能看完的,请看下篇。

图 9—237

图 9—238

重游罗马,感触前世今生(中):辉煌的废墟

古罗马广场、竞技场、帕拉蒂尼山丘 —— 废墟叠废墟,既辉煌,又残酷

这天一早,我们就出发了。事先网上买了上午十一点三刻的半日游联票,包括竞技场(Colosseum)、古罗马广场(Roman Forum)、帕拉蒂尼山(Palaine Hill)。票价每人 25 美元。

路上,走过维克多·伊曼纽尔二世纪念碑(Victor Emmanuel II Monument)。

图 9—239

拍照时,正好一摩托车队驶过,一缕侧光透过云层,使逆光中的罗马标志性广场,顿生灵动。好一幅罗马晨图!

感受古罗马广场废墟的沧桑之美

古罗马城建在 7 座山丘上。帕拉蒂尼山居中,被称为"罗马帝国的第一个核心"。竞技场就在帕拉蒂尼山丘边。古罗马广场,位于帕拉蒂尼山和卡比托利欧山之间的谷地。这里原是一片沼泽地,公元前 7 世纪末,开始形成为公共生活中心,持续 1000 多年。期间,各个王朝的皇帝不断为自己盖建丰碑建筑。这 3 处考古遗址相连,构成一座巨大露天博物馆。

看到过不少文明遗址,到这里,叹为观止!用英国作家乔治·艾略特(George Eliot)的话,这"是一座看得见历史的城市,半个地球的

过去，在葬礼队伍中移动，带着从遥远的地方得来的异族祖先的塑像和战利品"。众多凯旋门、罗马柱、神庙、元老院遗迹，满山的断壁残垣，就像是古罗马从共和国到帝国，从兴盛到衰亡的历史地图，也像是一部光耀百世的古罗马悲剧。你仿佛能看到恺撒、奥古斯都、图拉真等皇帝征战凯旋的荣光时刻；也像能看到那个时代的哲学家、演说大师、法律的护卫者，西塞罗在元老院激情演讲，看到他的头颅最后被钉挂在古罗马广场的讲坛上示众，因为他看到了胜利光环下的独裁腐败危机；也感悟到他留下的著作的可贵……顺便分享一下，茨威格的传记文学《人类的群星闪耀时》很好看，其中《西塞罗》对理解古罗马历史蛮有帮助，当然只是"短平快"的那种。真正要深入了解罗马历史，得看多卷本的爱德华·吉本的《罗马帝国衰亡史》。

图 9—240

从威尼斯广场通往罗马竞技场的帝国大道（Via dei Fori Imperiali）上，两边都是古罗马广场废墟。

（图 9—240）这片废墟中，唯一保存完好的山墙红砖建筑，据说是古罗马共和国时期的元老院（Curia Julia），由恺撒（Julius Caesar）建造，取代了公元前 52 年被烧毁的原元老院（Curia Hostilia）。这是参议院的重要聚会场所，包括一个参议院会议的大厅，以及一个较小的秘密聚会厅。

"公元前 44 年 3 月 15 日，55 岁的恺撒在元老院会堂被共和派的元老们当场刺死，围攻者 60 余众，恺撒身中 23 刀。"[①] 曾一闪念，这不会是发生在这个元老院中吧？但马上就否定了，因为据介绍，恺

---

① 摘自茨威格的《人类的群星闪耀时》中《西塞罗》篇。

撒没能用上这元老院。前两天在文学城的博客中看到，恺撒被刺的遗址是在庞培剧场前面的庞培会堂 (Curia of Pompey)。[①]

公元前 29 年，恺撒的继承者奥古斯都皇帝，成了这元老院的主人。奥古斯都皇帝选择了胜利女神作为参议院的守护神。一个带有女神雕像的祭坛，竖立在大厅的中心。这座元老院能保存修缮至今，得益于在公元 630 年，教皇霍诺留斯一世将其改为圣哈德良教堂。

图 9—241

图拉真市场（Mercati di Traiano）废墟。

图 9—242

建于公元 71 年的和平圣殿（Tempio della Pace）废墟，离竞技场不远。

一个街头艺人，正在演奏《山鹰之歌》。满目古罗马的断柱残垣，配上南美音乐，让人感受沧桑的废墟之美。

[①] 见"跟在罗马和最近要去罗马的朋友分享一个被我撞上的景点—罗马共和国后期恺撒被刺杀的地点遗址"。https://bbs.wenxuecity.com/rome/682676.html

瞻仰古代奴隶英雄的舞台

罗马竞技场（或斗兽场），原名"弗拉维亚露天剧场"，是古罗马文明最主要的象征。从外观上看，竞技场呈正圆形，恢弘而不失优雅。

这个庞然大物，即代表了古罗马人对古希腊文明的发扬光大，也反映出在传承中，由民族特性决定的"剑走偏锋"。哈哈，发现自己也"言必称希腊"起来。开放的露天剧场，是古希腊城邦的三大主要建筑之一（另二：神庙和运动场）。古希腊人喜欢文艺，爱看戏剧，民众在戏剧中，尤其是在悲剧中，看自主意志与命运的搏斗。罗马人也模仿希腊建剧场，但是他们更崇尚勇武，爱看角斗士斗兽，看生与死面对面血腥厮杀。公元 72 年，新皇帝维斯帕先（Vespasian），结束了尼禄暴君死后的战乱纷争，为了让人民拥戴自己，迎合他们的喜好，决定修建这座巨型竞技场作为公共娱乐设施。

同时，竞技场是角斗士们的舞台。他们都是被逼沦为奴隶的人，包括被捕的早期基督徒，地位卑贱。但是在斗兽场内，他们是台上的主角和英雄。英俊勇敢的角斗士，往往能获得全场观众的注目和欢呼。一定程度上，他们这种为自由、信仰，而不惧死亡的精神的传播，也是这座建筑的意义。从电影《角斗士》《庞贝末日》等电影中，你都能看到这种英雄与观众互动的场面。

图 9—243

罗马帝国在 5 世纪开始衰落，竞技场渐渐陷入了荒废状态。部分建筑因雷暴和地震等自然灾害倒塌；文艺复兴时期，罗马大兴土木，竞技场的许多石块被挖走，用作他用。但它仍屹立不倒，巍巍然快 2000 年了。以致有人说这样的狠话："罗马与竞技场同在；竞技场若倒，罗马也倒；而罗马若塌，世界也一样。"（Rome will exist as long as the Coliseum does; when the Coliseum falls, so will Rome; when Rome falls, so will the world.）

走进竞技场，感受到建筑物的细节缜密，虽千疮百孔，仍不同凡响。走到上层俯瞰，它的内部是椭圆形的。看台三层是用混凝土制成的，呈阶梯形的有顶拱廊，每层 80 个拱门，形成三圈不同高度的环形走廊，最上层是 50 米高的实墙。整个竞技场最多可容纳 8 万人，乖乖！古代人一定视力超好，否则看不清台上的表演。

漫步辉煌的遗址，感悟人生

罗马竞技场与帕拉蒂尼山之间，耸立着君士坦丁凯旋门（Arco di Costantino），横跨凯旋大道（Via Triumphalis）。它建于公元 315 年，为了纪念君士坦丁一世在米尔维安大桥战役中大获全胜而建。战役发生在公元 312 年，是罗马内战中，君士坦丁一世和马克森提乌斯在此一役中对决。

这座三拱门的凯旋门保存完好，挺拔俊美。我们穿过雕刻精美的拱门，沿着当时罗马皇帝凯旋而归时的路线，向帕拉蒂尼山走去。（图 9—244）

图 9—244

图 9—245

347

途中经过提图斯凯旋门（Arco di Tito）。它建于公元 1 世纪，位于罗马广场的东南部。多米蒂安皇帝为纪念和宣扬他的哥哥提图斯和他们的父亲维斯帕西安战胜犹太叛乱而建。（图 9—245）

凯旋门不是从希腊学来的，是古罗马的首创。古罗马时期共有 21 座凯旋门，现罗马城内仅存 3 座。这是其中的 2 座。后来，欧洲各国纷纷仿建凯旋门。巴黎拿破仑下令建的那座，全欧洲最高。

废墟中的维纳斯和罗马神庙（Temple of Venus and Roma），被认为是古罗马最大的寺庙，由哈德良皇帝建造。（图 9—246）

登上帕拉蒂尼山丘，发现，这里是俯瞰古罗马广场的绝佳位置。山下的遗址尽收眼底。

向西北端看，塞维鲁凯旋门（Arch of Septimius Severus）（图 9—247 中心处）十分清晰。此凯旋门建于公元 203 年，以庆祝塞维鲁皇帝和他的两个儿子两次战胜安息。

更早更有名气的奥古斯都凯旋门（Arco di Augusto）则找不到踪影。

图 9—247，最前的三根石柱，是双子星神庙（Temple of Castor and Pollux）的遗迹。最初建于公元前 484 年，后来因为大火多次重建，在罗马共和制时代是元老院所在地。塞维鲁凯旋门右边，圆顶的建筑是经过多次重建的协和女神庙（Temple of Concord），偶尔也被用作元老院会堂。

图 9—246

图 9—247

图 9—248

废墟中最大的三拱建筑遗址，是马克森提乌斯和君士坦丁大教堂（Basilica di Massenzio）。公元 6 世纪时，这座建筑被称为"罗马神殿"。

图 9—249

远处，罗马广场边缘，圣弗朗西斯卡·罗马纳教堂及其 12 世纪罗曼式风格的钟楼，异域风情万种。

如今的拉蒂尼山丘，也是一个露天博物馆，收藏了许多来自本地和其他古代意大利遗址的文物。看罢山下的废墟，我们在这断壁残垣中走走看看。

遥想公元前 753 年，罗慕路斯（Romulus）杀死了他的兄弟瑞摩斯（Remus），在这里建立了罗马。约 200 年后，罗马最富

图 9—250

裕的公民在这里定居。恺撒的宅邸，不知是何处断壁残垣……此时此刻，特别能想明白，历史就是个过程，"从旧的废墟出发，走向新的废墟"。既辉煌灿烂，又残酷无情；也特能感悟：人生是个短暂的过程，没有永恒成功的终点，一切都会过去，辉煌会过去，苦难也会过去，重要的是，在过程中的每个阶段，好好活着。

下山，来到图拉真广场。圣母玛利亚教堂和图拉真圆柱（La Colonna Traiana）赫然在目。（图 9—251）

图拉真圆柱是罗马三大凯旋柱之一，大马士革建筑家阿波罗多洛

图 9—251 　　　　　　　　　图 9—252

斯的作品，建于公元 113 年，用以庆祝图拉真皇帝在达契亚（今罗马尼亚）所取得的胜利。它也是罗马保存最完好的凯旋柱。柱体上的雕刻，像一本古老的水泥书，讲述了战争和胜利的故事。

像大多数游客一样，我也在帝国大道上留了个影。

圣玛丽亚·马焦雷大教堂 ——有贝尼尼墓碑的圣母教堂

看了大半天废墟，感到有点沉闷。好在，罗马辉煌废墟边，有的是辉煌建筑！我们于是向圣玛丽亚·马焦雷大教堂（Basilica Papale di Santa Maria Maggiore）走去。路上，回头又看到图拉真圆柱。（图 9—254）

转角遇见"马路天使"。（图 9—253）

图 9—253 　　　　　　　　　图 9—254

图 9—255

圣玛丽亚·马焦雷大教堂是罗马 80 座圣母教堂中最大的一座。

图 9—256

圣玛丽亚·马焦雷广场上,同名大教堂前,耸立着同名圆柱,柱脚下是同名的喷泉。

教堂内部的装饰,以金色为主调,奢华精美,无以复加,尽在意料之中。(图 9—257)

意料之外的是,伟大艺术家吉安·洛伦佐·贝尼尼(Gian Lorenzo Bernini)的墓碑,很难找。我们一阵好找,才在主祭坛侧面的地上找到。(图 9—258)想起在伦敦西敏寺里的诗人角,英国著名文化名人的墓碑雕像,济济一堂。很了不起。

图 9—257

图 9—258

351

圣玛丽亚大教堂后殿，面对埃斯奎利诺广场。广场上竖立着同名方尖碑，这是罗马十三座古埃及方尖碑之一。若走累了，在那个广场坐坐，一定十分有味道。

图 9—259

建筑奇迹万神殿（Patheon）

万神殿原是古罗马神庙，奥古斯都时期（公元前 27—14 年）建造。公元 126 年，由哈德良皇帝重建。自公元 609 年以来，这里成了天主教堂。到罗马的第一天傍晚，我们就去那儿，无奈，被告知里面人已满。（图 9—260）

第二天上午，排队不长，顺利进去。万神殿是希腊和罗马建筑风格的组合。希腊式山形墙下，是大型花岗岩科林斯柱子组成的门廊。矩形前厅将门廊与圆形大厅连接起来。（图 9—261）

图 9—260

图 9—261

圆形大厅之上，是方格混凝土半球顶，中央开口，通向天空。当时，阳光斜射在顶上。在建成近两千年后，万神殿的穹顶仍然是世界上最大的无钢筋混凝土圆顶。实属建筑奇迹！（图9—263）

万神殿内部装饰比较庄重朴实。

图9—262　　图9—263

我们不止一次走过万神殿。夜晚的万神殿，更漂亮。门前的方尖碑，也是来自埃及的文物之一。

那天，罗马的夜市热闹非凡。

图9—264 　　　　　　　　图9—265

353

重游罗马,感触前世今生(下):无穷的艺术魅力

车游梵蒂冈城

在罗马的第三天,也是这次南意行的最后一天,我们去了梵蒂冈城邦国(Vadincan city—state)。事先在网上订了免排队的联票,包括 45 分钟车游梵蒂冈城和梵蒂冈博物馆门票。吸取了上次来,排队花去半天的教训。

梵蒂冈是全球领土最小、人口最少的国家,却因天主教信徒遍布全球,在国际事务中,拥有重要的影响力。关于这,有一个名人故事:"二战"时,丘吉尔访问莫斯科,与斯大林会谈。在谈到波兰时,丘吉尔表示要顾及"教皇的立场",因为波兰是天主教国家。斯大林不耐烦地打断丘吉尔,说了那句流传至今的俄式名言:"罗马教皇,他能有几个师?"

梵蒂冈的特殊地位,使其一直有种神秘感。短短的车游,司机开着车,大家各自听耳机里的解说,领略了梵蒂冈城墙内的风貌。总的感觉,如果除去城墙,有点天国的样子。

图 9—266   图 9—267

重访梵蒂冈博物馆

我想,没人会放弃再去梵蒂冈博物馆的机会。那里展出的,都是教皇宫廷收藏的稀世文物和艺术珍品,堪与巴黎卢浮宫相和伦敦大英博物馆媲美。其中著名的西斯廷教堂是欧洲顶尖的艺术殿堂。

17年前的参观,我感觉震撼,却印象模糊,只记得有着美丽雕刻穹顶的地图长廊和挂毯大厅。有点像是吃了一顿极品名宴,却不知吃了什么。这次再赴艺术的盛宴,印象就深得多了。挑些认识的、喜欢的名作在此分享。

图 9—268

著名的大厅、马赛克艺术

著名的圆形大厅(Sala Rotonda)里,人不少。这个建于18世纪晚期的建筑,顶着半球形圆拱顶,像万神殿的迷你版。大厅围着一圈巨大的古代雕像,"巨人"们站在各自的红色浅壁龛里;最惊艳的是地板上公元3世纪的马赛克,描绘古罗马神话故事;中央是一個古罗马人无比看重的帝国红斑石澡盆。(图 9—269)

图 9—269

梵蒂冈的皮奥·克莱门汀展厅地上,是来自君士坦丁堡的原始拜占庭马赛克(Original Byzantine mosaic at the Pio Clementine Museum in the Vatican)。(图 9—270)

图 9—270

355

图 9—271，战车大厅，由建筑师朱塞佩·坎波雷塞设计。雕像和石棺描绘了体育比赛和马戏团比赛的场景。

大理石雕塑

《拉奥孔和他的儿子》（Laocoön and His Sons）可谓梵蒂冈博物馆的镇馆之宝之一。这座雕塑被认为是公元前 30 年的作品，于 1506 年在罗马的埃斯奎林山上被发掘。让米开朗基罗、拉斐尔等艺术大师们为之着迷。

图 9—271

拉奥孔是希腊、罗马神话和史诗中的悲剧人物。他是特洛伊的神职人员，因看穿了特洛伊木马的诡计，招来厄运，他和他的两个年幼的儿子被众神派来的巨蛇杀死。他的故事悲剧寓意深刻，是后来许多文艺作品的主题。

图 9—272

《尼罗河之神》据说是公元 1 世纪古雕塑。

图 9—273

图 9—274 　　　　　　图 9—275 　　　　　　图 9—276

图 9—274，《躯干》（*Belvedere*）是一座 1.59 米的男性裸体碎片大理石雕像，被认为是公元前 1 世纪旧雕像的复制品。从 1430 年代起就已知在罗马，但在古代文献中没有被提及。

图 9—275，罗丹的《思想者》。

图 9—276，大理石雕塑《美惠三女神》（*The Graces*）是古希腊罗马无名作者雕像。背景文字是莎士比亚的名台词："和你在一起，哦，美惠三女神，一切都是可爱的，对凡人来说一切都是令人愉快的。如果人是智慧的，如果他是美丽的，如果他是光荣的。"(With you, O Graces, everything is lovable, everything is delightful to mortals. If man is wise, if he is beautiful, if he is glorious.)

看不过来的壁画

拉斐尔壁画室（Stanze di Raffaello）是梵蒂冈博物馆最热门部分之一。这里原是梵蒂冈宫内的一组公共房间。1508 年，意大利文艺复兴时期的艺术大师拉斐尔，受雇为这四间房间作壁画。从此，有了这世界著名的拉斐尔壁画室。这天，这里的拥挤程度，堪比 20 世纪 80 年代上海的公共汽车。在拥挤的人群中欣赏名画，不知拉斐尔如果在天有灵，会作何反应？

图 9—277　　　　　　　　　图 9—278

　　我最喜欢其中的《雅典学院》和《圣典辩论》（图 9—277、图 9—278），这也是拉斐尔壁画室中最著名的作品。觉得能从中看出人文主义艺术家心目中，基督教与希腊哲学之间的和谐，世俗智慧与宗教的融合。

　　《博尔戈的火灾》（The Fire in the Borgo）是拉斐尔壁画室另一房间的壁画，十分生动耐看。（图 9—279）

　　人们认为拉斐尔设计了这幅壁画的复杂精妙的构图，但绘制很可能是由他的助手朱利奥·罗马诺完成的。它描绘了教皇利奥四世于 847 年，在老街前的阳台上为扑灭火灾祈祷。

　　图 9—280，拉斐尔壁画室的天花板。仔细看，精妙之极。

图 9—279　　　　　　　　　图 9—280

358

接着来到鼎鼎大名的西斯廷小教堂。米开朗基罗的天花板壁画《创世纪》和祭坛画《最后的审判》(*Giudizio Universale*)，使这里成为世人争相瞻仰的艺术殿堂。这天，这里比拉斐尔壁画室更拥挤，居然听到久违了的广播，建议大家不要在这里多停留。

环顾四周，来自世界各地的游客，人人都仰头盯着天花板，被人流裹挟着慢慢向前移动。

头顶上壁画的场面恢宏，从上帝开天辟地到诺亚方舟，从天国的天使到最底层的地狱……气势磅礴，人物众达数百，讲的是上帝的故事，感受到的是人的艺术魅力。

图9—281

而下面看的人更多，场面也惊人，印象深刻之余，心想，从这里出去而不被新冠感染的人，也算是通过了"最后的考验"。好在明天就回家了。没多久，就觉得气闷，脖子酸，拍了张照片，无奈不舍地离开。

阿弥陀佛，我俩居然都没事。

图9—282，《西克斯图斯四世任命普拉蒂纳为梵蒂冈图书馆馆长》，梅洛佐·达·福利（Melozzo da Forli）15世纪的壁画，描绘了教皇西克斯图斯四世，任命人文主义者巴托洛梅奥·普拉蒂纳（Bartolomeo Platina）担任新成立的梵蒂冈图书馆的第一任馆长的情景。

这壁画，犹如一个生动的窗口，可以窥探文艺复兴时期，教皇宫廷的精致世界。

图 9—282

图 9—283

很喜欢这组《演奏乐器的天使》（*Angelo Musicanto*）壁画片段。据说共有 14 幅片段，这壁画是 15 世纪的作品，1711 年被毁。画中天使们个个神采飞扬。

名家绘画看个够

在梵蒂冈的美纳科特卡展厅，看到卡拉瓦乔最受瞩目的祭坛画之一《基督下葬》的真迹。画家对手的真实描绘，无与伦比。（图 9—284）

图 9—284

图 9—285

图 9—286 　　　　　　　图 9—287

　　拉斐尔的《福利尼奥的圣母》（*Madonna of Foligno*），是其受同时代人称赞的甜蜜之美的典型代表。图 9—285，《圣母和圣婴与圣徒》（*Madonna and Child with Saints*），是威尼斯学派最伟大和最有影响力的提香的作品。与拉斐尔的同题画相比，我更喜欢提香的。

　　图 9—287，达·芬奇的《荒野中的圣杰罗姆》（*St Jerome in the Wilderness*）是他在罗马的唯一画作。这幅未完成的圣杰罗姆画像，鬼魂似的，是大师最神秘的作品之一。世人对它知之甚少。图 9—288，加塔诺·普雷维亚蒂（Gaetano Previati）的《丰收的田野》让人感觉温暖。

　　也喜欢这幅油画《亚当和夏娃在伊甸园》，是约翰·温策尔·彼得的作品。（图 9—289）

图 9—288 　　　　　　　图 9—289

361

图 9—290

在波兰画家扬·马泰伊科（Jan Alojzy Matejko）的大型绘画《约翰三世·索别斯基向教皇发送胜利消息》前，画里画外，人一样多。

巨幅挂毯

西斯廷教堂的 10 幅巨大的挂毯，由教皇利奥十世委托制作，用以装饰教堂下墙，平衡米开朗基的辉煌的天花板壁画。图 9—291，是莱昂纳多·达芬奇的《最后的晚餐》挂毯版。

图 9—291

图 9—292

织成挂毯的拉斐尔画作《使徒行传》（Acts of the Apostles）。

图 9—293

《神奇的网鱼》（Miraculous Draught of Fishes) 讲述圣经故事的壁毯，画面极生动。

后现代艺术

后现代艺术作品也不少。

著名的 20 世纪西班牙画家，萨尔瓦多·达利（Salvador Dalí）的《天使般的风景》（Angelic Landscape）是一幅超现实主义作品，夺人眼球。（图 9—294）

帕拉迪诺(Mimmo Paladino) 的后现代艺术《来源》（Sorgente），是 2011 年艺术家为纪念本笃十六世担任神职 60 周年而作。（图 9—295）

图 9—294

图 9—295

图9—296，这现代版的布拉曼特楼梯，由建筑师朱塞佩·莫莫于1932年设计。这楼梯通向出口，一旦出去，就不能再进入。每个人都不会错过这座华丽的双螺旋楼梯。与巨匠们的作品，渐行渐远，但愿印在心里。

图9—296

圣彼得大教堂和广场

在博物馆里吃了晚午餐，出来到此时，天色已晚。人还是不少。

2022年，5月去了英国和爱尔兰，加上这次南意行，是我一生中，看教堂最多的一年。但，重见圣彼得大教堂时，仍深感震撼，叹为观止！不愧为基督教世界中最宏伟的教堂。

图9—297

天主教教堂普遍讲究华丽的巴洛克风格，在这里，做到了极致。建筑大师和艺术大师功不可没，特别是米开朗基罗、贝尼尼。

图9—300，圣彼得青铜华盖 (St. Peter's Baldachin)，是该教堂的一大宝物，它是贝尼尼 1624—1633 年间的作品。

图9—298

图 9—299　　　　　　　　　图 9—300

仔细看圣彼得华盖，每个细节都是很有讲究的。上方四角，各有位守护天使；象征天主教的十字架，矗立在顶端的圆球之上；四大立柱呈螺旋上升状，令人联想中国古代的龙柱；奇思妙想，精雕细琢，无不为了体现教皇的神圣和最高的权利，尽管17世纪，已不再是教皇的时代。

在教堂右手边一个祭坛，我们找到了米开朗基罗的雕塑《圣殇》（*Pietà*）。这是意大利文艺复兴的代表作之一，表现了圣母马利亚怀抱着被钉死的基督悲痛万分的情形，非常有感染力。供奉圣母像，是天主教教堂的一大特点。

图 9—302，《教皇

图 9—301

365

图 9—302　　　　　　　　　图 9—303

亚历山大七世墓》是贝尼尼设计和部分执行的雕塑纪念碑，位于圣彼得教堂的南耳堂。图 9—303，大理石雕塑《圣安德鲁》，描绘了使徒安德鲁殉道时的形象。

圣彼得的椅子（Cathedra Petri）是圣彼得的遗迹。我们到那儿时，正在做弥撒，游客可以旁听参加。这也是旅游中的一种体验，很有意思。从教堂里出来，已是夜晚。广场上的夜景，没有白天的喧嚣，给人安静和谐的感觉。

图 9—304

博尔盖塞美术馆

博尔盖塞画廊是头天去的。因本篇的主题是博物馆，就放到这里写了。

到了这漂亮的博尔盖塞别墅前，（图9—305）才想起，我们17年前也来过。这座位于城东北蘋丘上的美术馆，是喜欢逛博物馆的人的必来之地。

图9—305

贝尼尼的雕塑作品真多！

这个美术馆以拥有大量吉安·洛伦佐·贝尼尼（Gian Lorenzo Bernini）的雕塑闻名。这些雕塑是贝尼尼为装饰其赞助人红衣主教西皮奥内·博尔盖塞的别墅而作。今天成了博尔盖塞画廊的一部分。

图9—306，真人大小的大理石雕塑《大卫》（David）是贝尼尼的最著名的作品之一，是人们到此必看的作品。觉得这尊《大卫》的设计，比米开朗基罗的杰作更有动感，更能体现大卫王的故事情节。

贝尼尼的作品《被劫持的普洛塞庇娜》（Ratto di Proserpina），应该是他作品的非凡表现力的代表。（图9—307）

图9—306

图9—307

图 9—308

贝尼尼的《红衣主教 Scipione Borghese 的两个半身像》（*Two Busts of Cardinal Scipione Borghese*）。

图 9—309

贝尼尼的《阿波罗和达芙妮》描绘的是古罗马诗人奥维德的《变形记》中阿波罗和达芙妮故事的高潮。

图 9—310，贝尼尼的《埃涅阿斯和安奇塞斯》（*Aeneas und Anchises*）。根据拉丁诗人维吉尔的史诗《埃涅阿斯纪》，罗马是由特洛伊王子埃涅阿斯建立的，他和他的父亲安奇塞斯和儿子阿斯卡尼乌斯逃离了沦陷的特洛伊，流浪到现在的意大利地区。这个雕塑是对那段史诗故事的描绘。仔细观察，贝尼尼让我们看到，这 3 个人物的皮肤的不同：男孩的婴儿脂肪，埃涅阿斯的健壮肌腱和安基斯的皱纹。

图 9—311，贝尼尼的《时间揭开的

图 9—310

图 9—311　　　　　　　　图 9—312

真相》大理石雕塑，意在将真相以寓言的方式展示为一个裸体的年轻女子，由她上方的时间人物揭开面纱，但时间的形象从未完成。

在博物馆的大厅里看到这骑马形象独特的雕塑《马背上的马库斯·库尔提乌斯》。（图 9—312）据介绍，这是在考古发现的基础上多次修改与创造的结果。修改者不是贝尼尼，而是他的父亲彼得罗·贝尼尼（Pietro Bernini）

据传，这组雕塑，讲述了一个罗马传奇英雄故事：马上的骑手是马库斯·库尔提乌斯。公元前 362 年，古罗马广场上神秘地出现一道鸿沟。有人见到布告，说，只有在罗马牺牲了其最宝贵的财产后，它才会合拢。马库斯·库尔提乌斯想，罗马最宝贵的财

图 9—313

369

产就是勇敢。于是就骑马跳了进去。鸿沟真的马上合拢了,而马库斯·库尔提乌斯被带到了冥界。

只有这个作品与贝尼尼无关:《宝琳·波拿巴饰演维纳斯》是安东尼奥·卡诺瓦 19 世纪初的雕塑。(图 9—313)

罗马时期对古希腊雕塑的仿作

这里也有些罗马时期对古希腊雕塑的优秀仿作。譬如,(图 9—314)《狄俄尼索斯》,是罗马哈德良时期的仿古作品。

最让我兴奋的,是看到了《挑刺的男孩》(*Fedele* 或 *Spinario*),有种亲切感,因为在离家不远的杜克农场里,也有一座《挑刺的男孩》的青铜复制品。(图 9—315)

图 9—314 　　　　　　　图 9—315

这是古罗马时期对希腊青铜雕塑的大理石复制品。讲述一个男孩专心从脚底拔出刺的故事。我的美篇《杜克农场(Duke Farm)秋冬篇:人是一片叶子》中提到过这个雕塑。

文艺复兴画家的油画

此美术馆还收藏大量意大利文艺复兴和巴洛克绘画,尤其以油画大师卡拉瓦乔的作品而闻名。

图 9—316

图 9—317

图 9—316、图 9—317 是他的《大卫手提歌利亚之首》和《圣母和孩子与圣安妮》。

图 9—318

图 9—319

图 9—318、图 9—319,《圣杰罗姆在写作》和《拿着一篮水果的男孩》也是卡拉瓦乔的作品。

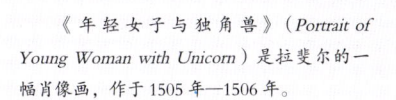

《年轻女子与独角兽》(Portrait of Young Woman with Unicorn)是拉斐尔的一幅肖像画,作于 1505 年—1506 年。

图 9—320

图9—321

《基督下十字架》(*The Deposition*)是拉斐尔的签名作品。这是一幅叙事画。拉斐尔描绘出了死者最亲近的人,在这一刻感到的悲伤。就像著名艺术家传记作家评论的:"它在每个部分都显示出至高无上的卓越。"

图9—322

《维纳斯蒙眼丘比特》(*Venus Blindfolding Cupid*)是提香的作品。比较香艳。

图9—323

费德里科·巴罗奇(Federico Barocci)的油画《埃涅阿斯和安奇塞斯逃离特洛伊》(*Aeneas and Anchises Escaping from Troy*),与贝尼尼的雕塑《埃涅阿斯和安奇塞斯》讲的是同一个故事。

多云天，黄昏时分的圣天使城堡

圣天使城堡(Castel Sant'Angelo)是我们在罗马最后去的景点。这是公元2世纪哈德良皇帝用黄土和石块搭建出来的圆形陵墓。远远看去，有种非传统的、古朴沧桑的美。贝尼尼和他的学生为圣天使桥添加了10位天使雕塑，使这里焕发艺术的光彩。多云天，若有若无的夕阳下，特别动人。

南意大利行即将结束，想起一句话："艺术，让人成为人"，这也是一本书的名字。很欣慰，我们有幸能说走就走，来到文艺复兴发源地意大利，感受艺术的魅力，让心灵更滋润丰盈。

图 9—324　图 9—325
　　　　　图 9—326

373

第十章
伊比利亚半岛游（选篇）

这个东临地中海、西接大西洋的半岛，南端隔着直布罗陀与非洲相望，是天然的航海贸易好地方。

波尔图印象，从海鲜泡饭开始

暮春时节，与朋友夫妇一起，参加了"Gate1"旅行社的15天葡萄牙和西班牙之旅。此行始于里斯本，终于巴塞罗那，行程主要在西班牙的安达鲁西亚地区，包括7个美丽城镇：塞维利亚（Seville）、科尔多瓦（Cordoba）、隆达（Ronda）、太阳海岸的托雷莫利诺斯小镇（Torremolinos，Costa del Sol）、马拉加（Malaga）、格拉纳达（Granada）、托莱多（Toledo），加上英属直布罗陀（Gibraltar）；然后北上西班牙首都马德里（Madrid），最后到巴塞罗那。

我们的"创意"是，在以上行程头尾各加两天，在里斯本之前，自由行先去了葡萄牙的第二大城市波尔图（Porto）和老都城科英布拉（Coimbra）；在离开巴塞罗那回家前，加了西班牙东北面的古老小镇赫罗纳（Girona）和萨尔瓦多·达利的故乡菲格雷斯（Fiqueres）一日游。

19天的"两牙"行，大致是逆时针环伊比利亚半岛游。这个东临地中海，西接大西洋的半岛，南端隔着直布罗陀与非洲相望，是天然的航海贸易好地方，引得腓尼基人、迦太基人、罗马人、西哥特人、摩尔人，在此各领风骚几百年。其中，古罗马时期（公元前138年—公元410年）的影响深远，现今西班牙的文化基础，主要来自于这个时期。自公元711年起，穆斯林摩尔人占领半岛800年，土著的基督教徒遭驱逐和压迫。收复失地运动接连不断。直到1492年，天主教双王伊莎贝拉一世和斐迪

图10—1

南二世，最后拿下格拉纳达，开启西班牙王国时期。近代前中期，"两牙"曾是不可一世的海上霸主，尤其是西班牙。

半岛行，我们继续领略多重文化交叠的奇异（在西西里岛和土耳其都曾看到）；见识第一批日不落帝国的奢华浪漫遗风，及西班牙的斗牛、弗拉门戈、毕加索、达利等人文风情；品尝耳闻已久的伊比利亚黑毛猪火腿、海鲜美味……整个旅游像一桌色香味俱全的"海洋文化大餐"。

原汁原味的海鲜泡饭

葡萄牙，位于伊比利亚半岛西部，濒临大西洋。我们从纽瓦克（Newark）机场乘夜班飞机，第二天上午到达大西洋彼岸的港口城市——波尔图（Porto）。这是葡萄牙第二大城市。葡萄牙的国名与波特酒都源于这城市。

旅馆选在市中心。到那儿时，已近中午，但房间还没有准备就绪。我们就把行李寄在旅馆，去找家饭店吃饭。向前台姑娘打听附近饭店，她毫不犹豫地推荐了"Clube 21 — Passos Manuel"，说，不远。果然，拐个弯就是。当时时间尚早，店里没啥人。

看到菜单上有海鲜饭（Shellfish rice），26 欧元，就各要一份，再来份沙拉，沙拉没啥特别。那份海鲜饭却原来是一小锅海鲜泡饭，（图10—3）哒哒滚地端上来。一尝，鲜香之极，"眉毛也落忒了"。想起

图 10—2　　　　　　　　图 10—3

擅长上海话写作的太太党人说的:"鲜得来,满地找眉毛。"

吹气喝汤,酣畅淋漓,发现锅里有一只蟹,切成两半;虾、青口、蛤蜊若干;米粒硬硬的,但不生;汤宽正好,咸淡适度。饭店给准备了吃蟹肉的工具,但最美味的是汤,彻底的原汁原味,包括锅底的沙子。

我们后来在"两牙",吃了好几次海鲜泡饭,内容大同小异,多数加了茄汁,味道都比不过这一次。

都说,波尔图的葡萄酒是最著名的。对不会喝酒的人来说,一锅海鲜泡饭,就先入为主了,印象深刻。

"祖上曾经阔过"的印记

吃完饭,正好接到旅馆通知,说房间好了。于是回旅馆安顿下来,睡了一觉。相约三点半,四人开始溜达逛城。

旅馆不远处,就是波尔图市政厅广场。市政厅前中央,是葡萄牙诗人阿尔梅达·加勒特(Almeida Garrett)的青铜雕像,他也是剧作家、散文作家、演讲者和政治家,难怪能"坐"在市政厅前。他被认为是葡萄牙浪漫主义的先驱。惭愧,对他的作品一无所知。

图 10—4

图 10—5

拐两个弯，就是波尔图最热闹的圣卡塔琳娜（Santa Catarina）步行街。黑白小方石块铺成的街道，花纹特别大气好看。罗马城的石头街道，呈沧桑古老之色，令人感受到古老帝国的遥远。走在这里的花色石头街道上，油然而生的，是人家"祖上曾经阔过"的感觉。（图10—6）

图 10—6

这条街上的"Majestic Cafe"，是游客必打卡之地。这家有一百年历史的咖啡馆，巴拉克风格的内装饰，很漂亮。据说，是世界最美咖啡厅之一，许多作家、诗人和艺术家都在这里得到灵感。JK·罗琳当初曾在波尔多任教，常来此店写作，故有《哈利波特》的摇篮之称。看来，JK·罗琳捧红了不止一家咖啡馆。（图10—7）

图 10—7    图 10—8

第二天早上，我们到这家咖啡馆，打卡吃早餐。法式吐司（Rabanadas）（图10—9）是这里最热卖的早点，当然得尝尝。咖啡也很到位，不加糖，配这甜香的 Rabanadas，像才子佳人的经典绝配，也像人生的原味，甜苦相参。这样的早餐，虽不在健康食品的推荐单里，偶尔为之，也是人生乐趣。

有巨幅锡釉瓷砖壁画的火车站

1916 年建成并沿用至今的圣本笃火车站（Estação de São Bento），是波尔图的主要景点之一。其名源自于曾经位于此处的 16 世纪的本笃会修道院。（图 10—15）

图 10—9

巴洛克风格的教士教堂（Clérigos Church）是老城区的地标建筑。它那 75 米高的牧师塔（Tower of Clérigos），可以从城市的各个地方看到，成为了波尔图城市形象的标志。

教堂是 18 世纪中期的建筑。牧师塔建成时，是整个葡萄牙最高的建筑，曾被当作波尔图船只的灯塔。

图 10—10

前波尔图教区主教，安东尼奥·费雷拉·戈麦斯的雕像，颇有点抽象艺术风格。

图 10—11

381

图 10—12

信步走进葡国沙丁鱼的奇妙世界（The Fantastic World of Portuguese Sardine）门市部，只见四壁全是沙丁鱼罐，令人眼花缭乱。年轻漂亮的店员，热情地回答我们的问题，摆好姿势，让我们拍照。可惜，我们不想买任何罐头，旅游才开始呢。

图 10—13

在土耳其，青花瓷砖（其实是锡釉瓷砖，葡语和西语：Azulejo）被用来装饰皇宫和清真寺的内部。在"两牙"，锡釉瓷贴面外墙，已普及到民间建筑。大型的瓷砖壁画，常常在教堂外墙看见。这是卡尔莫教堂的侧面瓷砖画。

图 10—14

火车站旁边的圣安东尼奥教堂（Igreja de Santo António dos Congregados），锡釉瓷砖壁画使教堂更吸引人。

我们到这里来了两次。头天来是打卡，顺便买第二天的火车票。这是我所见过的，最有看头的火车站。大厅的巨幅锡瓷砖壁画，据说由 2 万多块锡釉瓷砖组成。这是葡萄牙艺术家豪尔赫·科拉索在 1905 年至 1916 年的作品。

两端山墙上的蓝色磁砖壁画，描绘了葡萄牙历史上的重要场景。

图 10—15　　　　　　　　图 10—16

譬如（图 10—16），是瓦尔德维兹战役（Battle of Valdevez 1140）。

最上方靠近天花板的磁砖，是以彩色绘画表现铁路刚开通时，各阶层的人，列队迎接火车的到来的情景（图 10—17，最上方）。

身后的瓷砖画，描绘了有"航海家恩里克王子"之称的葡萄牙维塞乌公爵（Infante D. Henrique），于 1415 年征服休达（Ceuta）。他被认为是葡萄牙帝国早期，及 15 世纪大航海时期的中心人物。（图 10—18）

前后墙上的瓷砖壁画，主要描绘旧时葡萄牙人的生活景致。

图 10—17　　　　　　　　图 10—18

第二天，我们从这里上火车，去科英布拉。顺便参观了大厅里的摄影展。那是来自三位波尔图摄影师的作品。（图 10—19）

世界上"最美的书店"

坐落在老狮子广场（Praca dos Leoes）附近的莱罗书店（Livararia Lello），入选"全球最美十大书店"，更因曾激发JK·罗琳的创作灵感，而名声大噪。

出发前，我们没在网上订票，以为门口买票就是。却在门口被告知，只有扫码上网买票，一条路。于是在门口费了点时间在手机上买票，等 email 送票。各位要去的话，就要事先在网上订票。门票 5 欧元，可以折抵店内买书费，但不能折抵文具礼品类。这一招，拉动了售书量。很聪明。

图 10—19

进得店内，只见巴洛克风格的奢华内饰，果然十分惊艳。书店正中间的红色螺旋楼梯，通向二楼，形状优雅，有点像小提琴。阳光穿过楼上彩绘玻璃天花板，撒在楼梯口。人们在这楼梯口，排队照相。我们也来了一张。

四壁是精雕细刻的书橱。拿起书看看，都是葡文，只认出莫言的作品，有好几种。（图 10—21）

问了店员，才知道英文书籍在门口左侧，那一柜。

我在那柜里挑了袖珍版的《孙子兵法》（*The Art of War*）和《小王子》（*The Little Prince*）。朋友夫妇为小孙女买两本图画书。书上

图 10—20　　　　　　　　图 10—21

盖着"世上最美书店出品"（Made by the Most beatlful bookshop in the world）的印章。

从来没见过这么繁忙的书店。然而，即使摩肩擦踵，仍令人流连忘返。出门时，都觉得，那几本书，是这趟旅游最喜欢的纪念品。

山坡上的波尔图主教座堂（Sé do Porto）

波尔图主教座堂也是波尔图的景点。它始建于 12 世纪至 13 世纪，高高耸立在小山丘上。（图 10—22）现今的教堂，只有墙垛是中世纪的，其余都是在 17、18 世纪的建筑，罗马式与巴洛克风格的混合体。教堂已转型为供人参观的博物馆。我们没进去。也许是因为看多了教堂。

一边爬坡，一边回看坡下的老城区。在主教座堂旁，有尊手持长矛骑着马的武士青铜塑像，那是纪念葡萄牙的第一位统治者佩雷斯的。他是阿斯图里亚王国的一位贵族，9 世纪时，击败了杜罗河以北的穆斯林摩尔人，收复了失地，被莱昂国王阿方索三世（Alfonso III）封为葡萄牙伯爵。（图 10—23）

图 10—22

主教座堂前的广场很宽阔。广场上有座华丽雕刻的扭曲石柱,被葡萄牙人称为"pelourinho。"眼前的柱子是根据 1797 年的雕刻重建的,于 1945 年落成。据说,那原是行刑的地方。现在是游客歇脚的好地方。(图 10—24)

在广场的栏杆边,向北,可俯瞰波尔图老城区;向南,可眺望坡下的杜罗河。我们从小丘向河边走去。

路易一世大桥、杜罗河畔

杜罗河(Douro)是伊比利亚半岛上的一条主要河流,从西班牙向西流,在波尔图南面,注入大西洋。

路易一世大桥(Dom Luis I Bridge),是杜罗河上最经典的景观,连结波尔图和盖亚新城(Villa Nova de Gaia)。它建成于 19 世纪晚期,

图 10—23    图 10—24

386

图 10—25

是著名设计师埃菲尔的徒弟 Teófilo Seyrig 的设计作品。难怪也是通体"铁骨嶙峋"。大桥以葡萄牙国王路易一世命名,他被誉称为"受欢迎的人"。

从国王路易一世桥,可见建成于 2003 年的恩里克王子桥(Ponte Infante Dom Henrique)。因为航海家恩里克王子出生在波尔图,所以大桥以他命名。关于大名鼎鼎的恩里克王子的故事,我们会在里斯本看到更多。

我们过桥,在杜罗河畔的盖亚新城一侧,看风景。岸边一溜的饭店、咖啡馆和旅游商品店铺。觉得这里是波尔图最惬意的地方,尤其是日落时分。

葡萄牙是世界最大"软木塞王国"。葡国的国树——栓皮栎(Cork Oak)的树皮,是制作软木塞的原材料。而全世界三分之一的栓皮栎,种植在国土面积略小于浙江省的葡国。

图 10—26

387

图 10—27

图 10—28

图 10—29

逛了一圈后，我们在河边这家山地文（Sandeman）饭店，坐下，点菜，等太阳下山的那一刻。（图 10—29）

这店的葡式鱼汤，（图 10—30）完美的酥皮覆盖下，是清亮亮的鱼汤，滚烫，鲜极了。把记忆中在旧金山吃的酥皮奶油浓汤，比了下去。被我们一致评为此次旅行的第二名美食，仅次于中午的海鲜泡饭。竖着的烤串，（图 10—31）只是噱头，味道跟横着上桌的没区别。还不错。

（图 10—32）羊排新鲜可口，一点也不膻。（图 10—33）烤鱼的味道，极其一般。吃到一半，眼看太阳即将"掉进"河里了，起身拍了"杜罗河的落日"，（图 10—34）再继续吃饭。晚饭后，我们过河走回旅馆。一路欣赏杜罗河畔的夜景。

河岸的街头艺人表演，吸引了众多游人，参与互动，煞是热闹。真是个让人愉快的城市。

回旅馆的路上，大家感觉，波尔图比预想的更值得一游。确实，就如波尔图人一再强调的，除了波特酒和酒庄，这里

图 10—30　　　　　图 10—31　　　图 10—32　　　　图 10—33

还有很多有趣的东西。看到有篇文章，把波尔图和大阪相比，说它们都是"忍辱负重的第二城市"，虽"暗示了二流的地位和等级的城市"，却"反而能给聪明的旅行者带来一流的体验"。[①] 颇有同感，咱们也像成了聪明的旅行者了。

图 10—34

图 10—35 　　　　　　　　　图 10—36

图 10—37 　　　　　　　　　图 10—38

---

① 埃里克·维纳（Eric Weiner）"波尔图和大阪：忍辱负重的第二城市。" BBC News 中文。

龙达：随海明威"私奔"

这天一早，我们离开美丽的塞维利亚，向南，目标龙达（Ronda）。

关于龙达，海明威的小说《死在午后》有一段话："如果你想要去西班牙度蜜月或跟人私奔的话，龙达是最合适的地方，整个小镇目之所及都是浪漫的风景……如果在龙达度蜜月或私奔都没有成功的话，那最好去巴黎，分道扬镳、另觅新欢好了。"如今，这段话凝缩成一句"龙达是最合适私奔的地方"，流传满世界，撩得人心痒痒。仿佛，去龙达就是一次私奔。看来，人都有浪漫的情怀。

龙达是西班牙斗牛的发源地。路上，傲立原野的大公牛雕塑越发多见。

约 2 小时，我们开进了土黄色镶边的白色新城区。

天主教堂（Santa María la Mayor），由 13 世纪的龙达大清真寺改建而成。仍看得出留存的阿拉伯建筑的元素。（图 10—39）

下车跟导游走向市中心时，见路边一家以上海为名的小杂货店。可惜没时间进去，看看店主是不是老乡。一般不是。在塞维利亚，我们走进过一家兰州拉面店，从收银员到服务员，没有一个中国人。

图 10—39

"私奔"从市中心的阿拉米达公园开始

我们被带到市中心的阿拉米达公园。(图10—40)一条华丽的石板大道,贯穿幽静、鸟语花香的公园。这里经常有街头音乐家表演。

公园里的戈雅(Goyescas)女士雕像,(图10—41)穿着龙达传统服装,非常精致优雅。两只泡袖,像两只菠萝。戈雅女士是被选为年度龙达博览会女主角和主席的女性。

图10—40

图10—41

公园大道边,我们看到佩德罗·罗梅罗·马丁内斯(Pedro Romero Martínez)的雕像。(图10—42)他是龙达著名罗梅罗家族中,最富传奇色彩的斗牛士。据称,佩德罗17岁开始斗牛,70岁最后一次上场。一生与5558头公牛交战,没有受重伤。其祖父是最早使用红布和斗篷的斗牛士。

海明威在他的《太阳照常升起》中,用佩德罗·罗梅罗的名字,塑造了一位英姿勃勃、技艺超群、举止非凡的斗牛士——作者心目中的真正的英雄。主人

图10—42

公杰克·巴恩斯心仪的阿施利夫人，有着艳丽容貌和高雅气质，却不可救药地喜欢上这位 19 岁的斗牛士。导致为她颠倒的另一追求者，与罗梅罗大打出手。斗牛士表现出"一个人可以被毁灭，不能被打败"的精神。当然，她与罗梅罗，最终没能走到一起。斗牛英雄怎拯救得了"迷惘的一代"（Lost Generation）？

此碑立于 1954 年，纪念佩德罗·罗梅罗诞生 200 周年。正好，这年，海明威凭借《老人与海》获得诺贝尔文学奖。他笔下的同名斗牛英雄，从此名扬四海。

不远处，我们看到美国作家欧内斯特·海明威的纪念碑。（图 10—44）海明威与西班牙似有不解之缘，对西班牙文化情有独钟，尤其是斗牛。从 24 岁时与第一任妻子到西班牙度蜜月开始，他一生多次来龙达。1936 年，西班牙内战爆发。翌年，海明威加入国际纵队，成为明星战地记者。他的多部作品都以南部西班牙为背景。为他带来巨大声誉的《丧钟为谁而鸣》，也将龙达带进现代世界文坛。

图 10—43

公园里有一条以海明威命名的步道。

图 10—44 　　图 10—45

悬崖上的龙达

穿过公园，我们来到观景台（Mirador de Ronda）。这里是龙达最壮观的景点。一条深逾百米的峡谷，把龙达劈成两半，一座新桥（Puente

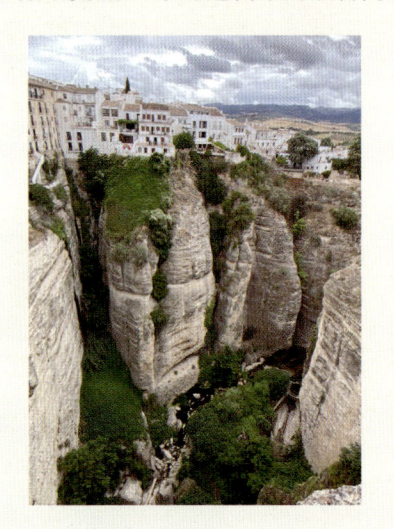

图 10—46

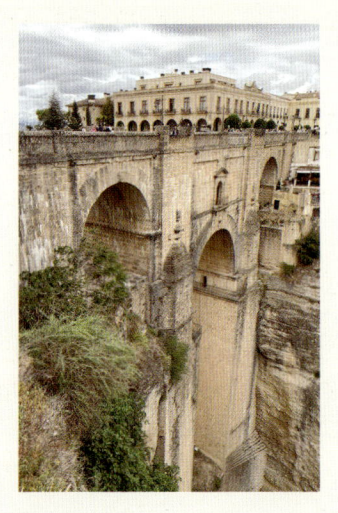

图 10—47

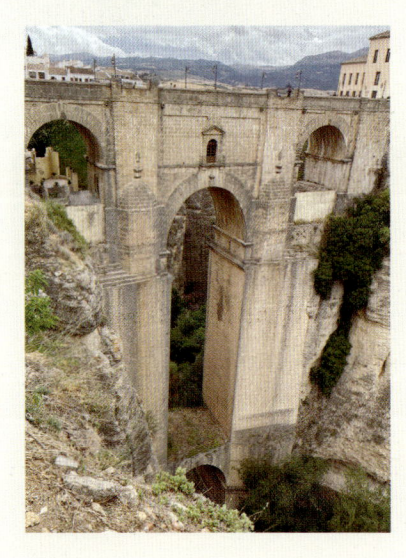

图 10—48

桥下左拱，据说，有一关押死刑犯的监狱。对面的普拉多古堡酒店原为镇政厅。

Nuevo）横跨峡谷，连接新老城区。这座新桥，已有200多年历史。（图10—48）

原来，白色的龙达，从罗马帝国时代起，就建在陡峭的悬崖之巅，被环抱在山崖之中，浪漫峻险，古朴幽静。难怪海明威这么喜爱，断言"最合适私奔"。环境隽美，远离尘嚣不说，还特决绝，娘家夫家敢追逼？跳崖就是一抬脚的事！

让人晕眩的悬崖，浪漫是它，残酷也是它。从西班牙回来，找来《丧钟为谁而鸣》的音频书，

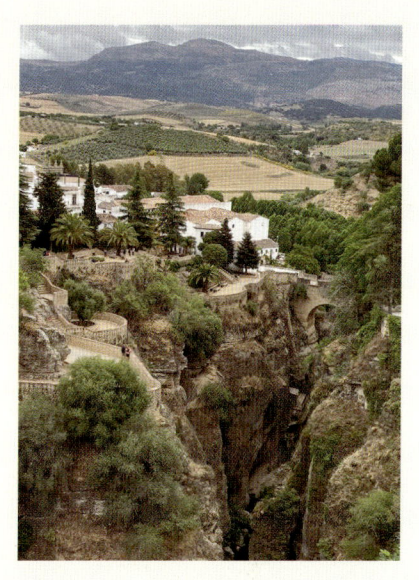

图10—49

听了一遍。这是一本以西班牙内战时期的龙达为背景的小说。书中写到，法西斯共和军与反法西斯的游击队都残忍地把俘虏和尸体扔下悬崖。老游击队员比拉尔讲述游击队长巴勃罗，组织群众在广场上把20多个法西斯分子用连枷活活打死，推下悬崖的经过，让人汗毛肃立。

比起《太阳照常升起》和《老人与海》，我更喜欢《丧钟为谁而鸣》。仅仅3天的故事，海明威刻画了主人公罗伯特·乔丹从单纯奉命执行任务的军人，蜕变成一个热爱生活、反思战争的有血有肉的人。书中刻画的性格不同的游击队员形象，鲜活而真实。他们对战争中暴行的不安和反思，使我想起，最近从一篇文章中看到的关于"平庸的恶"和"平庸的善"的讨论。发人深思。同时，小说对反法西斯国际纵队内部的不和及个别领导的不靠谱，也作了客观的反映。填补了我对这段历史知识的空白。

第一次这么近距离看陡峭悬崖边的景观，惊心动魄，流连忘返。导游招呼我们过桥，去龙达的老城。

跟着"手杖先生",漫步龙达老城

我们跟着当地导游,过了新桥,开始漫步老城区。今天的地导,是位中年男子,身穿风衣,手拿弯柄雨伞。我们戴着耳机,东张西望地跟着他。发现他介绍景点之余,常常口出"金句",颇有趣。

譬如:"不要小看雨伞,它的用途不止躲雨。"太对了。那天气象预报有雨,结果没下。雨伞成了他的手杖,他的形象特征。

图 10—50

又譬如:"安达卢西亚,就是白房子,许多窗,带露台。"精辟概括!用不同颜色勾边的白房子,是这几天所到之城镇的第一印象。

再譬如:"有人说,白房子的门窗装饰得这么漂亮,是女人为了吸引男人。瞎扯!我们这里的女人,从不需要这么复杂,她们直接把意中人,攥进门。"听起来,与弗拉明戈激情四射的音乐和舞姿,与《卡门》敢爱敢恨的吉普赛风格,同一个调。

龙达有许多狭窄的街道,建于几个世纪前。转角墙上那幅瓷砖画,是龙达的《浪漫旅行者》导游图。

图 10—51

图 10—52　　　　　　　　　　图 10—53

摩尔人风格的门。（图 10—52）古朴的窗台。（图 10—53）

图 10—54　　　　　　　　　　图 10—55

和平圣母教堂也是老城一景。穆德哈尔风格的钟楼，（图 10—54）里面装饰则是十足的巴洛克风格。（图 10—55）据说，和平圣母是龙达的守护神。

图 10—56

图 10—57

这个草编的驴子很可爱。驴子曾是安达卢西亚重要的交通工具。《堂吉诃德》中，桑丘的灰驴，与堂吉诃德的坐骑驽骍难得，都有不少戏码。

老城里的饭店，都喜欢造个阿拉伯式的喷泉。

见识老城斗牛场

斗牛，是西班牙的国粹游戏，历史悠久。有人甚至说："不理解斗牛，就不能理解西班牙的历史。"到西班牙旅游，不看场斗牛，也得见识一下斗牛场（Plaza de Toros）。龙达老城的斗牛场，是西班牙最古老的斗牛场之一。

图 10—58

公牛的塑像，好牛！两只角就像两把阿拉伯人的弯刀。

假如，旅行社把看一场斗牛作为自选节目，我想，我会很纠结。既好奇西班牙的惊心动魄的国粹，又怕看这种"不是牛死就是人亡"

图 10—59

的血腥场面。也许，不少人像我一样。

　　还好，旅行社没让我们纠结。只让我们亲临圆形竞技场，听导游空口讲讲，这种由 3 拨斗牛士组成，挑战 6 只公牛的残酷游戏、致命搏斗。让你想象，在这空旷的黄土场上，猛牛奔踏冲撞，沙土飞扬，一个勇敢的斗牛士只用斗篷和剑，与之周旋。这是勇敢者的游戏，如同在悬崖边上跳舞。

　　对西班牙人来说，斗牛，不只是一项运动，还有一种植根于罗马时代的民俗"生与死"仪式的传统意义。这是一种古老的艺术形式，表现人和兽之间的生死之舞。一定意义上，象征着西班牙的民族精神。

　　不过，现代人不再如古人那般，崇尚暴力鲜血。在西班牙，近年来要求废除这一传统运动的呼声，此起彼伏。一些城市已经禁止和限制斗牛。一些电视台也不再直播斗牛全过程，以免暴力场面给儿童造成不良影响。

图 10—60

　　虽然，斗牛的倡导者

399

认为，如果斗牛士准确击中目标，公牛会在几秒钟内死亡。然而，这种快速、利落的死亡不是常态。在大多数情况下，依然是鲜血浸透黄土场地。虽然，公牛在"战斗"前挨饿、被殴打、孤立和下药，身体虚弱，但它们的犄角仍是致命的。在过去的300年里，仍约有534名职业斗牛士死于斗牛场。对于人和牛来说，这都是一项危险、残忍、野蛮的运动。

西班牙的斗牛，也许是当今世界上仅存的人和动物之间的竞技。用海明威的话："斗牛是唯一一种使艺术家处于死亡威胁之中的艺术。"他对这种艺术的热爱，可谓痴迷，多次来到西班牙，只为了观看斗牛；他与著名的斗牛士是好朋友；他的传记就叫《生活就像斗牛》——"不是你战胜牛，就是牛挑死你"。他对斗牛的这种热情，永远定格在他的小说《午后死亡》里。

我想，不用身临其境，只在这空旷的斗牛场上站立，就能感受到那种"智慧和力量的较量"的惊心动魄。难怪，斗牛士在西班牙被视为英勇无畏的英雄，极受敬仰与崇拜。

在斗牛士饭店吃午饭

午餐订在老城有名的佩德罗·罗梅罗饭店（Restaurante Pedro Romero）。

西班牙的斗牛士的地位高出一般演艺界人士很多，常常是备受瞩目的社会名流。饭店里满墙是历年斗牛士的新闻图片。连饭店男厕所的标示也是斗牛士。吃着可口的饭菜，感受斗牛士文化的一角缩影。

图 10—61

图 10—62　　　　　　图 10—63

去郊外，看安达卢西亚骏马

下午，离开龙达前，我们去龙达郊外，参观一个养马场。见识了安达卢西亚骏马和它们优雅的马步。一到那里，就见在金黄土地的圆场上，一个驯马人，牵一匹深棕色的骏马，合着欢快的音乐，绕场奋蹄疾驰，矫健漫步。

安达卢西亚马，也被称为纯西班牙马、"国王之马"。它们的祖辈已经在这里生活了数千年。历史上，它们一直以卓越的战马性能而

图 10—64

401

闻名，深受贵族们的珍爱。安达卢西亚马体格健壮优雅、风度翩翩，鬃毛和尾巴长而粗。这里的人，沿袭了古罗马的斗牛风俗，也传承了摩尔人的骑马斗牛，养马业很发达。

养马场主人一通介绍后，让我们零距离接触各种马。队友中，喜欢马的人，过了把瘾。

图10—65

作别安达卢西亚骏马，龙达的"私奔"结束了。这里峭壁陡立的自然环境与骑马斗牛文化的结合，像是让人欣赏悬崖边的舞蹈，既浪漫刺激、惊心动魄，也捏着把汗。这大概就是所谓"私奔"的感觉。不管怎样，浪漫总是短暂的，人们更向往平安幸福长久，尤其是不年轻的时候。

图10—66

格拉纳达：阿罕布拉宫和浪漫旅行者的故事

"两牙"旅游开始时，我对摩尔人知之甚少。只知道他们来自北非，北上征伐，公元711年入主伊比利亚半岛。当地基督教的"光复"战持续了约800年，最后，将他们逐出半岛。到了安达卢西亚，尤其是游览了塞维利亚和科尔多瓦，我开始对摩尔人的文化刮目相看。到了格拉纳达（Granada），参观那优雅而壮观的阿罕布拉宫，更被摩尔人的"半西班牙半东方的风格"、集英雄和浪漫的文化遗产，深深吸引。

图10—67

格拉纳达曾经是摩尔人的格拉纳达王国，位于安达卢西亚最多山的地区。阿罕布拉宫是格拉纳达城外山上的宫殿、堡垒建筑群。这处耗时一个世纪的伟大建筑，是摩尔人在西班牙留下的最后辉煌。如今是联合国教科文组织划定的文化遗产。

19世纪上半叶，美国文学大家华盛顿·欧文（Washing Irving），就像一位"从新世界派来的文学公使"，到安达卢西亚游览访问。欧文被木心称为"文学上开国的华盛顿"。他的《阿罕布拉的故事》（*Tales of the Alhambra*），如同《英伦见闻录》一样，是一部世界经典名著。读来十分生动有趣。阿罕布拉宫成为欧洲基督教世界十分景仰的历史文明古迹，欧文的书，功不可没。下面摘录两段，在我看来，这是关于阿罕布拉宫历史背景，最优美的介绍文字：

403

这一支由亚洲人同非洲人混合组成的人马，自从被阻击在比利牛斯山脉之后，就放弃了伊斯兰教的征伐原则，企图在西班牙建立和平永久的统治。作为征服者，他们的英勇也只有他们的宽容才能相比。在这两方面，他们当时都超过了跟他们作战的敌人。他们在离开故乡之后，就爱上了这片他们认为真主所赐的土地，尽力用一切使人类幸福的东西来装饰它。他们以明智和公正的法律制度作为政权的基础，孜孜不倦地培植艺术和科学，发展农业、制造业和商业；渐渐地建成了一个为任何基督教帝国所不能匹敌的繁荣富强的帝国；同时，又勤勉地把可算是东方阿拉伯帝国的特色的优雅风尚和精美文物，搜罗在他们周围；在他们文化极盛的时代，将东方文明的光辉，射在愚昧的欧洲的西部土地上。

　　从此，阿拉伯人统治下的西班牙城市，就成了基督教国家的技工们来学习应用艺术的地方；面色苍白的外国学生赶到托莱多、科尔多瓦、塞维利亚和格拉纳达等地的大学，来学习阿拉伯的科学和珍贵的古代学术。爱好文学的，就到科尔多瓦同格拉纳达去吸收东方的诗歌和音乐；北方的披甲的战士，都急忙赶到这里，熟悉骑士制度的优美的训练和礼节。

　　此外，2018年，一部名为《阿罕布拉的回忆》（Memories of the Alhambra）的韩剧，也让这个地方变得更加时尚出名。韩国人挖掘别国文化遗产，创造自己文化产品的劲头真是令人佩服。

　　那天，我们跟着导游，沿着格拉纳达城东的上坡路，向阿罕布拉宫走去。一路上，顺坡而建的宅院，

图10—68

山丘上摩尔人堡垒红色砂岩外墙，在绿色植物的映衬下，很像通向遥远历史的引道。

圣玛丽教堂、查理五世宫 —— 阿罕布拉宫的基督教建筑

阿罕布拉宫主要建于 1238 至 1358 年。这里曾是格拉纳达的摩尔人，纳斯里德（Nasrid）王室的住所。阿罕布拉这个名字，在阿拉伯语中表示"红色"，可能来自外墙的赭红色。

1492 年摩尔人被驱逐后，阿罕布拉宫经历了动荡和毁坏。几百年来，天灾人祸，不同的统治者重建、改建、维修，这里成了穆斯林和基督教，东方和西方风格混杂的建筑群和遗址。不过，穆斯林摩尔人的主调仍在。

我们首先看到的，是圣玛丽教堂，（图 10—69）建于 16 至 17 世纪，取代了前阿罕布拉大清真寺。

查理五世宫也是重建的阿罕布拉建筑之一。这是一座典型的文艺复兴风格的宫殿。此宫从来不曾是查理君主的家。今天，它的一楼是阿罕布拉博物馆，楼上是格拉纳达美术博物馆。

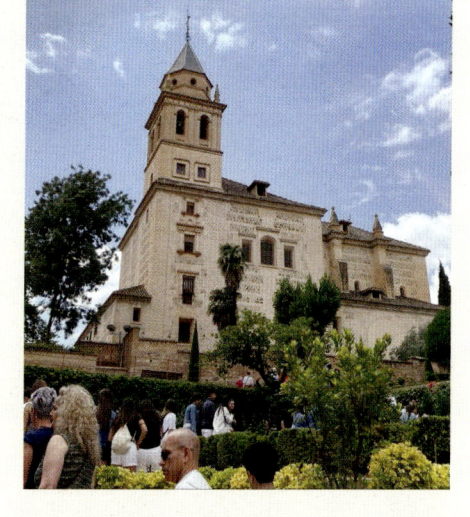

图 10—69

我们从查理五世宫的主立面门进入宫内，（图 10—70）迎面是一个巨大的圆形天井。（图 10—71）这种圆形和方形的组合，在欧洲宫殿中实属罕见。天井也有两层。下部是砾石的多立克柱廊，上层则是爱奥尼柱式。可见建筑师对罗马建筑的深刻了解。主要框架呈文艺复兴风格。

405

图 10—70　　　　　　　　　图 10—71

葡萄酒门（Puerta del Vino）、正义之门（Puerta de la Justicia）—— 通向阿罕布拉宫的核心

我们从葡萄酒门走向阿罕布拉宫的麦地那（Medina），即住宅、行政和宗教区。那里有围墙和堡垒的守护。

葡萄酒门是阿罕布拉宫的一个内门，被认为是这里最古老的建筑之一，可追溯到苏丹穆罕默德三世（1302—1309）时期。关于这个名字的起源，有人认为，是由于 16 世纪中叶，基督教占领期间，阿罕布拉的居民可以免税购买葡萄酒。

图 10—72

格拉纳达的居民，将葡萄酒留在这个门口交付。故得名。

围墙东门入口拱门上方，刻有伊斯兰传统钥匙符号，有"天国钥匙"之称。门楣上方的碑上的文字据说是："荣耀归于我们的主人"（Sultan

Abu Abd Allah al—Gani Billah），指的是 14 世纪下半叶统治此堡垒的苏丹穆罕默德五世。

在阿尔罕布拉宫围墙的 4 扇外门中，最具象征意义的，是 1348 年建造的正义之门（Puerta de la Justicia）。也是阿尔罕布拉宫的象征之一。

正义之门的马蹄形拱门的基石上有一只张开的大手，据说，是"法蒂玛之手"。（图 10—73）这一手掌，象征着伊斯兰信仰的五项要求：信仰真主唯一、祈祷、斋月禁食、前往麦加朝圣和施舍。这只手还强调了每个穆斯林苏丹的主要职能，即维护伊斯兰教法。后来，法蒂玛之手演变成阿拉伯世界常见的幸运符号，尤其是在中东和北非地区，常见手掌形首饰挂件。人们相信，手掌中心的眼形图案，会阻止黑暗中邪恶之眼对人的危害。

图 10—73

梅斯亚尔庭院（Mexuar）、马丘卡平台（Machuca Patio）——王室执政的地方

阿罕布拉宫的梅斯亚尔庭院是三座纳斯里德王室宫殿（Nasrid Palaces）中最古老的一座。可谓摩尔建筑艺术的典范。

梅斯亚尔庭院的外部其貌不扬。绿色的柏树拱门墙，也许是来自考古学的灵感，在阿罕布拉，树木也是墙壁、屋顶和栅栏。（图 10—75）

图 10—74　　　　　　　　　图 10—75

纳斯里德王朝时期，这里是对格拉纳达居民履行法庭、司法和理事职能的地方。无疑，几个世纪以来，它受到改朝换代的影响最大，以致面目全非，各种材料和风格混处一厅。

依稀可辨，一些屋顶加固材料仍然是原始的；墙壁的上部在石膏装饰中保留了原始颜色和金色；带有交错装饰的格子天花板，是基督教时期的。（图 10—76）大厅中间有 4 根柱子。莫卡拉贝的柱头下，都有石膏饰带。

房间里，那竖向长方形的摩尔瓷砖图案，（图 10—77）看来是 16 世纪，神圣罗马皇帝查理五世时期的改造：四周纳斯里德王朝的纹章

图 10—76　　　　　　　　　图 10—77

图 10—78

图 10—79

花纹中，加进了奥地利人的双头鹰元素和红衣主教门多萨的纹章；正中央，则是帝国盾牌，赫克里斯之柱，环绕着字母饰带"Plus Ultra"（更远）。可谓统治标志更迭的典型。

梅斯亚尔庭院坐落在阿萨比卡山顶上。窗户很低，非常适合坐在垫子上的人，从窗口俯瞰整个城市。

仔细看建筑细节，十分了得，富于变化，而整体上又和谐统一。

桃金娘中庭（Court of the Myrtle）——苏丹的公馆

桃金娘中庭是苏丹的公馆，统治者处理外交公务的地方。它给人的第一印象是建筑和自然融合的美。中央池塘映浃四周建筑。满满一池阿罕布拉宫中最高的科马雷斯（Comares）塔的倒影，和着变幻莫测的天光云影，平添几分东方妖娆。（图10—80）

进得厅内，仰头看四周，整墙的"壁画诗歌"！心想，难怪阿罕布拉宫得几代

图 10—80

409

人努力才能完工。虽然已斑驳陈旧，阿拉伯建筑和艺术中的三元素——艺术书法、藤蔓花纹和几何设计，清晰可见。尤其是，到处可见装饰性的阿拉伯文字，据说，意思只有一个："一切归上帝""除了上帝，没有胜利者"。这是纳斯里德王室的座右铭。（图10—82）

图 10—81

图 10—82

狮子宫（Court of Lions）、两姐妹厅(Hall of the Two Sisters)—— 后宫？宗教学院？

我们接着走进狮子宫。据说，这里曾是苏丹的后宫。但，也有文说，可能是一个宗教学院。到底是什么，不得而知，传统的伊斯兰建筑往往不为每个房间分配固定功能，不同的时期，有不同的用途。

狮子宫的第一任主人是穆罕默德五世，他是纳斯里德王朝的第8位国王。狮子宫整体结构是，4个正厅，围着长方形天井，楼上有几个房间。124根柱子和装饰精美的拱门组成的拱廊，划定天井的范围。

庭院中央有一个大理石喷泉，由12尊吐水的狮子雕塑组成。中央喷泉和4个大厅的较小喷泉通过渡槽连接。

图 10—83

410

图 10—84

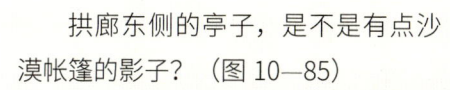

图 10—85

拱廊东侧的亭子，是不是有点沙漠帐篷的影子？（图 10—85）

走进厅内，不禁为穆卡纳斯（Muqarnas）拱顶喝彩！这是伊斯兰建筑中精妙绝伦的钟乳石天花板，蜂巢状浮雕，花样繁多，令人目眩，联想星空。阳光从屋顶上的窗户照进来，投射出柔和的光线。据介绍，这种拱顶能够保证室内空气流通。

姐妹厅（Sala de Dos Hermanas）（图 10—87）的名字，想当然以为后宫有两姐妹。后来才知道，是由于两种相像的无暇大理石铺成的地面。不过，人们似乎更愿意将名字与宫中阿拉伯美女爱情故事相连。

图 10—86

看着空空荡荡的厅堂，不由得浮想联翩。曾几何时，这里灯影婆娑，软凳长榻上，王公贵族，美梦沉酣。然而他们的梦，从来不得酣畅。

伊比利亚半岛，一连几个世纪，

图 10—87

411

图 10—89

图 10—88　　　　　　　图 10—90

都是基督教和伊斯兰教的小邦争权夺霸的大战场。"征服北方的哥特人同征服东方的摩尔人就是在这里碰上了,一决雌雄。"期间,为了换取和平,穆罕默德三世,不得不亲吻费迪南德的手,同意与他达成协议,承诺忠诚和贡品;不得不与基督教联手作战,以巩固格拉纳达酋长国……

令人感叹的是,城堡里战云密布,刀光剑影,却不影响摩尔人对住宅、玲珑建筑的兴致。宫内的精致雕刻装饰,处处显露优雅诗意,艺术情趣。看得出,纳斯里德王室青睐金色和蓝色。

赫内拉利费(The Generalife)——夏宫和乡村庄园

赫内拉利费是纳斯里德王室的夏宫和乡村庄园,位于阿罕布拉宫建筑群的正东坡上。这里是国王的私人度假胜地。不仅有花园和果园,而且很方便上山打猎。

正如古罗马人在他们所到之处,留下露天竞技场、桥、运水渡槽等天才工程一样,伊斯兰文化也用园艺改变了世界。中世纪的伊比利亚半岛见证了水和土地管理的革命,见证了"天堂花园"。

据介绍，眼前的园林绿化都是根据考古研究进行种植管理，严格保护和尊重古代摩尔人的原作。

赫内拉利费建在阿萨比卡山顶上，可俯瞰整个城市。宫中窗户上的羚羊剪影装饰，（图10—67）衬着蓝天白云、树荫绰约的山城，优雅非凡，极具东方的风韵。

图 10—91

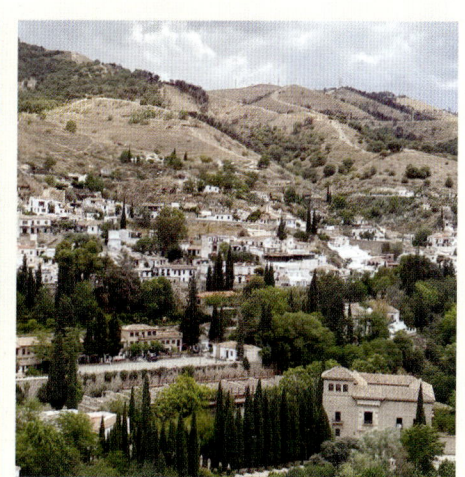

图 10—92

1829年，华盛顿·欧文在赫内拉利费的这房间里写下他的《阿罕布拉宫故事》。

图 10—93

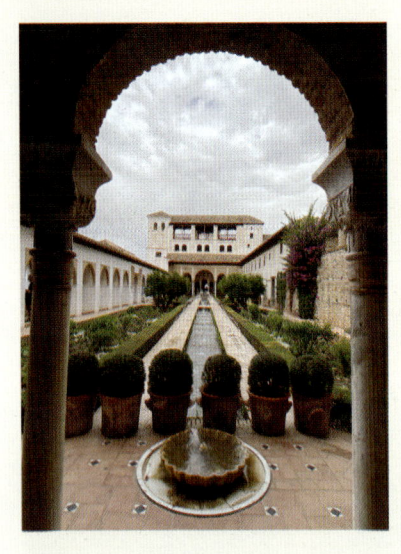

赫内拉利费中最核心的建筑，当数这阿西奎亚（Acequia）庭院。（图10—94）人们通过南部一个较小的庭院进入。阿西奎亚庭院，采用典型的阿拉伯式的四方庭院设计。中间的水渠携带水到其他果园，及至阿罕布拉宫各处。这条沟的两侧是19世纪添加的两排喷泉，两端的两个喷泉一直延续到今天。两端各有亭楼建筑。

阿罕布拉宫的喷泉、水渠和水管道给我们留下了深刻的印象。你会惊讶发现，中世纪时，摩尔人已能像使用液压系统一样，满足各处水的需求。他们修建水渠，把水从山上引到了阿罕布拉宫。水渠流淌，环绕整座宫殿，为浴室、金鱼池以及庭院中的喷泉供水。水流又会沿着林荫道一路向下，往格拉纳达城流去。

图10—94

水的灌溉创造了"绿色阿尔罕布拉宫"。溪流喷泉常年潺潺不息，树林四季常青，果园和内外花园围绕着历史建筑群。（图10—95）

苏丹穆罕默德三世的住所遗址，周围环绕着一个长方形池塘，和修剪整齐的花园，有许多高大的柏树。园丁们把树变成了活的艺术品。（图10—96）

图10—95 　　　　　　　　图10—96

一条迷人的绿荫成拱的石子路，蜿蜒围绕着花园。我们从这条路离开阿罕布拉宫，这个神奇的地方。

一上午的参观，视觉的冲击令人精神亢奋，还好没患"司汤达综合症"，只是有点累。

午餐安排在阿罕布拉宫进口处的一家餐厅。饭店的

图 10—97

装饰、餐具等，都很讲究，装饰了不少摩尔人的文化元素。心想，是不是摩尔人的后代开的？可能性非常小。摘一段华盛顿·欧文的书来说明："1492 年，信奉天主教的西班牙国王费迪南德二世和王后伊莎贝拉征服了伊比利亚半岛最后一个穆斯林王国——格拉纳达。格拉纳达投降的条件是，当地居民可以得到西班牙境内其他穆斯林享有的权利。可是，过了不久，西班牙的统治者就加强对国内穆斯林的迫害，强迫他们改信天主教。1499 年，当地的穆斯林发起暴动，抗议西班牙人违反协议。政府派出军队平息了这次骚乱。此后不久，各地的穆斯林陆续被迫改信天主教，不肯屈从的都被驱逐出境。西班牙人把那些选择改信并留下来的穆斯林称为'摩里斯科人'。"（也称摩尔人）

还好，有阿罕布拉宫——这座"基督教国土中央的一座伊斯兰教建筑物，西方的哥特式大厦丛中的一座东方宫殿"，可以作证，摩尔人曾经征服、统治过这片土地，一度繁荣，在人类文明进程中，留下了他们的印记。在这里，人们也许会听到"摩尔人最后的叹息"。

《浪漫旅行者纪念碑》：纪念谁？

那天下午，我们从山上的阿罕布拉宫下来，在格拉纳达市区步行游览，在这摩尔人曾经的皇城过夜。感觉，到处是阿罕布拉宫的影子。

在赫尼尔（Genil）河左岸，沙龙花园边，我们被广场中央的《浪漫旅行者纪念碑》（Statue of romantic travelers）吸引，围着它转了老半天。这是雕塑家拉米罗·梅加亚斯（Ramiro Megías）的不朽的作品。主题是向旅行者致敬，特别是向19世纪浪漫旅行者致敬，十分独特，勾人兴味。（图10—98）

图10—98

据介绍，这是一个行走中的旅者，在两个代表时间的立方体之间穿梭。旅者因运动而变形，像正在膨胀爆裂，似乎成了两个人的连体。他有一张"自然主义的脸"，戴着帽子，好像还夹着公文包，用以象征19世纪那些浪漫主义的冒险家。

原来，不只华盛顿·欧文为阿罕布拉宫着迷，盘桓数月，写下美文。来此旅行，引发思古之幽情，留下不朽艺术作品的，大有人在。这个旅者雕像，代表的人物长长一列：欧文、夏多布里昂（François-René de Chateaubriand）、拜伦、雨果、大仲马、戈蒂埃（Teófilo Gautie）、安徒生等文学大家；也可能还有莫扎特、大卫·罗伯茨（David Roberts）、约翰·弗雷德里克·刘易斯（John Frederick Lewis）这样的音乐家、画家⋯⋯这些法国人、英国人或美国人，前来旅行览胜，发掘和创作关于阿罕布拉宫的种种传说故事，对摩尔王朝加以浪漫主义的描述，创造了一个神秘、浪漫和民俗的安达卢西亚形象。那些激情人物的传奇故事，也许与史实并不全相符，但它们有助于增进世界对这里的认识，并普及当地的景观、历史和文化。

怀古思幽，美化遥远的他乡，也许是全世界古今文人的共同爱好。往往，只有当一种文明，一个朝代，或一个人，翻了篇，成为遥远的过去，不再威胁现实当政者时，才会任凭这种怀旧情绪蔓延发展。也往往，当人们对现实生活极端不满时，就格外喜欢怀古思远的文艺作品。

19世纪的伊比利亚半岛战争，使得西班牙本土对于美洲殖民地的控制力减弱，殖民地纷纷独立；国内各政党相互纠缠内耗，政局越来越动荡，饥饿、乞讨、瘟疫、凶杀更甚……格拉纳达则成了浪漫主义作家的文学圣地。

两个咖啡色的1立方米"骰子"，有6面刻着那些勾勒出阿罕布拉宫和格拉纳达的迷人形象的句子。列几句如下：

"世界上没有任何一个地方能在如此狭小的空间里散发出如此芬芳的香气，如此清新，有如此多通向天堂的窗户。"
——大仲马（Alejandro Dumas，1840）

"火、雪和水的混合使得格拉纳达的环境在世界上无与伦比。真正的人间天堂。"
——西奥菲勒·戈蒂埃（Théophile Gautier，1840）

"没有一个城市，像格拉纳达那样，带着优雅和微笑，带着闪烁的东方魅力，在明净的苍穹下铺展。"
——维克托·雨果（1846）

这些赞美大大增加了格拉纳达的神秘和魅力。在宗教政治较量中，摩尔人败了，被消灭了，但他们的文化元素，尤其是其中的美，已渗透在伊比利亚半岛文化里。几百年过去了，人们从世界各地来到这里，如今每年接待数以万计的世界游人。他们中，多半不是来朝拜宗教的，如我等。真正的美，是不朽的，超越

图10—99

宗教和意识形态。就如文明历史学家汤因比所说："文明和文明之间具有一定的历史继承。"

街景，见识穆德哈尔风格

游览城市，少不了看看建筑和街道，它们最能代表和反映当地的文化精神。这里既不同于欧美基督教文化，又不同于远东亚洲文化这种西班牙与阿拉伯的混搭，叫穆德哈尔风格。指西班牙穆斯林建筑的技术和装饰元素，如瓷砖贴面、石膏、马蹄拱、盆式喷泉等的广泛运用。

安古斯提亚斯大教堂（Virgen De Las Angustias）是一座17世纪的教区教堂。据说有极华丽的内饰。教堂的外部有两座高塔楼，可看出巴洛克风格，也有穆德哈尔风格。

逛市场，只见商铺上层，是整齐的马蹄拱和木雕的窗户。

街景颇有东方风情的婀娜，为了在炎热的夏天保持阴凉，加上了遮阳装置的街道，成了别具风味的一街景。走在街上，挺惬意的。

图 10—100

图 10—101

图 10—102

伊莎贝尔天主教广场、格拉纳达大教堂广场

1492 年,卡斯蒂利亚王国和阿拉贡王国联合,完成"光复",成立了西班牙王国。同年,克里斯托弗·哥伦布首次扬帆出海寻找新大陆,揭开了西班牙帝国兴盛的序幕。

伊莎贝尔天主教广场位于哥伦布大道(Gran Via de Colón)和雷耶斯卡托里克斯(Reyes Catolicos)街交汇的地方。广场上有一座《伊莎贝拉女王和哥伦布的纪念碑》,这个由玛利亚诺·本例热(Mariano Benlliure)设计的青铜组雕,描绘了坐在皇座上的伊莎贝拉女王,接受站在阶梯上的哥伦布的鞠躬,签订协议的情景。

据说,这个雕像是纪念哥伦布首航美洲 400 周年的第二方案。原先设计的近 50 米高的凯旋门,因预算不足而放弃。而且,当时的哈布斯堡—洛林女王玛丽亚·克里斯蒂娜,拒绝前往格拉纳达为纪念碑揭幕。这在此市引发了一场叛乱,以火灾、骚乱和路障告终。备受蔑视的格拉纳达人于 1892 年 11 月 2 日非正式地为此纪念碑揭幕。直到 1962 年,该纪念碑才搬迁到现在的伊莎贝拉天主教广场。

格拉纳达大教堂也融合了穆德哈尔风格,它的首席建筑师阿隆索·卡诺(Alonso Cano)的纪念雕像,耸立在大教堂不远的同名的广场上。看上去潇洒不羁。(图 10—105)

阿隆索·卡诺出生于格拉纳达,同时也是 17 世纪的西班牙巴洛克画家和雕塑家。他

图 10—103

图 10—104

图 10—105

图 10—106

图 10—107

因才华多样,而有"西班牙的米开朗基罗"之称。他脾气暴躁,经常犯事,不得不逃亡,或被驱逐,又很像意大利著名画家卡拉瓦乔。

然而,他的宗教作品却优雅而轻松,很受欢迎。格拉纳达大教堂的主立面,是他在建筑方面的主要成就。作为一名雕塑家,他最著名的作品是莱布里哈(Lebrija)教堂的《圣母和孩子》。如果有人研究道德与艺术的关系,这个艺术家的作品,是不错的题材。

在大教堂不远的广场,有许多露天餐馆。我们走累了,决定在这里尝尝西班牙油条(Churros)。(图 10—106、图 10—107))先只要了一份。那姑娘服务员有点不相信的样子,我猜,她暗笑咱们装斯

图 10—108　　　　图 10—109

文自律。只吃过油条蘸酱油的人，也学当地人，蘸着巧克力酱，开吃。结果，一吃不可收拾，接连又要了两份。那姑娘，第二次被叫过来时，忍不住咯咯笑起来，我们也自嘲大笑。很过瘾。

我们入住格拉纳达的萨拉伊（Saray）酒店，大堂装饰不乏东方风格。玻璃橱窗里，还有一樽大尺寸的《麻姑献寿》。（图10—108）酒店花园的鹅卵石相拼的小径很新，花纹却是古朴的阿拉伯风格。楼中落地窗景，也少不了阿拉伯盆式喷泉。（图10—109）

从酒店的顶层窗户，可看酒店和远处的城市，还有天际线边的远山。20世纪美国爵士歌王弗兰克·辛纳屈（Frank Sinatra）的《格拉纳达》歌词中的一段，很配这张照片（图10—110）：

"……当一天结束，格拉纳达的太阳开始落山时，
我羡慕，白雪覆盖的内华达山脉蒙上了红晕，
很快它就会迎来星星。
当一千把吉他弹奏温柔的Carbinera时，
月光下的格拉纳达将再次复活，
那昨日的荣耀，浪漫和华丽……"
（…… When day is done and the sun starts to set in

421

Granada,
 I envy the blush of the snow—clad Sierra Nevada
 Soon it will welcome the stars
 While a thousand guitars play a soft Carbinera
 Then moonlit Granada will live again
 The glory of yesterday, romantic and gay……)[①]

  我的美篇《格拉纳达》在旅游沙龙群贴出后，博识多才的群主向我推荐了安娜·维多维克（Ana Vidovic）演奏的吉他名曲的《格拉纳达》和《阿罕布拉的记忆》。听来十分享受。在写这篇游记时，一边正在追韩剧《阿罕布拉的记忆》，那首古吉他曲贯穿剧中。故事情节，男女演员都很靓丽时尚、吸引人，竟让我在听韩语、看英文字幕的不爽情况下，一路看了下去。

  去了一个地方旅游，回来能引你去看书，去享受有关的艺术作品，不亦乐乎？

图 10—110

[①] 中英歌词均来自网络。

托莱多：英雄迟暮的"老骑士"

离开格拉纳达，我们继续北上，前往西班牙前首都托莱多（Toledo）。路上，我们似乎还沉浸在阿罕布拉宫的记忆里，对托莱多没有多少概念和憧憬。

到了那里，却被惊倒：到底是见证了西班牙最强盛时期的古都！城外，有"西班牙第一景观"；城里，古典精致，堪称伊斯兰、基督教和犹太三种文化混血的典范。难怪，整个城被列入了世界文化遗产名录。

堂吉诃德眼中的"巨人"，会算命的导游

格拉纳达到托莱多，约4小时车程。当大巴士穿越拉曼查（La Mancha）地区时，导游让我们注意窗外。果然，远处山头上的一群风车和2个堡垒，构成拉曼查的风车图。那就是时下旅游热门景点——孔苏埃格拉（Consuegra）镇。据说，这里是《堂吉诃德》的传奇故乡。也是书中主人公大战风车的地方。(图10—111)

如今，堂吉诃德大战风车，成了全世界人知晓的经典。风车也成

图10—111

了 Mission Impossible（不可解决的问题）的代名字。《堂吉诃德》超越了塞万提斯时代，变得更加伟大。

西班牙不知有多少各种各样的堂吉诃德雕像。在途中加油站，就见一个。（图 10—112）

这次旅游回来，找来《堂吉诃德》音频书，重听一遍。感觉比年轻时，更能欣赏这本小说。听得"爱不释耳"，欲罢不能，常常笑出声来。还听到不少深以为然的金句。譬如：

"全世界都在勾心斗角，互相钳制。" ——不是吗？

"好名之心是一个很大的动力。"——你看，网红何其多！

"人世间的历史，总是一会儿得意，一会儿失意，尤其是游侠骑士。绝不会都一帆风顺。"——得意时，不要忘乎所以；失意时，不要绝望，似乎已是人类的常识。却不容易做到。

"我们都在演戏。活了一辈子，努力扮演自己的角色，这个做皇帝，那个做教士，最后戏演完了，死神脱下他们的衣服让他们躺进坟墓里，大家又都是一样的了。" —— 人人死而平等，这比"人人生而平等"更真实。

图 10—112

也许是多种文化共存的历史，造成西班牙"离群独立"的民族文化。就如华盛顿·欧文所说："无论从历史上、风俗习惯上或思想方式上来看，它都和欧洲其余的国家截然不同。它确实是一个富于浪漫色彩的国家。"

这十几天的旅游，从导游桑德拉（Sandra）身上，就感受到西班牙人这种"既悠闲又善于作乐"的特点。譬如，她喜欢半年工作赚钱，半年休闲旅行。她像是一个天生的导游人才，幽默友好，善讲笑话，对不同种族的游客，除了职业道德的一视同仁，还可感觉到出自内心的热心。在从一个城市到另一个城市的长途行驶中，她总会介绍西班牙的文化、风俗习惯、新闻时事，滔滔而有趣。最有意思的是，她说，她的朋友们流行用 HOLA（西班牙的娱乐八卦杂志）算命。就是说，你随机翻到杂志的一页，她会根据页面的图画给你预卜未来。

图 10—113

她先给我们团里的一位退休教授算了一卦，引得大家哈哈大笑。我也自告奋勇让她试一下，翻到的页面如下图。她预测，在将来的旅行中，具体是，在像纽约这样的大城市里，我会受到不同凡响的款待。哈哈，希望她算得准。

我心想，每个民族，总有起起伏伏的历史，有不尽人意的现状。西班牙人，似乎总是乐观的，有底气的，就如他们民间传说的："即使到了山穷水尽的时刻，我们至少还有一部《堂吉诃德》"。

远眺托莱多，格列柯的《托莱多之景》

车到目的地，导游带我们直奔"西班牙第一景观"：隔河远眺托莱多。

只见小城依坡而建，拾级攀升。最高处，一座巨大的四方形石头建筑，稳稳盘踞。其四角塔楼，以马德里尖顶为冠，像 4 个巨型骑士，俯视全城。左边的托莱多大教堂哥特式塔楼，表明这座城是基督教的天下。伊比利亚半岛最长的河流，塔霍河，流过城下的东、南、西三面，像极了一条 U 字形的护城河。不同时期的建筑层层叠叠，气势犹存，有点像一个英雄迟暮的"老骑士"。

托莱多历史悠久。公元前 2 世纪，托莱多是罗马人的；6 世纪，西哥特人统治了西班牙，定都托莱多；711 年，穆斯林摩尔人渡过直布罗陀海峡，攻克托莱多；1085 年，天主教徒国王阿方索六世收复托莱多，

图 10—114

它从此成为卡斯蒂利亚王国首府和全国宗教中心。它的帝都身份持续了将近 500 年,直到 1561 年,腓力二世迁都马德里。从此,托莱多开始落寞。

著名西班牙画家和雕塑家,埃尔·格列柯 (El Greco) 的《托莱多之景》(*View of Toledo*)（图 10—115）给眼前的景色增添了人文艺术的内涵和神秘魅力。

图 10—115

格列柯出生于希腊。1577 年,定居古城,直到去世。他师从威尼斯画派,作品却有超越时代的特征,也许是受西班牙文化的影响,他的作品光线和用色大胆任性,带有轻微变形抽象,透出画家心理图景的意味。难怪,格列柯身前身后并不太受待见,直到 20 世纪,才受重视,被公认是表现主义和立体主义的先驱。

这幅《托莱多之景》显然不是一

图 10—116

般赏心悦目的风景画，而是给人沉重神秘的感觉。画家将托莱多放在连绵起伏的山峦之上，只占画中心一点空间。风景和天空占主导地位。感觉，天色"喜怒无常"，云层崩裂，风暴欲来，不祥之事即将发生。整幅画面呈深色，城市几乎完全被景观所淹没。这是在传达画家内心对这座城市的未来感觉？亦或许，在表达人与神关系的看法？

16 世纪，西班牙的宗教裁判所，使无数非天主教徒遭迫害；随后天主教会经历了巨大的变革。在宗教指令禁止将风景作为绘画主题的背景下，画家用这幅画反映内心冲突。令旅者在观景之余思考。

最高处的巨大的四边形石头建筑，叫阿尔卡萨尔（Alcázar de Toledo）。据说，名字来自统治者之一的阿拉伯人"Al Qasar"，意思是"堡垒"。

在西班牙内战期间，"堡垒"也被围困，遭损毁。与此市大部分地区一起，于 1939 至 1957 年间重建。

老城也是"剑城"

我们从比萨格拉（Puerta de Bisagra）大门进城。此大门是这座城市的主要入口，历史可以追溯到摩尔人时期。

城门上巨大的托莱多纹章很吸人眼球。（图 10—117）据称，这是

427

图 10—117　　　　　图 10—118

由查理五世授予的。纹章由带着盾徽的黑色的帝国双头鹰组成。盾徽被金羊毛勋章垂饰所环绕。

进门后，我们乘自动扶梯，去山坡上的老城。

在这处古罗马建筑遗址（图 10—118）了解到，托莱多还有"剑城"之称。原来，托莱多的独树一帜的制剑术历史，可以追溯到古罗马时代。罗马帝国灭亡后，托莱多的制剑技术没有中断。在中世纪，托莱多的剑，闻名全欧洲，受到各地骑士和贵族的追捧。16 世纪，托莱多的剑刀（Rapiers），在当时的贵族中深受欢迎，常用于决斗和自卫。后来成为富人和权势者的珍贵财产。这座城市悠久的制剑历史，是莱多文化遗产的重要组成部分。

今天，托莱多仍然是剑匠的家园，他们继续使用传统技术，高仿铸制不同时代刀剑。托莱多的刀剑，于是成了影视道具的名牌。

最近在看韩剧《阿罕布拉的记忆》。剧中贯穿着一款历史题材游戏，运用了许多摩尔人的元素。真人真刀真枪，在虚拟的场景中格斗追杀。常常是，英俊帅气的男主，走在格拉纳达的街上，突然从西装后领，"刷"地抽出一把寒光闪闪的长剑，与从雕像上高高跳下的"摩尔人"，或敌方游戏者，厮杀起来。每每亮剑，时见剑柄上阿拉伯风格装饰。猜想，会不会也是托莱多制造？

图 10—119

城里常见盔甲兵器店，（图 10—119）洋溢着欧洲中世纪的骑士文化气息。

中世纪古风的广场、街巷

位于托莱多老城中心的苏克德贝尔广场（plaza de Zocodover）游人如织。据说，名字"苏克德贝尔"来自穆斯林时代。（图 10—120）自中世纪以来，一直是此城的生活的枢纽，是公牛奔跑或当地节日庆典的地方。几百年前，也目睹了宗教裁判所在这里公开执行刑罚。

这天，估计城里有庆典活动。到处装饰着旗幔，人也特别多。

苏克德贝尔广场的东侧的这座古朴拱门，叫圣血门（Arco de la Sangre）。

图 10—120

429

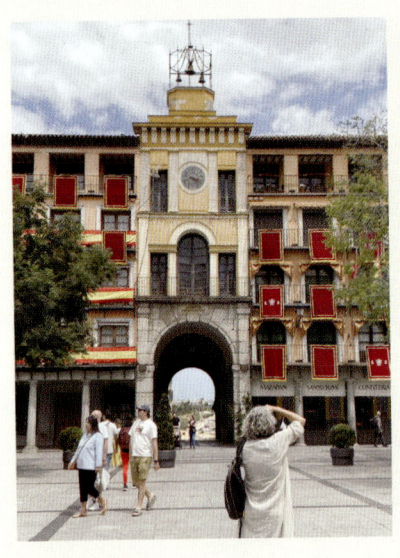

图 10—121

图 10—122

它连接塞万提斯街（calle de Cervantes）。（图 10—121）我们从这扇马蹄拱门，走向塞万提斯街。《堂吉诃德》中，主人公骑着一匹瘦马，也从这圣血门中走过，开始幻想中的冒险。

一出门，便看见《堂吉诃德》的作者塞万提斯（Miguel de Cervantes）的雕像。（图 10—122）这是艺术家奥斯卡·阿尔瓦里尼奥·贝林松的作品，为纪念塞万提斯逝世 400 周年而建造。

这位从贫穷、残疾、阶下囚到文学巨匠的人，为西班牙带来永世长存的荣耀。

十分喜欢这样的街景。狭窄曲折的街巷，头上是遮阳布幔，脚下是鹅卵石路面，古朴舒适。伊斯兰教、犹太教、基督教文化在这里相汇碰撞，留下各种风格的建筑。哥特式、穆德

图 10—123

430

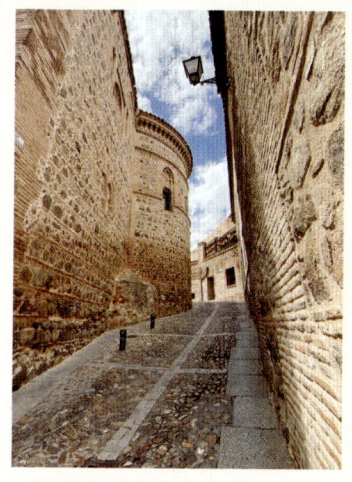

图 10—124　　　　　图 10—125

哈尔式、巴洛克式、新古典主义等风格的教堂、修道院、王宫、城门和城墙，等等，像开放的建筑博物馆。

教堂钟楼，宛如迷宫般巷子深处的灯塔。即是一道景，也可指引路人。

不起眼的圣多美教堂（Iesia Santo Tome）（图10—126，右边），有一座14世纪穆德哈尔风格的塔楼。游客去那里，是为一睹它的镇堂之宝——格列柯的代表作《奥尔加斯伯爵的葬礼》。

图 10—126

431

图 10—127

这幅《奥尔加斯伯爵的葬礼》(*El Entierro del Conde de Orgaz*) 被广泛认为是格列柯最好的作品之一。

这幅画的主题来自 14 世纪初的一个传说：托莱多贵族后裔 Orgaz 伯爵，是一位虔诚教徒、慈善家，为教区教堂的扩建和装饰留下了一笔钱。他去世时，圣斯蒂芬和圣奥古斯丁亲自从天上下来，在众目睽睽之下，亲手将他埋葬。整幅画描绘了这一事件。尽管格列柯遵守了合同，照章画画，仍引入了一些据说"现代化"的元素。他把世界分两个部分，天上的和地上的。天上的部分，明显变形抽象。

托莱多大教堂和托莱多翻译学院

走过曲直的街道，我们来到托莱多大教堂前。（图 10—128）这座地标建筑，最初由西哥特人建造；摩尔人占领后，它被改建为清真寺；再后来西班牙人"光复"后，于 1226 年动工，又改回天主教堂。现在看到的，是最后一版。

看得出，它仍保留着中世纪风貌；采用了法国哥特式建筑风格，这在西班牙教堂建筑中，是少有的。据说是为了用主教座堂覆盖从前的

图 10—128

清真寺。它是西班牙排名第二的大教堂，仅次于塞维利亚大教堂。

旅行社没安排进去参观。我对此一点都不介意，因为其内部应该与塞维利亚大教堂十分相像。

关于这座教堂的介绍，有一点很吸引我：12至13世纪，由大主教拉蒙德发起，托莱多大教堂成为托莱多翻译学院的基地。大教堂提供专用的房间，邀请穆斯林、基督教和犹太学者对城中所藏的哲学、数学、天文学、医学、炼金术等书籍，进行从阿拉伯语到拉丁语的翻译和评注。

那时的伊比利亚半岛上，摩尔人不硬性要求被占领地区的其他民族，归顺伊斯兰。伊斯兰教王国同基督教光复的小邦国，夺权争霸，但双方对文化交往，持和平包容的态度。故，一连几个世纪，这里多种文化并存。有点像中国战国时期，诸子百家争鸣。

大教堂前，是个很漂亮的广场。

广场上的水池底部，有别致的人工藤蔓装饰。据说化了大价钱，聘请名建筑师设计。

大教堂广场的西侧，是托莱多的市政厅。

图 10—129

将近傍晚的圣马丁桥

我们从圣马丁桥(puente de San Martín)出城。这座坐落于托莱多城西面的石桥,是古时入城的交通要道。

当我回身拍桥头堡时,导游桑德拉向我友好挥手。她脚上那双赭红色的皮鞋,有点画龙点睛的作用,使她本来平常的衣服出彩,透出西班牙女人的浪漫。

图 10—130

圣马丁桥本身就是一景,在桥上,放眼望去,依河而建的托莱多古城,在将近傍晚的阳光下,显得平和娴静,也有点落寞,似乎,2000多年的凝重历史,化作了浪漫风情。也似乎表示,不同的文化,不同的意识形态的人,如果彼此包容,是可以和平相处的,但很不容易,常常此一时,彼一时。这是历史更是现实,是地球人一直面对主题。

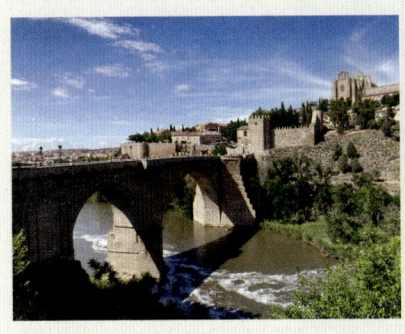

图 10—131 　　　　　　图 10—132

安达卢西亚的游览,从塞维利亚开始,在这个古城画上印象深刻的句号。

巴塞罗那：高迪的"女人"

巴塞罗那很像是个任由艺术家打扮的女人，而高迪就是她的形象设计师。他的作品，成了这个城市的名牌地标建筑、游客的"打卡地"，都被联合国教科文组织列为世界遗产。巴塞罗那宛然成了这个终身未婚的天才建筑师的"女人"。

圣家大教堂，热闹的"世纪烂尾楼"

圣家大教堂（Sagrada Família）是座天主教堂。始建于 1882 年。100 多年了，5 座中央塔终于完工，预计第 6 座，也是最后一座中央塔，将于 2026 年竣工。

这座非凡的建筑，之所以成了"世纪烂尾楼"，原因之一，是在西班牙内战时期，一群无政府主义者闯入教堂，点燃了高迪留下的设计稿和模型。致使工程一度停滞，直到 1954 年才重新动工。

不管怎样，西方建筑史上，对哥特式建筑"最非凡的个人诠释"，已经呈现在人们眼前。导游带我们在这个能拍出大教堂全景的地方，拍摄了一张全团照。（图 10—133）然后，大家各自凭票进门参观。门票得自己在网上买。

大教堂的西立面（图 10—134），以"基督受难"（Passion façade）为主题，致力于描绘耶稣之死。

图 10—133

图 10—134

435

图 10—135　　　　　　　图 10—136

　　雕塑风格呈现代抽象。造型刚硬，线条粗犷的裸石雕塑，描述了基督受难和复活的场景。这个立面由 6 根倾斜的、类似于树干的柱子支撑。在此之上，又有两排较小的白色柱子，共 18 根，像巨型肋骨。

　　西立面上，在"犹大之吻"雕塑边，有个"魔方"。（图 10—135）方块中，每一纵、横的数字的总和，是 33。有人说，这是基督被钉十字架时的年龄。"魔方"的意义，仍让人困惑。也给后世留下了神秘的想象空间。

　　教堂的东立面主题是"耶稣诞生"（Nativity façade），立面看起来已有岁月的痕迹。传统风格的雕塑，讲述着基督诞生的"希望、慈悲和信仰"的故事。人物雕刻得栩栩如生，场景精美繁复，非常耐看。（图 10—137）

图 10—137

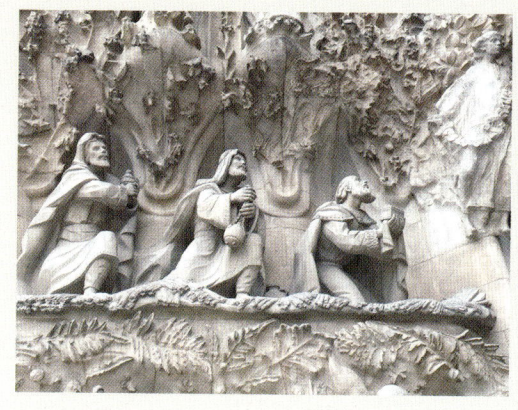

图 10—138 　　　　　　　　　　　　图 10—139

　　上图这组雕塑，描述耶稣降生后，东方三贤士前来礼拜，献上三样礼物："黄金，乳香，没药。"耶稣在马利亚怀中，约瑟在一旁。

　　记得上次来，进门大多地方是工地。这次进门，差点惊呼出声来，眼前一片炫丽神秘之光。（图 10—140）

　　仰头转圈，神经目眩，有点疑惑，上帝会习惯在这样摩登的教堂，与其子民对话，接受他们的祈祷和忏悔吗？

　　高迪的头像（图 10—143）和他曾经的办公室（图 10—144）陈列

图 10—140 　　　　　图 10—141 　　　　　图 10—142

437

图 10—143　　　　　图 10—144

在教堂历史展览中。这个加泰罗尼亚的建筑奇才,把一生献给建筑设计,尤其是圣家大教堂的建筑。1926 年 6 月 10 日,高迪不幸被电车撞倒。因穿着寒酸,被误认为流浪汉,耽误了治疗,不久死亡。浪漫艺术天才,从来无奈世态炎凉。

他的坟墓,就在大教堂地下。墓碑上刻着:"雷乌斯的安东尼·高迪·科尔内特,超凡脱俗的匠人,宏伟的圣家大教堂的总设计师,卒于 1926 年 6 月 10 日巴塞罗纳,忠诚地完成一生事业,享寿 74 岁。遂长眠于此,静待死者的复活。愿其安息。"

走出圣家大教堂,不禁感慨,原来,教堂可以造成这样!上帝的模样,其实是在艺术家的头脑里。而艺术家从来就是时代的产儿。第二次工业革命后,欧美国家随之出现了新艺术运动,如法国的新艺术风格(Art Nouveau)、德国的青年风格(Jugendstil)、英国的现代风格(Modern Style)、美国的有机建筑(Organic Architecture)。现代主义(Modernism)也是西班牙加泰罗尼亚的文化潮流,高迪是其中的偶像人物。他的极致的自然主义风格,超越了主流现代主义,影响巨大。

在米拉之家（Casa Milà）邂逅"静默的诗"

"米拉之家"是高迪在巴塞罗那的又一代表作。20世纪初，西班牙富豪佩雷·米拉，因十分眼热高迪设计的巴特略公寓，又正要娶富孀，遂请高迪设计了这幢私人寓所。如今，这幢波浪形的公寓，也被列入世界遗产。上次来没进去参观，这次早早列在行程中了。

图 10—145

图 10—146

在米拉之家的不规则形状的天井里，普林萨的雕塑"盈满"（*Overflow*）置于中央。从雕塑的正面，拍一张公寓内立面。

在米拉之家的门口，又见西班牙雕塑家约姆·普林萨（Jaume Plensa）的作品。这个白色的《弗罗拉》（*Flora*）与在马德里的哥伦布广场上看到的《朱莉娅》有点相像。近距离看闭着眼睛的花神，我更愿意叫她"梦想"，并与她合个影。

这才知道，我们有幸赶上了米拉之家中的"约姆·普林萨作品回顾展"。这个主题为"静默的诗"（Poetry of Silence）的展览，把两位艺术家的作品放在一起。动感十足的建筑，有无言诗般的雕塑陪伴，相得益彰。也美了我们游客。

439

  天井中央的雕塑，用不同文化的字母，构成一个人形。很有寓意。其中的中文字"福""结""意"等，清晰可见。

  走进公寓，客厅摆饰和卫生间设备，跟老上海洋房里的差不多。有"老钱"（Old Money）的味道，但没有特别华丽。与外观的独特设计，反差有点大。

  房间里挂的画反映了公寓主人的浪漫主义品味。一幅《春天的田园诗》（*A Springtime Idyll*）是法国画家爱德华·比森（Edouard Bisson）的作品。另一幅水彩画《出发去猎鹿》，出自法国画家卡尔·韦尔内（Carle Vernet）之手。

  据说，米拉夫人，罗萨里奥罗·塞吉蒙（Rosario Segimon）才是这高迪杰作的主人。因为她从第一任丈夫何塞普·瓜迪奥拉（Josep Guardiola）那里继承了大笔财富。在阳光明媚的日子里，罗萨里奥罗喜欢和她的两只金刚鹦鹉一起，来到主阳台上。

  看着这些设计，不由得感慨，高迪的"形不惊人死不休"的劲头，与杜甫的"语不惊人死不休"，有一拼。不管哪种艺术家，无不追求让人震惊的效果。无论东西，无论古今。

图 10—147

这幅《罗萨里奥·塞吉蒙与两只金刚鹦鹉》肖像画，是她的画家侄子的作品。看到的人，也许会不由得猜想她的故事。

图 10—148

这个通向阳台的落地窗景，一般，又不一般。围巾木架一般；不一般的，是阳台的栏杆，由深色的弯弯扭扭的宽条金属构成植物状，在对街粉红色的新古典主义大楼的衬映下，十分别出心裁。

图 10—149

图 10—150

公寓的阁楼,倒十分别致。有点像童话中,被吞进鲸鱼肚子里的场景。无数拱肋的屋顶,像鲸鱼的骨架。

这里也陈列着普林萨的作品:青铜的女子头像,名曰《绣球花》(*Hortensia*)。

图 10—151

图 10—152

从阁楼出来,就是楼顶露台。感觉目不接暇,像是走进水泥装饰展览。在奇形怪状的水泥模仿的"自然植物"中,一个"人"——裸体的男性雕像,"坐"在高高的竖直钢杆上,面向外。(图10—152)这也是普林萨的雕塑,名叫《日夜》(*Day-night*)。

441

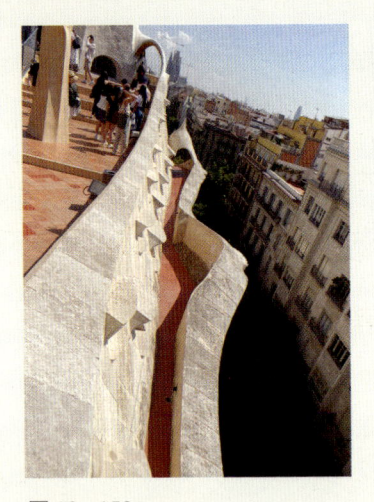

图 10—153

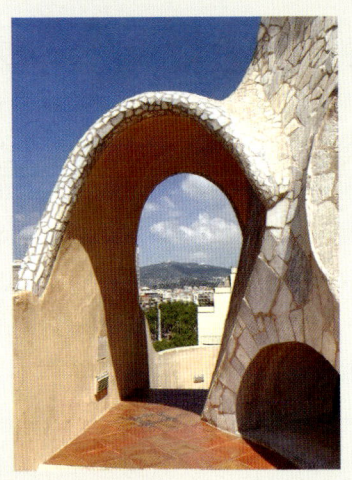

图 10—154

从露台向东望，近可见巴塞罗那文华东方酒店，远可眺城外蒂比达博山（Tibidabo）山顶上的耶稣圣心（Sagrat Cor）教堂和电信塔。（图 10—153）

我们从这扇漂亮的门离开米拉之家。（图 10—155）

图 10—155

重游奎尔公园（Parc Güell）

上次来，就对童话般的奎尔公园，印象深刻。这次重游，继续感受高迪"形不惊人死不休"的精神，看他用粗石、马赛克磁砖和彩色瓦片，诠释他的自然主义的理念。

奎尔公园是高迪与巴塞罗那出生的实业家、加泰罗尼亚文学艺术的支持者欧塞比·奎尔，合作的结果。

公园入口处的门房之家，（图 10—157，图 10—158）像极了童话

442

图 10—156

图 10—157

里的饼干屋。据说,屋顶用的是特伦卡迪斯(Trencadís)的瓦片。

来到最高处的百柱厅,倘徉厅中,有点像在海底的感觉。色彩斑斓的马赛克瓷砖装饰,仿佛传递着海洋的信息。(图 10—160)

用赭色粗石造就的植物形状,与真实的树丛融合。人造自然的工程相当了得,一定也相当砸钱。(图 10—161,图 10—162)

最后,来到公园山坡最高处的自然广场,也就是百柱厅的顶部平台。

图 10—159

图 10—158

图 10—160

443

图 10—161

图 10—162

（图 10—163）广场四周环绕着色彩纷呈、图像错杂的马赛克座椅，爬坡走累了的人，可以惬意休息。

眼前这幢漂亮的小洋楼，（图 10—164）从 1936 年起，成为高迪住宅博物馆。高迪从 1906 到 1926 年，就住在这里。

图 10—163

图 10—164

　　从平台，可以俯瞰近处的公园，远处的城市和圣家大教堂，也可以眺望更远处的地中海。(图 10—165)

　　这两天，看到关于电视剧《繁花》的帖子，结尾蛮有哲学味道："金宇澄老师小说《繁花》是一个上海，王家卫老师电视剧《繁花》是一个上海，我们眼面前是一个上海，每个人，每个记忆点都是一个上海。" 是啊，作家萨丰的《风之影》是一个巴塞罗那。每个到过巴塞罗那的人，都有自己眼中的巴城。游客看到的，往往是高迪的巴塞罗那。我眼中的巴塞罗那，仍然是个爱打扮的俏佳人，固然，已显沧桑和疲惫，也很久没有新的行头。

图 10—165